Magdalena

Maarten 't Hart
Magdalena

Uitgeverij De Arbeiderspers
Amsterdam · Antwerpen

MIX
Papier van verantwoorde herkomst
FSC® C116331
www.fsc.org

Eerste druk februari 2015
Tiende druk mei 2015

Omslag: Nico Richter

ISBN 978 90 295 3855 8 / NUR 320

www.arbeiderspers.nl

Proloog

Op dinsdag 25 november 1952 werd ik acht jaar oud. Naar die verjaardag was, niet alleen door mijzelf maar ook door mijn ouders, reikhalzend uitgezien. Mijn grootvader gaf zijn kleinzoons die naar hem vernoemd waren op hun achtste verjaardag een groot cadeau. Bij ons waren de verwachtingen hooggespannen. De zoon van mijn vaders broer Maarten, twee weken ouder dan ik, die ook naar mijn grootvader was vernoemd (hij was dus Maarten van Maarten van Maarten), had onlangs op zijn achtste verjaardag een nieuwe fiets gekregen. Zo'n groot cadeau zou er stellig op mijn verjaardag niet uitgereikt worden, want ik was slechts Maarten van Pau van Maarten, maar niettemin zou mij een wonder ten deel vallen.

Eind van de middag, ik was net uit school thuisgekomen (daar had ik zorgvuldig geheimgehouden dat ik jarig was om te voorkomen dat ik zou moeten trakteren, want daarvoor wilde mijn moeder mij geen versnaperingen meegeven), kwam mijn grootvader met zijn cadeau aanzetten. Aan de alsmaar naderbij komende, zeer krachtige tikken van zijn wandelstok op de trottoirtegels kon je horen dat hij zich erop verheugde andermaal een naar hem vernoemde kleinzoon gul te bedelen.

Hij droeg een groot pak en overhandigde mij dat in de woonkamer. Plechtig verwijderde ik het papier. Wat mij op mijn achtste jaar ten deel was gevallen, bleek een vorstelijke meccanodoos te zijn. Weliswaar geen nieuwe fiets, maar toch iets ongehoords. Mijn grootvader verwijderde zich weer, want er was op dat moment niemand bij de hand om mee te dammen.

Mij leek toen het grote ogenblik gekomen om de meccanodoos verder uit te pakken en ermee aan de slag te gaan. Toen ik aanstalten maakte om hem te openen, riep mijn moeder:

‘Wat doe je nou?’

‘Ik ga hem openmaken, ik wil ermee spelen.’

‘Ben je helemaal betoeterd geworden? Zo’n duur cadeau. Blijf af.’

‘Maar... maar... ik heb hem toch van opa gekregen, ik wil ermee spelen.’

‘Geen sprake van, afblijven. Zo’n duur cadeau, en daar wou je zomaar met je tengels aanzitten? Niks hoor, ik zet hem weg.’

Ze pakte de meccanodoos op en plaatste hem achter lakens en slopen in het dressoir.

Toen mijn vader thuiskwam, werd de doos weer tevoorschijn gehaald en wederom vol verbazing aanschouwd. Zeker, het was geen nieuwe fiets, maar toch... Wat een cadeau.

‘Opa ’t Hart is maar goed op je,’ zei mijn vader.

‘Maar ik mag er niet mee spelen,’ zei ik verongelijkt.

‘Nee, natuurlijk niet,’ zei mijn vader, ‘daar heeft je moeder groot gelijk in, zo’n duur cadeau, het zou gekkenwerk zijn als je daar met je poten aan zou zitten. D’r kan zomaar een schroefje of moertje of ander onderdeeltje wegraken, niks hoor, je moeder bergt hem weer netjes op.’

‘Zo is het,’ zei mijn moeder, en weg ging de meccanodoos.

Dit is zomaar een verhaal uit mijn jeugd waarin mijn moeder een eigenaardige rol speelt. Ik kan meer van zulke verhalen vertellen, en zal dat ook doen. Maar het begroot mij dat daaruit licht een verkeerde indruk kan ontstaan van haar karakter. Als kind heb ik zielsveel van haar gehouden, zoveel zelfs dat ik, toch tamelijk uniek in geval van een jongen, alles wat zij deed, breien, haken, borduren, naaien, strijken, wassen, koken, ook wilde leren en ook wilde doen, en die liefde is nooit overgegaan, in weerwil van alles wat ik met haar heb meegemaakt. Ze was geduldig en zachtmoedig. Mijn vader sloeg erop los, want in de Bijbel staat immers: wie zijn zoon liefheeft, die kastijdt hem, maar mijn moeder heeft me nooit geslagen. Ze was de zorgzaamheid zelve, onze kleding was altijd, voortdurend geldgebrek ten spijt, tiptop in orde. Ze stond dag en nacht voor je klaar. Was ze niet behept geweest met één eigenaardige waan, de waan namelijk dat mijn vader continu vreemdging, dan zou er weinig op haar aan te merken zijn geweest. Nu bracht die waan met zich mee dat ze mijn vader onophoudelijk in de gaten wou houden of wou doen houden. Voor het laatste rekruteerde ze eerst mij, later mijn broer. Overal waar mijn vader heen stapte, kreeg hij een zoon mee, want mijn moeder ging ervan uit dat hij in gezelschap van zijn oudste dan wel jongste zoon niet zo gemakkelijk vreemd zou kunnen gaan. Mijn broer en ik waren ons er niet van bewust dat wij daarom altijd met mijn vader werden meegestuurd. Wij hebben alleen maar dankbaar aanvaard dat wij met mijn vader overal heen liepen of fietsten en op de raarste plaatsen terechtkwamen. Of mijn vader zelf zich ervan bewust is geweest dat hij zijn zoons meekreeg om hem in de gaten te houden, weet ik niet. Ik kan het hem helaas niet meer vragen, want hij is al ruim veertig jaar dood, maar dat hij enorm geleden heeft onder de volslagen bespottelijke, absurde verdenking dat hij alsmaar en onophoudelijk vreemdging, staat voor mij vast. Eenmaal heeft hij mij, in de duisternis van het baarhuisje (dat huisje had geen ramen en sloot je de deur, dan was het er stikdonker) toegevoegd: 'Je moeder maakt me dood', en barstte toen in snikken uit.

Aanvang

Mijn moeder, Magdalena van der Giessen, werd geboren op 30 mei 1920 in Poeldijk, gemeente Monster. Zij was de eerste dochter van Arie Adriaan van der Giessen, geboren 1 augustus 1893 op Rozenburg en Magdalena de Winter, geboren 15 augustus 1896 in Hoek van Holland. Aan mijn moeder was een jongen voorafgegaan die op 8 augustus 1918 in Poeldijk werd geboren, en na mijn moeder volgden met mooie regelmatige afstanden van ongeveer twee jaar nog vijf jongens en twee meisjes. In een van haar wonderbaarlijke, meanderende monologen die mijn grootmoeder, zodra je in haar gezichtsveld verscheen, tegen je afstak, onthulde zij mij hoe zij voor elkaar had gekregen dat zij het kindertal had weten te beperken tot slechts negen stuks en hoe begrepen moest worden dat die negen elkaar met tussenpozen van twee jaar opvolgden.

'Ik wou dolgraag kinderen, en liefst meer dan een stuk of vier, maar ik wilde niet elk jaar bevallen, dat was me veel te zwaar, je doet er toch een stevig jasje van uit als je een kindje krijgt, dus hield ik elke baby zo lang mogelijk aan de borst, en zolang je een zuigmondje aan de tepel hebt, kan je man zo vurig zijn als een winterkoninkje in de rui, maar hoef je toch niet bang te zijn dat je weer in verwachting zult raken. Ik had Leen en Lena en Teun en Siem en Cor en Jan en Bep en Jaap nog wel langer aan de borst willen houden dan twee jaar, maar daar kreeg ik de kans niet voor, na twee jaar hielden ze op met drinken, behalve Aad, die heeft het gepresteerd om drie jaar te sabbelen, dus Jan is pas in '31 geboren, terwijl Aad van '28 was. En na Jaap was het afgelopen, toen kwam er gelukkig niks meer, hoewel ik toen nog maar net achtendertig was geworden. Ja. Mooi was het, alles bij elkaar, Leen van 1918, Lena van 1920, Teun van 1922, Siem van 1924, Cor van 1926, Aad van 1928, en dan opeens een gat van drie jaar, Jan van 1931, Bep van 1933 en Jaap van 1935. Goed gedaan, Lena de Winter, zeg ik dan maar tegen mezelf, want denk maar niet dat een ander mij de hoogte zal in steken, wat ook wel weer goed is, je zou maar groos kunnen worden, maar ik wou niet dezelfde weg op gaan als de twee vrouwen van mijn schoonvader, vadertje Leen van der Giessen. Dat weet je toch wel, die had dertien kinderen uit zijn eerste huwelijk en elf kinderen uit zijn tweede huwelijk, en van die dertien uit dat eerste huwelijk werden maar liefst de laatste tien, steeds met tussenpozen van een jaar, dood geboren, en nummertje drie heeft ook maar een paar dagen ademgehaald, en na die tien levenloos geboren kindjes is de eerste vrouw van Leen zelf ook door de Heere thuisgehaald, dus toen had je opeens een weduwnaar met twee overgebleven bloedjes, mijn man Arie dus en z'n oudere zusje, en Leen is weer hertrouwd en die tweede vrouw heeft elf kinderen ter wereld gebracht, dus bij elkaar waren het er, als ik het goed optel, wel vierentwintig – stel je toch voor, vierentwintig kinderen, 't zou wat geweest zijn als ze allemaal waren blijven leven, m'n schoonvader was eendenkooiman op Rozenburg, nou, van wat daarvan overschoot had hij nooit vierentwintig mondjes kunnen voeden, dus 't was maar goed dat de Heere er zoveel wegnam. Maar de kinderen uit dat tweede huwelijk bleven allemaal wel leven, dus je grootvader had maar liefst elf halfbroers en halfzusjes. En dat in zo'n petieterig dijkhuisje op Rozenburg. Vierentwintig kinderen, het is toch wat, je zult zo'n vurige man hebben, je grootvader vertelde altijd dat zijn vader tussen de middag thuiskwam en dan na het eten opstond en zijn stiefmoeder probeerde te grijpen. Maar die probeerde uit z'n handen te blijven, en dan renden ze achter elkaar aan, om de tafel heen, een rondje of zes, zeven, het kunnen er ook acht zijn geweest, daar wil ik vanaf zijn, en dan had vadertje Leen moeder Betje te pakken, en zagen al die kindertjes hoe hun moeder het laddertje naar het zoldertje werd opgesjord en even later hoorden ze dan van dat zoldertje van die speciale geluiden komen – och, och, ja, ja, je grootvader was wel getekend, die heeft het als kind al vreselijk zwaar gehad, elf broertjes en zusjes dood, moeder dood, en een vader die zijn tweede vrouw elke dag om de tafel heen nazat omdat hij goesting had, altijd maar door goesting. Zijn eerste vrouw zal hij trouwens ook wel om de tafel heen nagezeten hebben, maar dat herinnerde je grootvader zich niet, toen was hij daar nog te klein voor. Toch hebben we hem, al die goesting ten spijt, lang mogen meemaken, want hij was van 1869 en is pas in 1960 gestorven. Maar ja, dat moet je ze wel nageven, die Van der Giessens, als ze niet al in hun wiegjes bezwijken, en daar zijn heel wat voorbeelden van, worden ze doorgaans heel oud.'

Omdat mijn grootmoeder toen even een pauze inlaste in haar monoloog, kon ik haar vertellen dat ik bij mijn overgrootvader, Leendert van der Giessen, een keer op het eiland Rozenburg langs was geweest, daarbij in de veronderstelling verkerend dat die overgrootvader het wel leuk zou vinden om een achterkleinkind te aanschouwen. Maar het geheel in het zwart geklede, koboldachtige mannetje dat, toen ik de dijk afdaalde naar het daarmee vergroeide woninkje, vanachter zijn onderkomen tevoorschijn kwam, had mij tierend en scheldend van zijn erf af gejaagd, ofschoon ik hem herhaaldelijk toeriep dat ik een zoon was van zijn kleindochter Lena van der Giessen. Toen ik de dijk weer op klom, kwam hij me zelfs met een riek achterna.

'Ja, ja,' zei mijn grootmoeder, 'dat was geen prettig heerschap, die schoonvader van mij, maar ja, 't was echt de enige niet, daar op Rozenburg, waar geen land mee te bezeilen viel. Maar vind je het gek, Rozenburg, een en al armoe toen, niks te eten daar, niks te beleven, niks te verdienen, en altijd bar slechte dominees, want goeie dominees namen nooit een beroep aan naar Rozenburg. Maar wat zo eigenaardig is, is dat die Van der Giessens, daar op dat piepkleine eilandje waar, behalve in het aardbeienseizoen, haast niks anders op tafel kwam dan een kleiaardappeltje en een stronkje andijvie, als ze niet in hun wiegjes bezweken waren, doorgaans stokoud werden. Een van de neven van vader Arie, of was 't oom, nee, het was een neef, bleef maar doorgaan met ademhalen en toen was hij plotseling de oudste man van Rozenburg. En 't was net of hij aan een race meedeed, want een poosje later was hij de oudste man van Zuid-Holland, en daar had hij echt helemaal niks voor hoeven doen, hij had er zelfs niet van z'n stoel voor hoeven afkomen, z'n mededingers vielen de een na de ander af, en van de ene op de andere dag was hij destijds opeens, honderdacht was hij toen, de oudste man van Nederland. Maar ja, toen ging hij hemelen, en 't gekke was dat toen een veel jonger iemand, een vent van honderdvier, de oudste man van Nederland was, maar dat heb ik nooit begrepen, hoe kan dat nou?'

'Dat kan heel goed, oma,' zei ik.

'Nou, leg me dat dan eens uit, ik begrijp er geen snars van.'

Maar voor ik haar duidelijk kon maken dat er, als je op honderdachtjarige leeftijd komt te overlijden, en er zijn op dat moment geen honderdzeven-, honderdzes- en honderdvijfjarige gegadigden om je op te volgen, vanzelf bij een honderdvierjarige uitkomt, stond ze op en zei: 'Eerst maar eens thee', en toen ze die thee gezet had, en zich weer in haar stoel nestelde, vervolgde ze haar monoloog: 'Bij mij thuis was 't toch ietsje beter dan bij je grootvader, bij ons maar twaalf kinderen, net de helft dus, en van die twaalf zijn er maar twee overleden, een broertje van mij is op negenjarige leeftijd verdronken en mijn zusje Suzanne, die net voor mij kwam, is heel jong gestorven, dus toen waren ze toch blij met een opvolgster, al was ik als jongste duidelijk een nakomertje. Tien mondjes om te voeden, en mijn vader, Teun de Winter, ho... wacht even... Ik moet je iets over mijn vader Teunis de Winter vertellen wat je vast niet weet. Eigenlijk heette hij anders, hij heette Mozes Rosenberg, hij was de zoon van een joodse booi die bij de familie De Winter diende. Nog voor ze getrouwd was raakte die booi in verwachting van haar verloofde, een joodse knul die Rosenberg heette. Schande natuurlijk, in verwachting, maar nog niet getrouwd. Dus het werd verheimelijkt. Haar mevrouw was ook in verwachting. En toen werden die twee kinderen drie dagen na elkaar geboren en dat kindje van haar mevrouw stierf en toen hebben ze het dode kindje omgewisseld voor het levende kindje, en werd dat kleine Rosenbergje op 't gemeentehuis aangegeven als Teunis de Winter... in 1850 was het... Nou goed, die Teunis de Winter, mijn vader dus, had zich door zelfstudie opgewerkt van landarbeider tot landmeter, en kreeg een baantje in Hoek van Holland bij Rijkswaterstaat, en in die hoedanigheid heeft hij over land en over de duinen de hele Nieuwe Waterweg uitgemeten. En daar werd hij toch kloeker voor betaald dan voor het werk op een tuinderij, dus wij hadden het thuis ietsje breder dan je grootvader op Rozenburg. Och, och, je grootvader, m'n Arie, was zo'n knappe vent, hij moest opkomen voor z'n nummer, in 1913 was dat, en hij wou graag bij de grenadiers en de jagers, en toen hebben ze hem dus in het Fort van Hoek van Holland messbediende gemaakt, en 's zondags zagen we elkaar zodoende in de Gereformeerde Kerk, en waagden we maar eens een oogje aan elkaar, en toen zette hij nogal door, en waren we opeens in 1917 getrouwd.

Maar om nog een slagje terug te gaan in de tijd – mijn moeder naar wie ik vernoemd ben, Magdalena van Bodegom, was van adel, ja, ja, wist je dat wel, en ze waren niet alleen van adel, maar ze hadden ook nog een wapen. Maar al was ze dan van adel, oud is ze niet geworden, ze is in 1899 gestorven, vierenveertig was ze toen, ik was toen net drie, dus van mijn eigen moeder herinner ik me helemaal niks. Ik ben door mijn zussen grootgebracht en die zussen en mijn broers hebben goed voor ons gezorgd, want toen je grootvader in Poeldijk een tuinderij bemachtigen kon, hadden we daarna helemaal niks meer, dus het was goed dat we die eerste jaren vanuit Hoek van Holland door mijn broers en zussen wat toegestopt kregen, anders waren we boven onze lege bordjes bezweken. Armoe was het, pure armoe. Gelukkig kon je grootvader een tuin bemachtigen aan de Herenlaan in Maasland. In 1926 was dat, in het jaar dat je moeder zes werd en naar school moest. Wij waren d'r opgetogen over dat we naar Maasland konden verhuizen, maar je moeder vond 't verschrikkelijk. Opeens zonder haar liefste vriendinnetje en elke dag zo'n drie kilometer lopen naar school en weer terug, en 's zondags twee keer drie kilometer op en neer naar de kerk, want fietsen was er toen echt nog niet bij, dat deed je niet op zondag, dus je was de hele zondag zo'n beetje aan de stiefel. Maar al had je moeder het er zwaar mee, klagen deed ze nooit, och, het was zo'n lief kind, stil en bestendig en ijverig, en leren dat ze kon. Heb je haar schoolrapporten wel eens gezien?'

'Ja, oma. Een paar vieren en heel veel vijven.'

'Net wat je zegt, haast alleen maar vijven, nog meer vijven dan op de rapporten van haar broertje Leen, die toch ook goed leren kon, om van m'n andere kinderen maar niet te spreken. Allemaal bollebozen hoor, maar je moeder stak daar nog een flink stuk bovenuit, was 't jongen geweest, dan had ze wel schoolmeester kunnen worden of misschien zelfs wel dokter. En handig en vlug dat ze was, met naald en draad, naaien kon ze als de beste, sokken stopte ze in een ommezien, haken, breien, borduren, ze was er een ster in, en toen ze een jaar of tien was, kregen we in de gaten dat ze ook vreselijk goed druiven kon krenten. Mensenlief, wat was ze daar bedreven in, ze wilden haar overal hebben, al gauw krentte ze door de hele Westgaag heen, alle kassen, alle trossen. En in huis nam ze, toen ze eenmaal van school was, mij alle werk uit handen, ik hoefde niks meer te doen, de was, eten koken, schoonmaken – het ging haar allemaal even makkelijk en snel af, en nooit klaagde ze ergens over, ze was stil en geduldig en ijverig en lief, heel erg lief, ja, ja, je hebt het erg goed getroffen met zo'n moeder, dat jij ook zo goed leren kunt, heb je van je moeder, als je dat maar weet, dat komt echt niet bij de 't Harten vandaan, dat zijn geen lichten, onbevattelijk zijn ze.'

'Onbevattelijk? Wat is dat?'

'Ken je dat woord niet? Onbevattelijk! Dat ze niks niemendal kunnen vatten, dat is het. En dan zijn 't ook nog eens een keer pestkoppen, vreselijke pestkoppen. Nee, wat dat aangaat had je moeder het wel beter kunnen treffen. Jouw grootvader Maarten 't Hart – hij kwam zelfs de Herenlaan op met z'n hondenkar – probeerde je altijd maar weer een loer te draaien, Lena van der Giessen, zei hij tegen mij, één dweil acht cent, drie in de aanbieding voor een kwartje, en ik trapte erin en als ik 's avonds dan trots aan Arie vertelde dat ik voordelig drie dweilen had kunnen kopen, was het huis te klein. Dus toen je vader na de veiling af en toe met mijn zoons meekwam, heb ik je moeder meteen gewaarschuwd, Lena, pas op, da's een 't Hart, en 't Harten kun je niet vertrouwen, 't zijn allemaal dweilen. Maar je moeder had 't met je vader te doen, het was een verschoppeling, hij kwam ook uit een groot gezin, hij was nummertje negen, en z'n vader had hem al op z'n twaalfde geloosd. Voor honderd gulden per jaar had hij hem verhuurd aan een boer in Loosduinen, mooi zo, weer een kind het huis uit, en nog geld toe. Uiteindelijk kwam hij, maar daar weet je natuurlijk alles al van, bij heer Poot terecht in de Westgaag als tuindersknecht, en zodoende kwam hij op de veiling, en zodoende kwam hij mee met Leen en Teun, en z'n bretelletjes waren kapot en je lieve, lieve moeder zei: geef me die bretelletjes maar even, en in een ommezien had ze ze hersteld, want ze was vlug als een vlo, en zo is 't gekomen. Z'n bretelletjes weer vast en toen zat ze er zelf ook aan vast. Ik had er beter op moeten letten, maar ja, als je negen kinderen hebt, zie je wel eens wat over het hoofd, en daarbij kwam dat ik m'n handen vol had aan al dat jonge grut, en Lena was zo gezeggelijk en makkelijk dat je d'r echt niet bij stilstond dat ze d'r met zo'n vreselijke 't Hart vandoor zou gaan.'

'Zal ik dan maar weggaan, oma, als die 't Harten zo erg zijn?'

'Ben je betoeterd? Je bent toch voor de helft een Van der Giessen, en daarom kun je zo fantastisch goed leren, en je trekt toch erg naar je moeder, al was je dan als klein jochie een plaag voor m'n lieve Lena, maar je hebt niks van een 't Hart, nee hoor, uiteindelijk ben je ook een Rosenberg, net als ik, och, och, ze hebben in Amerika twee Rosenbergs op de elektrische stoel gezet, vreselijk hartzeer heb ik ervan gehad, 't was vast familie, dus blijf jij nog maar eventjes bij je oma, nog een kop thee?'

Het was dat ik dankzij die meanderende monologen van mijn grootmoeder nog een en ander te horen kreeg over de jeugd van mijn moeder, anders zou ik over de eerste eenentwintig jaar van haar leven nauwelijks geïnformeerd zijn. Zelf sprak ze nooit over haar kinderjaren. Over de jeugd van Mozart weet ik meer dan over de jeugd van mijn eigen moeder. Nimmer een woord over haar schooltijd en de in Maasland aanwezige leerkrachten. Ze was altoos de beste van de klas geweest, vertelde mijn oom Leen mij een keer trots, maar zelf liet ze nooit blijken dat ze er trots op was of was geweest dat ze zo goed had kunnen leren.

Slechts twee opvallende feiten zijn mij gemeld, ten eerste dat ze in al die eenentwintig jaar slechts eenmaal van huis was geweest. Ze had in Wierden bij familieleden van mijn grootmoeder gelogeerd. Daar had zij vertoefd bij mensen die in het bezit waren van een platenspeler en ouderwetse 78-toerenplaten. Toen mijn moeder merkte dat ik op mijn knieën lag voor Mozart, vertelde ze zomaar opeens dat ze in Wierden had meegemaakt dat daar platen waren gedraaid. 'En dat was ook muziek van die Mozart,' zei mijn moeder, 'dat weet ik nog goed, en daar luisterden ze dan naar en daar kregen ze zelfs tranen van in de ogen, nou, ik begreep er helemaal niks van, tranen bij zulke muziek, als 't nou nog psalmen waren geweest, had ik het kunnen begrijpen, maar Mozart.'

Ten tweede, en dat is nog opmerkelijker dan die eenmalige logeerpartij in Wierden, kreeg ik altijd te horen dat mijn moeder ernstig ziek was geweest. Spoedig was de diagnose gesteld: tuberculose. Ze zou wel niet meer beter worden, had de dokter gezegd, tenzij ze in Zwitserland zou gaan kuren. In Zwitserland kuren, hoe zou daar ooit sprake van kunnen zijn, gelet op de precaire financiele toestand waarin het gezin Van der Giessen aan de Herenlaan 1 te Maasland vrijwel permanent verkeerde? Goed, te eten was er, omdat de tuin vrijwel altijd wel wat minder geslaagde, niet op de veiling te verhandelen producten opleverde. En als er niets was, kon je je altijd nog voeden met zevenblad, klaargemaakt als spinazie, en met brandneteltoppen waar een voedzaam soepje van getrokken kon worden. Maar de aanschaf van kleding was zelfs al een probleem, zelf naaien, verstellen, oplappen, vermaken was altijd het parool, dus laat staan dat er geld overschoot om in Zwitserland te gaan kuren. Daarom hadden mijn grootvader en grootmoeder ijverig om herstel van hun oudste dochter gebeden, en mijn grootmoeder had het adres gekregen van een piskijker in 's Gravenzande. Daar was mijn doodzieke moeder op een veilingkar naartoe vervoerd en deze bijzondere piskijker, de heer Bijsterveld, als ik goed ben geïnformeerd, had ook nauwelijks enige hoop op herstel kunnen bieden, maar had toch het dagelijks langzaam opdrinken van een halve liter petroleum aanbevolen. Dus mijn moeder had vervolgens kokhalzend elke dag een halve liter petroleum gedronken (een vloeistof die toentertijd nog voor een paar cent per liter verkocht werd) en was warempel, en natuurlijk ook mede dankzij de vele gebeden die in de Gereformeerde Kerk te Maasland naar de Allerhoogste werden opgezonden, weer beter geworden. Ter herinnering aan het feit dat mijn moeder zo ziek was geweest, zwol in mijn jeugd steevast, als ik een mantouxprik had gekregen, mijn arm vervaarlijk op en werd ik opgeroepen voor nader onderzoek. Waarschijnlijk ben ik in de baarmoeder al besmet geraakt met tuberculosebacillen die de petroleumkuur overleefd hadden.

Hoewel mijn moeder was opgegroeid in een verhoudingsgewijs groot, vrijstaand huis, met een formidabele keuken, en zelfs een bijkeuken, en met kamers op zolder, en met een tuin van duizelingwekkende afmetingen, voorzien van prachtige druivenkassen, liet ze nooit blijken dat ze indertijd in een hof van Eden had vertoefd, althans een hof vergeleken met het piepkleine huisje aan de Patijnestraat waarin wij woonden. Zelf was ik, de schaarse keren dat wij mijn grootouders aan de Herenlaan te Maasland bezochten, iedere keer weer verrukt van huis en tuin. In de tuin waren zelfs rails aangebracht waarover een lorrie kon rijden, van voor naar achter en weer terug. Uiteraard werd mij als kind ten strengste verboden om met die lorrie tot achter in de tuin te zoeven, en weer terug, want je kon er altijd met een been onder raken – om van ergere ongelukken nog te zwijgen – maar er waren soms zoveel kleinkinderen over de vloer dat er niet altijd op je gelet kon worden, en dan scheurde ik met de lorrie over de rails, telkens maar weer enorm jaloers op mijn moeder, die vrijwel haar hele jeugd in een huis had gewoond met een lorrie tot achter in de tuin. En met, voor het huis, een vlondertje in de sloot, en ook dat vlondertje mocht je niet betreden, want je zou er makkelijk vanaf kunnen donderen, de sloot in, en dan verdronk je in een ommezien, maar mede daarom fascineerde mij dat vlondertje, en menigmaal ben ik toch in die sloot gedonderd – zonder veel andere gevolgen dan dat ik er weer totaal bemodderd uit tevoorschijn kwam. Sloten, dat wist ik als kind al, waren nu eenmaal mijn natuurlijke habitat, mijn niche. Ze waren nooit diep, als je erin viel kon je er makkelijk weer uit komen, van top tot teen vorstelijk geurend naar modder. In een sloot hoorde ik thuis, tussen de jonge zeeltjes, de waterpissebedden, de wantsen, de kikkervisjes, de waterschorpioenen, de bijtende ruggenzwemmers, de kamsalamanders, de bijna zwarte, altijd zo mooi kronkelende bloedzuigers, en de bijzondere diertjes die zich pal onder het vlondertje schuilhielden, de bryozoën ofwel mosdiertjes, zoals ik pas later te weten ben gekomen. Je zag ze onder het vlondertje zitten in het glasheldere, maar donkere water, en als je je hand ernaar uitstak trokken ze hun tentakeltjes in, en die stulpten dan langzaam weer uit als je je hand terugtrok. Had je geluk, dan zaten er onder dat vlondertje ook reusachtige geelgerande of pikzwarte watertorren, en die stortten zich soms op je handpalmen als je de mosdiertjes probeerde te pakken. Ik was er altijd apetrots op als zo'n tor mij flink beet. En onweerstaanbaar was dan de aandrang om de bijtwond aan mijn moeder te tonen, want dan trok ze spierwit weg.

Naar wat ik ervan begreep uit de o zo schaarse mededelingen over haar jeugdjaren, was mijn moeder in het grote huis op de Herenlaan onophoudelijk bang geweest. Bang voor al dat gedierte dat vanuit de tuin op alle uren van de dag en de nacht het huis binnendrong, de muggen, torren, spinnen, duizendpoten, veldmuizen, ja, soms zelfs ratten. Doodsbang voor de kronkelende bloedzuigers in de sloot. Bang voor de enge geluiden 's nachts. Bang bovenal voor de vele honden die altoos op de erven vertoefden van de boerderijen en tuinderijen die gelegen waren aan de slingerende Westgaag, de verkeersader vanaf de Maaslandse dam tot aan de Tol bij de Dijkopgang. De Herenlaan was een zijweg van de Westgaag en liep dood. Er lag een zestal tuinderijen aan de Herenlaan en op al die tuinderijen hielden ze een hond, 'behalve bij ons, goddank', aldus mijn moeder menigmaal. Want honden hadden het speciaal op mijn moeder voorzien, althans zo meende ze zelf. In de zes jaar dat ze elke dag, dwars door de weilanden heen, naar haar school in Maasland was gelopen (drie kilometer heen, drie kilometer terug) hadden de honden voor haar in hinderlaag gelegen en waren ze woedend blaffend tevoorschijn gesprongen als ze, goddank gekonvooieerd door haar broers, voorbijliep. Toen ze eenmaal fietsen kon, waren ze, als ze door de Westgaag reed, uit alle hoeken en gaten tevoorschijn gekomen om met hun vervaarlijk blikkerende hoektanden naar haar op en neer bewegende kuiten uit te halen. Misschien klopt het wel dat al die honden het speciaal op mijn moeder hadden voorzien, want ik denk dat ze, van nature veel angstiger dan enig ander mens dat ik ooit gekend heb, meer angstzweet produceerde dan degenen met wie ze naar school liep of door de Westgaag fietste. Al die honden hebben dat overvloedige angstzweet likkebaardend opgesnoven en handelden dienovereenkomstig. En 't kan ook best zijn dat het, ondanks het feit dat ze totaal niets met elkaar gemeen hadden, aangekomen is tussen mijn vader en moeder omdat mijn vader van nature juist nergens bang voor was. Het moet iets ongelofelijks geweest zijn voor mijn moeder om met mijn vader door de Westgaag te fietsen. Kwam er zo'n reusachtige bastaardherdershond vanaf een erf naar haar toe gestormd, dan keek mijn vader zo'n hond alleen maar aan, en jankend, met de staart tussen de poten, trok hij zich dan bliksemsnel terug op zijn erf, vol ongeloof mijn vader nakijkend, en vaak nog lang zachtjes nahuilend. Ik was zelf als kind ook doodsbang voor die blik van mijn vader, voor die ogen die plotseling heldergroen werden, en de woedende uitdrukking daarvan. Zelfs onhandelbare hengsten verstijfden als ze door mijn vader werden aangekeken, dus laat staan de Westgaagse honden. Overigens geldt vooral voor vogels en zoogdieren: angstige moeder, angstig kroost. Mijn broer en ik zijn inderdaad ook ongelofelijke angsthazen, mijn zus wonderlijk genoeg iets minder. Maar ja, qua karakter heeft mijn zus meer gemeen met mijn vader dan mijn broer en ik, die alle twee voorzien zijn van de schijtlaarzenaard van mijn moeder.

Waar mijn moeder echter in haar jeugdjaren het meest bang voor was, was haar eigen vader. Nooit heb ik haar enig goed woord over hem horen zeggen. Evenmin trouwens als over haar moeder. Dat laatste is vreemd, want haar moeder was een buitengewoon beminnelijk, uiterst sociaal iemand, een hartelijke, vrolijke vrouw, behept met een opvallende, eigenaardige karaktertrek die echter toch in vrij ruime mate bij met name vrouwen aangetroffen wordt: een ongeneselijke babbelzucht. Mijn grootmoeder praatte altijd en onophoudelijk. Ze deed ook helemaal niets anders. Al wat een moeder met veel kinderen doorgaans doet, werd door haar kinderen gedaan. Ze zat in een stoel en kletste. Wat er langskwam, waren verhalen over haar jeugd, verhalen over ooms en tantes, neven en nichten, geboortes, ziektes, zwangerschappen, miskramen. Haar hele verleden kwam onophoudelijk voorbij, inclusief de voorgeschiedenissen van vele verwanten. Ze weefde maar voort aan een reusachtig familie-epos. Nam je de tijd en de moeite om naar haar te luisteren, dan bleek dat een waar genoegen. Ze vertelde goed, ze verloor zich alleen in de details, en sloeg onverhoeds zijpaden in, daardoor kwam haar verhaal nooit af. En er traden altijd maar weer nieuwe neven en nichten op in haar eeuwigdurende familieroman, en die introduceerde ze alsof ze die al eerder had behandeld, maar een overzichtelijk schema met alle namen en geboortedatums en sterfdatums zou welkom zijn geweest. Misschien schermde ze zich met haar ‘geratel’, zoals mijn vader het oneerbiedig noemde, ook af van haar ambitieuze, heerszuchtige, kwaadaardige man, de geduchte, gevreesde Arie Adriaan van der Giessen. Hij wou de eerste tuinder van het Westland zijn, hij wou op de veiling de allerbeste, duurste waar leveren, voor minder deed hij het niet, en dat zou natuurlijk een loffelijk streven zijn geweest, ware het niet dat daaraan alles werd opgeofferd. Want met wat minder goed uitgevallen producten wenste hij niet op de veiling te verschijnen, hoewel hij voor die producten toch ook een redelijke prijs had kunnen bedingen. Maar nee, hij wou alleen maar exportkwaliteit leveren, en dat leverde hij doorgaans ook, maar ja, wel ten koste van een vrijwel altijd aanwezige humeurigheid. Overigens werd die humeurigheid ook veroorzaakt door chronische maagpijn.

‘Als ik de stap van mijn vader hoorde aankomen,’ aldus mijn moeder, ‘zat ik meteen al te bibberen en te beven op mijn stoel.’

‘Maar waarom dan?’ vroeg ik.

‘Omdat hij witheet van woede werd als je, wanneer hij binnenkwam, niet ijverig aan het werk was. Als je een boek las, werd dat uit je handen gerukt, want lezen was geen werken, dat was luieren. Zo’n boek werd meteen verscheurd. Lezen was ten strengste verboden. Dus al wat ik als kind gelezen heb, heb ik gelezen als ik breide of haakte of verstelde. Maar zelfs dan kon hij nog woedend uitvallen, want volgens hem kon je nooit honderd procent bij de les zijn als je tegelijkertijd las. Dus toen ben ik maar helemaal opgehouden met lezen, terwijl ik dat toch zo graag deed. En nu nog, als ik een boek pak, verstijf ik, dan hoor ik weer die dreigende stap van mijn vader – je kon aan z’n stap al horen hoe de vlag erbij stond – en daarom ben ik niet op m’n gemak met een boek in mijn handen.’

Mijn vader haatte zijn vader ook, mogelijk heeft ook dat ertoe bijgedragen dat mijn vader en moeder elkaar vonden, maar de haat van mijn vader stond in geen verhouding tot de haat van mijn moeder. Die was van een ongekende hevigheid, die was alomvattend en diep. Daarom verbaasde het mij enorm dat zij, toen hij op sterven lag, na een laatste bezoek met betraande ogen thuiskwam. Ik zei tegen haar: 'Je hebt gehuild, waarom, je houdt toch niet van je vader?'

'Ja, maar hij ligt er zo zielig bij en hij is helemaal weggeschrompeld, er is helemaal niks meer van hem over, hij is zo klein geworden, hij is alleen nog maar een hoofd met een heel klein zielig lijfje eronder.'

Mijn geduchte grootvader stierf in 1962 aan maagkanker, hij was achtenzestig jaar oud. Ik deed eindexamen en kon daardoor de begrafenis niet bijwonen, al vond mijn grootmoeder dat dat geen pas gaf. Het is spijtig dat ik er niet bij ben geweest, want bij die begrafenis heeft mijn oom Cor gezegd dat mijn grootvader, had hij zich bekeerd tot de pinkstergemeente, dankzij gebedsgenezing, aldaar gepraktiseerd, nog vele jaren had kunnen leven. En dat werd beaamd door mijn oom Jaap, die zich evenals oom Cor bij de pinkstergemeente had aangesloten. Beiden hadden zich laten overdopen in het Sportfondsenbad te Schiedam, welk bad door de pinkstergemeente af en toe werd afgehuurd voor een doopdienst.

Toen mijn moeder na de begrafenis thuiskwam, kwam ik ook net thuis na mijn schriftelijke examen mechanica. Ze was ziedend, het is zowat de enige keer in haar leven geweest dat ik haar met stemverheffing heb horen spreken. 'De schoften,' riep ze, 'de schoften, de schoften.'

'Wie zijn schoften?' vroeg ik.

'Cor en Jaap,' zei ze, 'de schoften, de schoften, de schoften.'

'Waarom zijn het schoften?'

'Ze zeggen dat het mijn vaders eigen schuld is dat hij dood is gegaan. Had hij zich ook bekeerd en bij de pinkstergemeente aangesloten, dan zou hij door God na gebed genezen zijn. Nu is hij voor eeuwig verloren, zegt Cor. De schoften, de schoften, de schoften. Hoe durven ze. Eerst al verloochenen ze hun jawoord tegen de Here Jezus door uit de kerk te stappen, en dan verloochenen ze ook nog een keer hun doop door zich te laten overdopen, en nu dit, de schoften, de schoften, de schoften.'

Mijn moeder – goddank toch nog iets dat ik te weten ben gekomen over die eerste eenentwintig jaar – had haar jawoord aan de Here Jezus, zoals zij het in het openbaar afleggen van de belijdenis des geloofs placht te noemen, gegeven op 21 november 1940. Mijn vader heeft op 13 maart 1938 belijdenis gedaan. Waren ze niet van dezelfde kerk geweest, dan had het nooit wat tussen die twee kunnen worden. Toch school er, al waren ze lid van dezelfde Gereformeerde Kerk, een addertje onder het gras. Mijn vader stamde uit een familie die met de Afscheiding was meegegaan, mijn moeders voorgeslacht was meegegaan met de Dolerenden. Afgescheidenen en Dolerenden zijn in 1892 gefuseerd en hebben de Gereformeerde Kerk gevormd (veel Afgescheidenen waren overigens fel gekant tegen die fusie en vormden toen de Christelijk Gereformeerde Kerk), maar van een echt samengaan is toch nooit sprake geweest, Afgescheidenen en Dolerenden vormden toch twee richtingen in de Gereformeerde Kerk en dat was zelfs bij ons thuis te merken. Mijn vaders ligging was duidelijk anders dan die van mijn moeder. Mijn vader sympathiseerde met de zwartste kanten van het gereformeerdendom, hij hield van zware dominees, van bonders, van hel en verdoemenis predikende kanselredenaars zoals dominee Venema van de Christelijk Gereformeerde Kerk te Maassluis, die je klip-en-klaar te kennen gaf dat je geen enkele kans maakte om tot de uitverkorenen te behoren. Mijn moeder moest niets van dat soort zwartkijkers hebben. Ze was voorstander van een blij geloof, je moest de hele dag door in juichstemming verkeren omdat je verlost was door de Here Jezus en gewassen in zijn dierbaar bloed. Spijtig genoeg was ze zelf desondanks niet in staat om die blijdschap vanwege de verlossing uit te stralen. Achteraf denk ik dat ze haar hele leven lang depressief is geweest, om een modewoord te gebruiken. Geheel in tegenstelling tot mijn vader, wiens natuurlijke vrolijkheid vrijwel door niets te fnuiken was, behalve door de tranen van mijn moeder als ze er weer zeker van was dat hij naar een ander mokkel had gekeken.

Mij heeft ze overigens ook herhaaldelijk aangemaand om mijn jawoord aan de Here Jezus te geven.

‘Waar staat in de Bijbel,’ vroeg ik haar dan steevast, ‘dat je in een kerk, ten overstaan van de hele gemeente, samen met een aantal andere stakkers van je eigen leeftijd op de voorste rij moet zitten en moet opstaan om ja te zeggen nadat de dominee dat stomme belijdenisformulier heeft voorgelezen?'

'Dus je wilt je jawoord niet geven,' zei ze dan treurig.

'Dat zeg ik niet,' zei ik, 'ík vraag alleen maar: waar staat in de Bijbel dat je openbare geloofsbelijdenis moet doen?'

Het is een vraag die ik ook aan ouderlingen en dominees heb voorgelegd en ook, uiteindelijk, aan dominee Rothuizen, de studentenpredikant in Leiden, die mij, naast mij over de brug fietsend bij het Academiegebouw, vroeg wanneer ik geloofsbelijdenis dacht te gaan doen.

Toen ik in antwoord daarop mijn vraag had gesteld, keek hij mij verbaasd en bezorgd aan.

'Dus je wilt geen geloofsbelijdenis doen?' vroeg hij.

'Er is geen enkele Bijbeltekst te vinden die zo'n potsierlijke vertoning aanbeveelt of zelfs maar rechtvaardigt,' zei ik.

Waarop de dominee gekwetst wegfietste.

Wat valt er verder nog te melden over die geheimzinnige, in ondoordringbare nevels verzonken jeugdjaren? Er zijn geen documenten bewaard gebleven, geen brieven, echter wel wat foto's. Daarop zie je meestal een meisje met een boze gelaatsuitdrukking.

Bij het verlaten der school had ze een leesboek gekregen. Een werkje van Johanna Breevoort met de omineuze titel *Het verwaarloosde meisje*. Ik heb het gelezen en herlezen, maar anders dan *Willem Wijcherts*, dat mijn vader bij het verlaten der school had gekregen, vond ik het geen mooi boek. Op de omslag van Breevoorts boek zie je een man die met zijn hoofd op tafel ligt en zijn armen er beschermend omheen heeft gevouwen. Achter hem komt een vrouw via een openstaande deur de kamer binnen. Van het verwaarloosde meisje zelf geen spoor. Of dat ene boekje, met die titel, exemplarisch is, staat te bezien. Verwaarloosd werd en was mijn moeder zeker niet, dat gold eerder voor mijn vader, die op zijn twaalfde domweg het huis werd uit geflikkerd. Als er een boek had bestaan met de titel *Het doodsbange meisje*, zou dát gepast hebben. Maar toch, hoe bang ze ook was, ze oefende (volgens mijn zus, ik heb het haar zelf nooit horen zeggen) met haar broer Leen hoe je moest zoenen. Zoiets zou toch in mijn jeugdjaren, in de Patijnestraat, ondenkbaar zijn geweest: zoenoefeningen met je zus.

Leen was duidelijk ook de enige broer van wie ze hield. Over al haar andere broers en zussen heb ik haar nooit een goed woord horen zeggen, en zelfs Leen werd uiteindelijk verketterd omdat hij, in het laatste stadium van kanker verkerend, om euthanasie had verzocht.

'Dat vind ik zo vreselijk,' aldus mijn moeder. 'Waarom heeft mijn broertje het niet aan de Heere overgelaten om het tijdstip te kiezen van zijn dood.'

'Omdat hij ondraaglijk leed,' zei ik.

'Ach wat, ondraaglijk lijden,' zei mijn moeder, 'er is er maar één die ondragelijk heeft geleden, en dat was de Here Jezus zelf.'

Bezettingstijd

Zoals de eerste driemaal zeven jaar van haar leven grotendeels een mysterie voor mij blijven, blijven ook de volgende zeven jaar nagenoeg in het duister gehuld. Op 21 augustus 1941 trouwde ze te Maasland met mijn vader, en verhuisde van de lusthof aan de Herenlaan naar het piepkleine arbeidershuisje aan de Patijnestraat in Maassluis. Hoe zij deze enorme verandering in haar leven heeft ondergaan, weet ik niet. Ze heeft er nooit iets over gezegd.

In 1948 ging ik naar de kleuterschool, en vanaf die allereerste morgen op de bewaarschool van juffrouw Lub, blijkt mijn leven opeens een doorlopend verhaal te zijn. Vanaf die dag herinner ik mij uiteraard niet alles wat mij nadien is overkomen, maar ik zie mijzelf daar in de zandbak kniezen, aan de haarvlechten trekken van een domineesdochter, lusteloos kleurboekjes bekrassen, soms urenlang in de hoek staan, en ook de leerkrachten aldaar heb ik nog helder voor ogen: de fragiele juffrouw Fijnvandraat en vooral juffrouw Dekwaaisteniet met haar veelbelovende achternaam. Van wat daarvoor geschiedde, herinner ik mij slechts flarden, fragmenten, traumatische gebeurtenissen.

Mijn moeder wou me die eerste morgen wegbrengen naar de bewaarschool. Ik weigerde resoluut. 'Ik kan het zelf makkelijk vinden,' zei ik, 'ik weet waar het is, je hoeft me niet weg te brengen.'

'Best,' zei ze, 'ga maar alleen.'

Nog niet eens zo lang geleden heeft ze me verteld dat ze me stiekem gevolgd is om te kijken of het wel goed ging. Ik ben blij dat ik dat toen niet geweten heb, ik zou diep verontwaardigd zijn geweest. Hoe het ook zij, vanaf die eerste morgen op de kleuterschool is er geen sprake meer van enig duister.

Maar de jaren daarvoor, speciaal de jaren van de bezettingstijd, vormen een groot raadsel. Hoe heeft ze de oorlog ondergaan? Het enige wat ze er ooit over gezegd heeft, is dat je nergens last van had als je maar zo veel mogelijk rustig thuisbleef. Ook heb ik nog uit haar losgekregen dat het akelig was dat je zo moeilijk aan Sunlightzeep kon komen. En in een onbewaakt ogenblik liet ze zich ontvallen dat dankzij de inval van de moffen, en de daarmee gepaard gaande vergroting van afzetmogelijkheden van groenten met exportkwaliteit naar Duitsland, dan toch eindelijk door de Westgaag het schip met geld kwam binnenvaren. (Je hoort er nooit over, maar de Nederlandse tuinbouw, tot mei 1940 altijd noodlijdend geweest, profiteerde enorm van de inval van de Duitsers.) Maar verder? Geen woord, niets (behalve dan dat mijn grootmoeder een keer werd opgepakt omdat ze er zo joods uitzag, en na grondig onderzoek van haar papieren en antecedenten ook weer vrij is gelaten), en dat terwijl bij de meeste mensen juist die bezettingstijd stof levert voor talrijke verhalen.

Of ze honger heeft geleden in de hongerwinter – ik weet het niet. Ze heeft er nooit een woord over gezegd, behalve dan dat haar broers haar vanuit de Westgaag van melk voorzagen toen ze van mij in verwachting was. Haar eerste bevalling, november 1944, heeft ze mij vele malen in geuren en kleuren verteld, met telkens nieuwe details bij elke volgende versie van die voor haar kennelijk ongelofelijk traumatische ervaring. Haar verhaal heb ik reeds verteld in mijn boek *Verlovingstijd*. (Mijn buurvrouw las mijn boek en zei mij: 'Weet je wat er aan de hand was met jouw moeder na jouw geboorte? Hetzelfde als met mij nadat mijn laatste spruit werd geboren. Ze had een pastorale depressie.') Of er inderdaad sprake was van een postnatale depressie, weet ik niet, en geloof ik ook niet, want zolang zulke termen niet bestaan, bestaan de fenomenen waarop zij betrekking hebben evenmin, maar aan *Verlovingstijd* kan ik toevoegen dat mijn moeder mij steeds opnieuw bekende dat ze in de eerste maanden elke keer dat ze me zag griezelde bij de aanblik van het gedrocht dat zij gebaard had, maar, voegde ze daar dan steeds vergoelijkend aan toe: 'Later ben ik toch wel veel van je gaan houden.' Hoeveel later dat geweest is, daarover wou ze nooit uitsluitsel geven, en ik vermoed dat ze bepaald niet in haar schik is geweest met mijn ADHD-persoonlijkheid. Onophoudelijk loerde ik op mogelijkheden om voor reuring te zorgen. De kippen die bij ons achter op het plaatsje werden gehouden bestookte ik met klompen en schoenen, in schaterlachen uitbarstend als ik er een geraakt had. Ik trok het tafelkleed van tafel als zich daarop vaatwerk bevond, ook dan schaterlachend als er iets brak, ja zelfs, tussen de snikken door, schaterlachend als mijn vader mij over de knie legde. Mijn moeder probeerde op allerlei manieren mijn destructiedrang in te dammen, maar het was onbegonnen werk. Aan haar lijden kwam evenwel een eind toen ik mijn eerste boek opensloeg. 'Opeens had ik, toen je kon lezen, geen kind meer aan je,' aldus mijn moeder, hetgeen impliceert dat het daarvoor bepaald anders was.

Mijn verrichtingen doen echter niet ter zake. De vraag is: hoe verging het haar in de oorlog? Of liever: waarom wilde ze daar nooit iets over zeggen? En mijn vader was evenmin mededeelzaam over de bezettingstijd. Hij was wel een groot verteller, maar zijn verhalen speelden of voor de oorlog, of na de oorlog. In die oorlog? Die uitdrukking werd nimmer gebruikt. Het enige wat hij af en toe vertelde was hoe hij bij een razzia uit handen van de Duitsers was gebleven.

'Ik fietste op de Hoogstraat. Springt me daar opeens vanachter het stadhuis vandaan een rotmof voor m'n fiets, een iel ventje met een spuit voor z'n buik. Mitkommen, schreeuwde dat stuk secreet. Niet mitkommen, zei ik, vrouw en kind thuis, kan niet mitkommen. Mitkommen, riep de lamstraal en zette de loop van z'n spuit op m'n buik. Ik keek hem aan, dat loeder, hij trok wit weg, haalde z'n spuit van m'n buik en woof ermee alsof hij zeggen wou: ga maar verder. Dus ik stap weer op m'n fiets, en rammel weg op mijn houten banden. Hij schreeuwde nog iets, die aterling, maar ik deed net of ik niks hoorde, ik fietste kalmpjes verder, zo langs de radiowinkel van Hees & Co de dijk uit. Later hoorde ik nog dat alle knullen die ze opgepakt hadden op de markt stonden te wachten om afgevoerd te worden. Arbeitseinsatz. Maar ik niet. Zo'n rotmof.'

Wat mijn vader verder nog kwijt wou over de oorlog was iets dat hem blijkbaar angst had ingeboezemd. Met een zekere regelmaat deelde hij mee: 'Die rot-Hitler wou ons, alle Nederlanders, als de oorlog voorbij was, naar Polen afvoeren, zodat dan de Duitsers in ons mooie landje zouden kunnen gaan wonen.

Ook op de Dr. Abraham Kuyperschool werd door de leerkrachten nooit gesproken over de oorlog. Alle aandacht ging uit naar een andere oorlog, de Tachtigjarige Oorlog. Als kind vond ik dat logisch. Die Tachtigjarige Oorlog had zestien keer zo lang geduurd als de Tweede Wereldoorlog. Bovendien was toen het geloof in het geding geweest, was het erom gegaan of we weer katholiek zouden worden onder Filips de Tweede, dan wel protestant onder Willem van Oranje – althans zo zag ik dat toen. Toch verbaast het mij achteraf dat wij vanaf de derde klas van de lagere school tot en met de zesde klas vrijwel uitsluitend werden geïnformeerd over de Tachtigjarige Oorlog. Al wat daarin geschied was, kwam langs, vanaf de slag bij Heiligerlee tot aan het tekenen van de vrede van Münster. Zo'n beetje elke ketter die in die jaren verbrand was, werd apart behandeld, met opmerkelijk veel aandacht voor gruwelijke details. Soms denk ik dat mijn onderwijzer Andries Mollema zelf wat ketterverbrandingen verzon, want hij vertelde over executies waar ik later nooit meer iets over gehoord en gelezen heb. Hij was, zoals ik al eerder schreef, gefascineerd door verbrandingen en vertelde daar smakelijk over, en passend is dus dat hij bij een hotelbrand om het leven is gekomen.

Af en toe stak ik mijn voelhorens uit en informeerde naar de oorlog. 'Hoe was het nou in de oorlog,' vroeg ik de vader van mijn klasgenoot Geert de Vries, die op het Hoofd een waterstokerij dreef. 'Stookte u gewoon door?' 'Maar natuurlijk, knul, de was moest toch op maandag gedaan worden.'

Was er, tijdens die oorlog, in Maassluis ooit wel iets gebeurd? Zelfs het begrip 'verzet' kende ik niet. Hoe nieuwsgierig ik ook was naar die oorlog, je kwam er domweg niets over te weten. Hadden mijn vader en moeder misschien ooit illegale krantjes gedistribueerd? Ik hoopte erop. Ze zouden toch wel íéts gedaan hebben? Hoe vermetel van mij om als kind te denken dat mijn moeder, zowat de personificatie van het begrip angst, ooit enige daad van verzet had gepleegd. 'Als je je hoofd maar zo weinig mogelijk buiten de deur stak, had je nergens last van.'

'Maar je ging toch naar de kerk? Dan stak je je hoofd toch buiten de deur?'

'Tuurlijk, je ging naar de kerk, dat was niet gevaarlijk, dat mocht.

Maar toen de Noorderkerk weggebombardeerd werd, ben ik een tijdje niet meer naar de kerk geweest. Dat kon niet meer.'

En daar moest je het dan weer mee doen. Toch was je iets te weten gekomen: de kerk was weggebombardeerd. Maar wanneer dan? Uiteraard ging ik ervan uit dat de Duitsers de Noorderkerk hadden weggevaagd, dus toen ik er uiteindelijk achter kwam dat het de Engelsen waren die die kerk hadden vernietigd, was ik verbijsterd. Hadden de geallieerden dan de kerk verwoest? Maar waarom dan?

En zo bleef je maar in het duister tasten. Het leek soms alsof die oorlog nooit gebeurd was, of althans aan Maassluis, op één bombardement na, volledig voorbij was gegaan. Het enige wat eraan herinnerde waren de geweldige hoeveelheden Sunlight-zeep onder onze bedden, want mijn moeder had die zeep in de oorlog zo smartelijk gemist dat ze na de oorlog dozen vol Sunlight hamsterde.

Om meer te weten te komen over de Tweede Wereldoorlog was ik derhalve aangewezen op jongensboeken. *Van Hollandse jongens in de Duitse tijd* van Aart Romijn, *Van Texel begon de victorie* van Piet van As, *Engelandvaarders* van K. Norel, *Met paarden door de nacht* en *Zwarte Tinus de verliezer* van J.W. Ooms, het driedelige (later met een vierde deel uitgebreide) epos van Anne de Vries *Reis door de nacht*. Behalve het boek van Piet van As waren al die jeugdboeken afkomstig van calvinistische auteurs, en hoe zou dat ook anders gekund hebben, want ik betrok deze werken van de Gereformeerde Evangelisatiebibliotheek. Toch stond daar ook Piet van As in de kast.

Al wat ik als kind over de oorlog wist, wist ik vooral dankzij al deze werken. Omdat deze boeken voor opgroeiende jeugd bestemd waren, werd veel je bespaard. Bovendien werd, net als later in de spannende jeugdboeken over de oorlog van Piet Prins die dateren van na mijn jongensjaren, steeds benadrukt dat de Here God tijdens die verschrikkelijke jaren nadrukkelijk aan onze kant had gestaan en menigmaal na gebed – lees bijvoorbeeld *Engelandvaarders* van K. Norel – voor uitredding had gezorgd. In het boek van Norel neemt de hoofdpersoon dienst bij de Duitse marine, want hij wil zich meester maken van een oorlogsbodem en daarmee oversteken naar Engeland. Maar omdat hij aan niemand kan en wil vertellen wat zijn masterplan inhoudt, wordt het hem uiteraard bitter kwalijk genomen dat hij bij de Duitse marine aanmonstert. Zijn masterplan slaagt. Je vraagt je af of zoiets ooit gebeurd kan zijn. Maar spannend is *Engelandvaarders* wel, ongemeen spannend. Ik heb het boek vele malen gelezen, net als *Reis door de nacht* van Anne de Vries en *Met paarden door de nacht* van J.W. Ooms. In al die boeken komt het uiteindelijk allemaal goed, uit die werken doe je toch een vertekend beeld op van de bezettingstijd, omdat geen van die auteurs het heeft aangedurfd de verschrikkingen van de oorlog onverhuld in beeld te brengen. Nee, er moest een jongensboeksaus overheen, het minst misschien nog in *Reis door de nacht* van Anne de Vries. Daarin ook, anders dan in de meeste andere jeugdboeken, behalve het boek van Romijn, ruim aandacht voor het lot van de joden.

'Maandenlang reeds,' aldus De Vries in hoofdstuk 9 van deel twee van zijn epos over de familie De Boer, 'waren de Jodenvervolgingen aan de gang met razzia's en transporten. In de kerk had de familie De Boer ertegen horen protesteren en in de ondergrondse krant hadden ze gelezen hoe erg het was, en toch leek het alsof al die ellende hun grotendeels was voorbijgegaan.'

In het boek van Romijn wordt beschreven hoe een joodse familie aan een onderduikadres wordt geholpen, dus ook dat boek informeerde mij over de jodenvervolging. Het boek van Romijn is minder spannend dan de andere door mij genoemde jeugdboeken, maar geeft wel een reëler beeld van de oorlog – helaas ook weer overgoten met een grote dosis christelijkheid. Ik herinner mij nog dat het boek werd bewerkt tot hoorspel en dat ik dat hoorspel beluisterde. Vanuit de radio klonk halverwege een aflevering van het hoorspel het geluid van een fietsbel.

'Fietsen werden toch afgepakt in de oorlog,' vroeg ik aan mijn moeder, die uiteraard met naaiwerk bezig was.

'Niet alle fietsen,' zei ze, 'de fiets van je vader is nooit afgepakt, die wilden ze niet hebben, die zag eruit alsof hij door de wringer was gehaald.'

Mij is die fietsbel altijd bijgebleven. Het is net alsof die fietsbel symboliseert dat ik nooit echt zal weten hoe het toeging in de jaren '40-'45, want dat die bel opklonk in die hoorspelbewerking ervoer ik als bizar, terwijl er tijdens de oorlogsjaren ongetwijfeld vele fietsbellen hebben gerinkeld. Maar het leek mij dat tijdens die oorlogsjaren alles anders was dan daarvoor of daarna, dus zo'n vrolijk huiselijk geluid als het rinkelen van een fietsbel had voor mijn gevoel tussen '40 en '45 nooit kunnen opklinken.

Hoe eigenaardig overigens dat ik als jongen van een jaar of acht voor het eerst iets vernam over de jodenvervolgingen uit jongensboeken. Jodenvervolgingen? Waarom? Door de Duitsers? Ja, dat kon bijna niet anders. En hoe waren die afgelopen? Ik vroeg ernaar bij mijn moeder, kreeg geen antwoord, vroeg ernaar bij mijn vader, kreeg alleen maar te horen dat er in Maassluis amper jodenvervolgingen waren geweest. Goed, er waren twee families weggevoerd, de familie Van Gelderen en de familie Colthoff, maar dat was dan ook alles. En de kinderen van de familie Colthoff waren ondergedoken en hadden de oorlog overleefd, dus zo erg was het nou toch ook weer niet geweest.

Erg was het dus wel, en exemplarisch. Zowel de familie Colthoff als de familie Van Gelderen hebben op 18 oktober 1942 een Nederlandse politieman aan de deur gehad die hun meedeelde dat ze op transport zouden worden gesteld. Of ze zich, voorafgaande aan de dag dat ze afgevoerd zouden worden, diezelfde avond alvast wilden melden op het politiebureau, om daar te overnachten. In afwachting van hun transport, de dag daarop. Zelfs een laatste nacht in hun eigen bed werd hun door Nederlandse politieagenten niet gegund. Abraham en Rosa Colthoff en Emmanuel en Jetje van Gelderen, alsmede hun dochter Bertha, kwamen op 27 oktober aan in Auschwitz en zijn daar terstond vergast. Abraham Colthoff, tot ver buiten de grenzen van Maassluis geroemd om zijn prachtige portretten, wou niet onderduiken, want hij dacht dat hij ook in Polen makkelijk emplooi zou vinden als fotograaf.

Aan hun verwijdering uit de Maassluise gemeenschap is geen Duitser te pas gekomen. Ze zijn simpelweg door bereidwillige Nederlandse agenten, via het politiebureau op de markt, uit Maassluis weggesluisd. Geruisloos, zonder enige ophef, in alle rust, en vrijwel zonder enig protest van de Maassluizers. In Maassluis leek het naderhand, om Anne de Vries te parafraseren, 'alsof al die ellende hun grotendeels was voorbijgegaan'. Het woord 'grotendeels' kan hier misschien zelfs worden vervangen door 'volledig'.

In mijn jeugd heb ik nooit iets over die twee Maassluise joodse families gehoord. Zomin als ik trouwens van enige onderwijzer of dominee of wie dan ook in Maassluis iets hoorde over de jodenvervolging. Ook op het Groen van Prinstererlyceum kwam datgene wat pas heel veel later de Holocaust is gaan heten nauwelijks ter sprake, al kan ik mij herinneren dat onze leraar Nederlands ons voorlas uit *Opmars naar de galg* – de passage waarin iemand vertelt dat hij een Einsatzgroep aan het werk ziet. Een van mijn klasgenoten, Jakob Vos, raakte zo van streek van datgene wat hij hoorde dat hij begon te braken. Waarop onze leraar verschrikt ophield met voorlezen. Jakob Vos zei naderhand dat hij *Opmars naar de galg* nooit, nooit, nooit zou gaan lezen (in plaats daarvan werd hij ouderling in de PKN), maar ik leende het boek van mijn leraar Nederlands en las het wel, zoals ik ook *Goethe in Dachau* las van Nico Rost en *Is dit een mens* van Primo Levi en het boek dat mij toentertijd het meest schokte en verbijsterde, het al zo vroeg na de oorlog verschenen boek van Eugen Kogon, *Der SS-Staat*, maar dan uiteraard in de vertaling van 1946. Ik heb het sindsdien als mijn plicht gevoeld alles te lezen wat ik kon bemachtigen en wat op mijn weg kwam over de Duitse concentratiekampen: studies, dagboeken, ooggetuigenverslagen. Ik heb er zelfs een groot artikel over geschreven in *Drupelsteen*, het orgaan van de Studentenvereniging op Humanistische Grondslag Socrates. Bij de dagboeken heb ik altijd voor ogen gehouden dat de schrijvers ervan, omdat zij schreven en veelal ook overleefden, toch altijd nog minder hebben geleden dan die miljoenen die omgekomen zijn zonder een spoor na te laten. Het is, daar ben ik zeker van, voor veruit de meeste slachtoffers nog veel verschrikkelijker geweest dan voor dagboekschrijvers die zich al schrijvend nog enigszins overeind konden houden.

Twee conclusies heb ik destijds getrokken uit al datgene wat ik, eind jaren vijftig, had gelezen, en dat was al vrij veel. Ten eerste dat, als er een almachtige God bestaat die alles bestiert, en zonder wiens wil geen haar van ons hoofd vallen kan, zoals Zondag I van de Heidelbergse catechismus beweert, Hij ons dus ook de concentratiekampen heeft toebedeeld. Alle dingen komen ons immers niet bij geval, maar van zijn vaderlijke hand toe, zoals Zondag 10 van de voornoemde catechismus zegt. Als, wat je misschien nog denken kon, die concentratiekampen ons niet van zijn vaderlijke hand toekwamen, maar van de hand van de duivel, dan nog bleef de vraag rechtovereind staan: waarom heeft Hij – Hij is toch almachtig? – niet ingegrepen? Hij had Auschwitz toch kunnen wegvagen zoals Hij Sodom en Gomorra heeft weggevaagd? Wat zich toen, gelovig als ik indertijd nog was, toch al aarzelend aandiende, was de simpele gedachte: wat te denken over de Almachtige na Auschwitz? Dat er, na de oorlog in al die kerken, domweg weer diensten werden gehouden waar gebeden opklonken en God weer werd geloofd en geprezen, en waar de draad van voor de oorlog werd opgepakt, en net gedaan werd alsof er geen zes miljoen mensen in de gaskamers waren omgekomen, kon ik toen al niet bevatten. Mijn tweede conclusie uit al datgene wat ik indertijd al gelezen had was: als kon gebeuren, wat er in de jaren '33-'45 in Europa was gebeurd, kon het op ieder moment weer gebeuren, en als het op ieder moment weer kon gebeuren, sprak het vanzelf dat je in zo'n wereld uiteraard alles op alles zet om te voorkomen dat het gebeurt, en de beste manier om het te voorkomen is dat je de mensheid domweg opheft, en daaraan kan iedereen een steentje bijdragen door geen kinderen te verwekken. Voor mij stond rond 1960 als een paal boven water: nooit wil ik op deze wereld een kind verwekken. Had je, bijkomend voordeel, geen kinderen, dan konden die kinderen niet alleen niet omkomen in gaskamers, maar ook niet voor eeuwig verloren gaan. (Eens hoorde ik een interview met Anton Kersjes voor de radio. Die zei: 'Mijn vrouw en ik hebben besloten om geen kinderen voort te brengen. Na de Holocaust is dat ons inziens uitgesloten.' Een geestverwant, dacht ik dankbaar, een geestverwant, toch nog iemand die net zo denkt als ik. Wat was ik daar opgetogen over. Want de meeste mensen keken je destijds aan alsof je gek was als je verkondigde dat Auschwitz simpelweg betekent: weg met de mens.)

Dit is het moment dat mijn moeder weer in beeld komt, want dat evangelie – ik wil later nooit kinderen – heb ik haar destijds ook onder de neus gewreven. Na schooltijd, toen ik thuiskwam na die les waarin meneer L.F. Jansen had voorgelezen uit *Opmars naar de galg*, en ik daar nog zo vol van was dat ik haar, danig overstuur, vertelde wat ik een uur eerder had gehoord. Om twee uur kwam ik thuis, want ik had tot half twee les gehad, en ik fietste er een halfuur over van het Groen van Prinstererlyceum naar mijn ouderlijk huis. Mijn moeder had, omdat het middagmaal al om half een volledig was weggeschranst, apart voor mij mijn lievelingsgerecht vervaardigd: gruttenbrij. Ze had het op tafel gezet en begaf zich naar de kamerkast om daaruit stroop te pakken. Nog zie ik voor me hoe ze enigszins verstijft, de hand reeds op de deurknop, en zich half omwendt.

'Wat is dat nou,' zei ze, 'je wilt geen kinderen omdat ze misschien ooit net zo worden afgeslacht als die arme mensen in Polen overkwam waar je leraar over heeft voorgelezen? Heb je dan zo weinig vertrouwen in de Heere? Die zal je kinderen, als ze tot hem hun toevlucht nemen, beschermen en bewaren.'

'O ja, en die mensen in Polen dan, die joden? Die heeft hij als een baksteen laten vallen.'

'Hoor eens,' zei ze tegen mij, 'de joden hebben dat helemaal aan zichzelf te wijten. Je weet best dat de schare, dat het volk bij Pilatus, toen hij zijn handen had gewassen, geroepen heeft: "Zijn bloed kome over ons en over onze kinderen." '

Sprakeloos van verbazing keek ik hoe ze alsnog de deurknop omdraaide, de stroop uit de kast pakte en voor me neerzette, alsmede een bord en een lepel. Want ik hoefde destijds niets zelf te doen, alles werd door mijn moeder voor mij gedaan, ze was de zorgzaamheid zelve. Maar hoeveel ik, wellicht mede daarom, ook van haar hield, toch benam wat ze gezegd had, mij de adem. Dus ze dacht dat al dat onvoorstelbare leed, van zoveel miljoenen, door God was beschikt als straf voor iets dat bijna tweeduizend jaar eerder door 'het volk', oftewel zoals de Bijbel het noemde 'de schare', was geroepen. Het kwam toen nog niet bij me op dat er geen enkele reden is om te veronderstellen dat dat ook werkelijk destijds geroepen is, gesteld al dat dat hele gebeuren, inclusief die mallotige handwassing, zich ooit heeft voorgedaan. Maar ik vond toen reeds dat alle verhoudingen volledig zoek waren als het immense lijden van miljoenen joden bedoeld of beschikt was als straf voor die ene uitspraak.

Ach, mijn moeder praatte ook maar na wat ze wellicht op catechisatie of in de Gereformeerde Kerk in Maasland vanaf de kansel gehoord heeft. Maar dat besefte ik niet, daar in de kamer, met die dampende gruttenbrij onder handbereik, en de stroop om eroverheen te lepelen, en het klontje boter dat ze ook nog voor mij tevoorschijn toverde. Mijn moeder, mijn eigen moeder die mij negen maanden gedragen had en gebaard had, liep rond met zo'n gedachte en ging, na het uiten ervan, alweer over tot de orde van de dag – stroop, lepel, bord, vork, klontje boter, alsof er zo-even niet iets had opgeklonken dat ronduit verbijsterend was. Ik heb er maanden over gedaan voor ik mij innerlijk weer een beetje met haar verzoend had. Ik was onophoudelijk met haar in een gesprek gewikkeld dat zich alleen maar in mijn verbeelding voltrok, want ik uitte mij niet tegen haar, wel wetend dat ik haar toch niet op andere gedachten zou kunnen brengen.

Ik liep te hoop tegen haar zo achteloos uitgesproken mening over de reden voor het lot van de joden ten tijde van de Tweede Wereldoorlog. Jezus was gekruisigd door de Romeinen, niet door de joden, dus alleen al daarom konden de gaskamers niet door God beschikt zijn om ze te straffen. En daar kwam nog iets bij wat mij onweerlegbaar leek. Er was sprake geweest van een Goddelijk heilsplan. Om ons van zonden te reinigen, om ons te verlossen, om ons met God te verzoenen was het noodzakelijk geweest dat Jezus plaatsvervangend voor ons had geleden, dus gekruisigd werd. Als die eigenaardige gang van zaken noodzakelijk was geweest omdat God, ofschoon almachtig, ons toch alleen maar kon vergeven als zijn zoon boette voor onze zonden (wat ik als kind al merkwaardig vond, want wie almachtig is kan toch alles, dus ook zonden vergeven zonder dat daarvoor zo'n wonderlijke kruisomweg nodig is), dan was al wat er destijds geschiedde voorbeschikt geweest en hadden al diegenen die erbij betrokken waren eraan meegewerkt om dat heilsplan uit te voeren, Judas voorop. Want stel dat Judas Jezus niet verraden zou hebben, of zoals de Bijbel zegt, overgeleverd zou hebben, dan zou die hele kruisiging niet zijn doorgegaan en liepen we nu nog onverlost rond. Dus Judas heeft een uiterst belangrijke bijdrage geleverd aan onze verlossing. Maar dan valt hem toch ook niets te verwijten? En datzelfde geldt dan toch ook voor de Romeinen die hem kruisigden? En voor Pontius Pilatus? En voor de joden, voor zover ze al een bijdrage hebben geleverd aan de zogenaamde Godsmoord? Hoe kun je nu wie dan ook verwijten dat hij of zij de Godsmoord mede op zijn geweten heeft als die Godsmoord noodzakelijk was voor onze verlossing? De enige die iets te verwijten valt is degeen die dat bizarre heilsplandoemscenario heeft bedacht, dus God zelf, maar God bestaat gelukkig niet, dus niemand valt iets te verwijten. Nou ja, niemand. Je kunt de theologen, en dan vooral Anselmus van Canterbury (want dat was de eerste die deze lulkoek over plaatsvervangend lijden en al die adembenemende flauwekul eromheen heeft geformuleerd) verwijten dat ze de christenheid met deze wartaal hebben bezoedeld.

We zijn nu ver afgedwaald van de jaren 1941 tot 1948, die zeven jaren van haar leven waar ik zo opmerkelijk weinig van weet. Maar het is ook niet mijn bedoeling een biografie van mijn moeder te schrijven. Toch is het spijtig dat ik zo weinig weet, en mij nauwelijks iets herinner van die allereerste jaren, want ik ga ervan uit dat die jaren ongelofelijk belangrijk zijn in het leven van een mens, en ik heb die jaren dagelijks doorgebracht in een piepklein huisje met mijn moeder voortdurend onder handbereik. Dus van al wat geschiedde en mij vormde, maar weggevaagd is uit het geheugen of daarin misschien zelfs nooit werd opgeslagen, kan niets naar voren gehaald worden om te dienen voor een beter begrip van mijn hebbelijkheden, eigenaardigheden, karakterzwaktes. Het is ongetwijfeld allemaal ontstaan in voortdurende interactie met mijn moeder, maar ik weet hoegenaamd niets. Ik heb herinneringen aan het knippen van mijn amandelen, en die herinnering heb ik in mijn roman *Een vlucht regenwulpen* verwerkt, en ik zie ook nog voor mij hoe ik haar op een morgen uitdaagde, tartte, het leven zuur maakte, en hoe ze mij om de tafel heen achternazat, en hoe ik toen zo spijkerhard met mijn tong tegen de hoek van de tafel aan knalde dat die tong zowat in tweeën scheurde. Bloedend als een rund en gillend als een speenvarken werd ik door mijn moeder van de grond opgebeurd, en ze zette meteen de sokken erin, rende, met mij op haar arm, de Patijnestraat uit, het Damplein over en de hele Damstraat door, tot aan het huis van oom Klaas en tante Marie. Aldaar aangekomen schreeuwde ze tegen tante Marie die op dat moment haar straatje boende: 'Marie, Marie, wat moet ik beginnen, hij bloedt dood.' 'Heeft hij zijn tong bezeerd,' vroeg tante Marie kalm. 'Ja,' zei mijn moeder, 'die tong is gescheurd, hij bloedt dood.' 'Welnee,' zei tante Marie, 'niets heelt zo snel als een tong.'

En dat bleek waar. De tong genas in een ommezien. Niettemin was ik voorzichtiger geworden. Ik wachtte mijn kans af en wist al snel dat er steevast één moment kwam waarop ze weerloos was. Als ze uit de *Marion* met behulp van een radeerwieltje het patroon van een jurk had uitgeradeerd, en vervolgens met behulp van een schaar patroonpapier in ijltempo had omgezet in losse vellen die vervolgens op een lap stof werden gedrapeerd, welke lap op zijn beurt dan weer werd verknipt tot losse stukken stof, zette ze die losse stukken aan elkaar vast met een reusachtige hoeveelheid spelden. En dan opeens had je een, zoals ik het noemde, speldenjurk. Met grote steken werden die aan elkaar gespelde stukken stof vastgenaaid, en terwijl ze naaide haalde ze telkens een speld uit de speldenjurk, en stak die speld in haar mond. Ze had hem ook in een speldenkussen kunnen steken of simpelweg op tafel kunnen neerleggen, maar blijkbaar leverde dat, gelet op de verbijsterende snelheid die ze voor haar werkzaamheden altijd nastreefde, toch te veel tijdverlies op, dus was het eenvoudiger en doelmatiger om die loskomende spelden naast elkaar in haar mond te steken. Naarmate ze vorderde met haar arbeid, verschenen tussen haar lippen steeds meer spelden, die met hun naar buiten gekeerde bolle uiteindjes, hun knopjes, voor een wonderlijke aanblik zorgden. Altijd kwam het moment waarop zich tussen haar lippen zoveel spelden hadden genesteld dat die altoos wat strenge mond eruitzag als een blinkende speldenknopjesbaan. Het was steeds weer een ongelofelijke aanblik, en het is net alsof die aanblik, nu mijn moeder inmiddels al twee jaar dood is, het meest eigene is wat ik mij van haar herinner. Ik heb immers nooit iemand anders aanschouwd met zo'n krankzinnige hoeveelheid spelden in haar mond. Vaak liet ze zelfs, als ze aanstalten maakte om de aan elkaar genaaide stukken stof vervolgens met haar naaimachine echt aan elkaar te zetten, de spelden in haar mond zitten. Meestal bedacht ze pas als ze haar trapnaaimachine in gereedheid bracht dat het handig en verstandig was toch eerst de spelden uit haar mond te halen.

Maar zolang die spelden er zaten, was zij machteloos, dan kon ze niets meer zeggen. Dus als je haar dan uitdaagde, tartte, als je dan met een machtige haal van je kindervuistje vaatwerk van de tafel af zwiepte zodat het rinkelend en brekend op de grond terechtkwam, kon ze je niet verketteren, niet vermanen, niet aanspreken. Woedend werd ze dan, maar ze kon haar woede niet uiten. Ze had kunnen opstaan, mij kunnen knijpen, maar blijkbaar huiverde ze daar, met al die spelden tussen haar lippen, voor terug. Dat deed ze nooit. Ze zat daar maar, machteloos, weerloos, door spelden gedoemd tot een o zo tijdelijke wapenstilstand. O zo tijdelijk omdat ze, als ik van haar speldenonmacht misbruik maakte, razendsnel de spelden van haar mond verhuisde naar een speldenkussen. Was die mond eenmaal leeg, dan barstte de bom uiteraard alsnog, dan kreeg je te horen dat je het bloed onder haar nagels vandaan haalde ('Laat dan zien, dat bloed,' riep ik dan), maar toch heb ik, al was ze nooit bozer dan na haar speldenonmacht, haar woede altijd ervaren als een nederlaag – want te laat, te laat. Eigenaardig dat ze toch steeds weer vergat dat de speldenmuur in haar mond mij de kans bood om haar de loef af te steken. Of zou ze het mij gegund hebben, dat moment van triomf, dat moment waarop ze even niets zeggen kon en mij dus niet tot de orde kon roepen?

Gek genoeg snakte ik er, hoe machteloos mijn moeder ook bleek als zij spelden in haar mond had, toch naar om ook met spelden in mijn mond te zitten. Mij leek namelijk als peuter niets mooier dan dat ik zelf met die machtige trapnaaimachine van mijn moeder mijn eigen kleren zou maken. Wat verlangde ik ernaar om daarmee te werken! De naaimachine mocht echter onder geen voorwaarde door mij aangeraakt worden, en om dan toch enigszins tegemoet te komen aan dat grote verlangen om zelf kleding te vervaardigen, leerde mijn moeder mij, om mij in godsnaam maar bezig te houden – want enig speelgoed was er niet – van armoe maar breien en haken en borduren. Amper vier jaar oud breide ik al mijn eigen borstrokje, hoe onwaarschijnlijk dat ook klinkt. Maar mijn vader ging 's morgens vroeg al naar de tuin in de Westgaag en kwam 's avonds laat terug, en dus had ik, omdat ik buiten spelen verafschuwde en bang was voor 'grote jongens', niemand anders in mijn omgeving aan wie ik mij spiegelen kon, die ik imiteren kon, die mij iets bijbrengen kon. Vijf was ik toen ik een verbijsterend tafelkleedje borduurde (ik ben het kwijt, het bevindt zich geloof ik al in het Letterkundig Museum).

Toch wou ik 't liefst naaien met de trapmachine. Aandachtig heb ik al mijn moeders verrichtingen gevolgd als zij weer een nieuwe jurk in elkaar zette. Terwijl wij op geen enkele krant of tijdschrift geabonneerd waren, kwam toch de *Marion* in de bus. Daarin zat dan een groot, uitvouwbaar inlegvel met patronen. Je keek je ogen erop uit. Stel je voor, een ijselijk groot vel papier met allemaal verschillende soorten lijntjes erop, stippellijnen, lijnen bestaande uit streepjes, lijnen bestaande uit een afwisseling van stippen en streepjes, en nog allerhande andere soorten van elkaar kruisende lijnen als ingewikkelde wisselconfiguraties bij een spoorwegknooppunt. Je moest dat inlegvel op patroonpapier leggen en dan met een radeerwieltje één lijntje van begin tot eind uitraderen. Vervolgens knipte je dan uit dat papier een stuk van je jurk. Had je alle jurkstukken uitgeradeerd, dan legde je het papier op een 'mooi lapje stof' en knipte je de jurkonderdelen eruit.

Vaak genoeg ging het mis. Dan was je radeerwieltje per ongeluk de verkeerde wissel over gegaan en was je opeens op een ander lijntje overgesprongen dan het lijntje dat je volgen moest. Dan kon het zomaar gebeuren dat mijn moeder haar mooie lapje stof dat zij voor weinig geld in Vlaardingen op de markt had gekocht, verknipte. Dat was steevast een vreselijke gebeurtenis, die met recht uitbundig beweend werd. En dan weende ik mee, want als mijn moeder in tranen was, was ik onveranderlijk ook in tranen. En in tranen was ze vaak genoeg, vooral op maandag als ze de was deed. Dan snikte ik altijd blijmoedig met haar mee. Zij gelukkig, ik ook gelukkig. Zij verdrietig, ik ook verdrietig.

Ach, de gouden jaren van bijna volledige symbiose. Iets ervan heb ik teruggevonden in het onvolprezen meesterwerk van Henry Roth, *Call it Sleep*. Daarin heeft het jongetje David maar één mens in de hele wereld bij wie hij schuilen kan, die het voor hem opnemen kan, naar wie hij altijd weer terugkeren kan: zijn moeder Genya Schearl. Want zijn vader is net zo'n verbitterde, kwaadaardige driftkop als mijn vader indertijd was toen hij nog op de tuin in de Westgaag werkte. Vaak genoeg heeft mijn moeder mij tegen mijn vader in bescherming genomen, ook later nog, toen ik al wat ouder was, en hij mij, zowat uitzinnig van woede, te lijf wilde, nadat mijn broer, mijn zus en ik, door mijn toedoen, ontvoerd leken.

De ontvoering

Als de zon in de zomer uitbundig aan een wolkeloze hemel straalde en aan het einde van de middag boven Rozenburg zijn felste gloed verloor, was er steevast een korte spanne tijds dat hij de Patijnestraat precies in de lengterichting bescheen. Dan schitterde de straat vanaf de Jokweg tot het Damplein in een helle gloed, dan wierpen de huizen geen schaduwen. Je had dan altijd het gevoel dat er iets groots te gebeuren stond. Op een van die zonnige zomerdagen halverwege de jaren vijftig gebeurde er inderdaad iets opzienbarends. Vanaf de Afrol draaide een auto de straat in, en niet zomaar een auto, nee, het was een auto die in Maassluis toentertijd vol ontzag werd aangeduid als 'een luxewagen'. Zulke luxewagens reden nooit door de Patijnestraat, dus toen hij in dat felle zonlicht de straat in draaide, was iedereen terstond gealarmeerd. Vrijwel geruisloos kroop de luxewagen langs de huizen. Aan het zacht heen en weer wiegen van de glasgordijnen viel af te lezen dat hij vanuit voorkamers bespied werd. Achter de vitrage hield ook ik in ons voorkamertje de luxewagen in de gaten. Langzaam kwam hij naderbij, hij gleed langs de winkel van Kap, langs het huis van Van Engelen, langs het huis van buurman Koek en stopte toen bij onze voordeur. Uit de luxewagen stapte een man van een jaar of zestig die een donkergrijs pak droeg. Een witte pochet glansde in het borstzakje van zijn jasje. Onder het jasje droeg hij een glanzend vest. Uit het zakje ter hoogte van het middenrif hing een horlogeketting. De man droeg een onberispelijke grijze gleufhoed, het was dus een grote mijnheer. Hij liep om de auto heen en stapte doelbewust op onze voordeur af. Mij sloeg de schrik om het hart. Mijn vader was die middag eerder dan gebruikelijk van zijn werk thuisgekomen, had zich snel omgekleed en was vervolgens met mijn moeder, die ook een nette jurk had aangetrokken, vertrokken voor 'condoleancebezoek'. Onverwacht had de secretaris van de Mannenvereniging Schrift en Belijdenis zijn vrouw verloren.

'We zijn met een halfuurtje weer terug,' had mijn vader tegen mij gezegd, 'dus ik ga ervan uit dat het nergens voor nodig is dat ik Clazien van tante Ant laat komen om op jullie te passen, jij bent de oudste, zorg dat je ook de wijste bent. Zo niet, dan moet je morgen op je vrije woensdagmiddag voor straf met een snoeischaartje gras knippen tussen de stenen van de eerste klas.'

De man in het grijze pak belde bij ons aan. Mijn hart kromp ineen. Wat moest ik doen? Het liefst had ik mij verstopt, maar de man had mij al achter de vitrage zien staan; hij glimlachte naar me. Er zat niets anders op dan door de gang naar de voordeur te lopen en deze te openen.

'Zo, jongeheer,' zei hij, 'is je vader thuis?'

'Nee,' zei ik.

'Je moeder?'

'Ook niet.'

Tamelijk verbaasd keek de man mij aan.

'Ben je dan maar alleen thuis?' vroeg hij.

'M'n broertje en m'n zusje zijn er ook,' zei ik, 'mijn vader en moeder zijn even weg, ze komen met een halfuurtje terug.'

'Zo lang kan ik niet wachten,' zei hij, 'ik ben op doorreis, ik wou even bij het graf van mijn vader langs, maar de begraafplaats was al gesloten. Op het bord bij de ingang las ik dat P. 't Hart, grafmaker, hier in de Patijnestraat nummer 8 woont, ik dacht: dan rijd ik daar maar even heen en bedel ik om de sleutel. Wat denk je, zwerft er hier misschien een sleutel rond die ik even lenen mag?'

'De sleutel van het hek ligt op de schoorsteenmantel,' zei ik, 'maar ik mag hem van mijn vader niet afgeven.'

'Weet je het zeker? Ik zal die sleutel echt niet opeten. Het enige wat ik wil is een bloemetje neerleggen op het graf van mijn vader.'

Ik wist niet wat ik daarop zeggen moest, schudde mijn hoofd alleen maar en keek de straat in. Her en der waren vanuit hun huizen diverse gezinshoofden het plaveisel op gestapt om van dichtbij de luxewagen te aanschouwen die daar zomaar voor nummer 8 geparkeerd stond. Zelfs Jannetje Smoor, zoals altijd slechts gekleed in haar vaalroze onderjurk, was naar buiten getreden en loerde naar de zwarte auto. En Japie Hummelman had de voordeur van nummer 7 op een kier geopend en spiedde door die kier heen naar de luxewagen.

'Tja, wat doen we daaraan?' zei de man, 'ik zou toch erg graag even met een bos bloemen... tja, dus die sleutel mag je niet afgeven, zeg je, nou, dat is goed, dat begrijp ik, maar zou je dan misschien, terwijl je al die tijd die sleutel in je knuist houdt, in mijn auto kunnen plaatsnemen en mee kunnen rijden naar de begraafplaats?'

Uitnodigend wees de man naar de plaats voorin naast de bestuurder.

Mijn hoofd duizelde. Nog nimmer had ik, terwijl wij op school bij meester Mollema al aan breuken toe waren, in een auto gezeten. En nu doemde zomaar opeens de mogelijkheid op om in een auto te stappen. En ik zou voorin mogen zitten, en uit kunnen kijken over de zonnige straten terwijl we naar de begraafplaats zoefden. Ja, waarom zou ik, als ik de sleutel geen moment uit het oog verloor, niet even mee mogen rijden naar de Boonersluys? Voor die deftige mijnheer zou ik het zijhek kunnen openen, ik had het zijhek immers al vaker geopend, en dan zou die mijnheer zijn bloemen kunnen neerleggen, en ik zou het zijhek na zijn terugkeer weer kunnen sluiten en met de sleutel naar huis kunnen teruglopen. Maar mijn zusje en broertje dan? Die kon ik toch onmogelijk alleen achterlaten? Ik was toch aangesteld om op hen te passen?

'Dat kan niet,' zei ik spijtig, 'ik moet op mijn broertje en mijn zusje passen.'

'Die kunnen toch ook even mee,' zei de man, 'op de achterbank is plaats zat. Onderweg kunnen we ze samen in de gaten houden. Nou ja, voor zover dat nodig is want zoveel kattenkwaad kunnen ze achterin heus niet uithalen. En anders ben ik nog altijd bij de hand om ze eens flink in hun neuzen te knijpen of aan hun oren te trekken.'

Mijn hoofd tolde nu. Leny en Arie achterin mee? Ja, waarom niet? Ook voor hen zou het vast en zeker iets ongelofelijks zijn om in een auto te mogen rijden. Goed, maar dat betekende wel dat ze veel eerder in hun leven dan ik in een auto zouden zitten, Leny terwijl ze nog maar zeven jaar was, en Arie zelfs al terwijl hij nog maar vier was. Dat was toch niet eerlijk! Ik was al tien en ik had nog nooit in een auto gezeten, dus Leny moest nog drie en Arie nog zeven jaar wachten.

Ik stond daar, de vaalroze onderjurk van Jannetje Smoor woei op, Japie Hummelman waagde één voet naar buiten, de zon scheen alsof hij de straat in brand wou zetten, en ik wist niet wat ik doen moest. In de gang kwamen Leny en Arie op hun tenen naderbij.

'Kijk,' zei de man, 'daar is het kroost al. Gaan jullie even mee naar de begraafplaats? Mag je achter in de auto zitten.'

Reeds deed de man een stap terug in de richting van zijn auto. Hij opende zowel het voorportier als het achterportier, en Leny nam Arie aan de hand en trok hem naar de luxewagen. Toen stapten ze, terwijl ik nog altijd draalde, unverfroren achter in de auto. Dat wil zeggen: ze klauterden naar binnen, en het was net alsof ze het doodnormaal vonden om in zo'n luxewagen te stijgen. Ze verzonken in de kussens; het leek net alsof alleen hun hoofden nog boven de bekleding uit staken.

'Ik haal de sleutel van het hek,' zei ik.

Ik liep terug naar de woonkamer, griste de sleutel van de schoorsteenmantel en rende terug naar de voordeur. De man zat al achter het stuur. Van mijn broer en zus zag je niet veel meer dan hun grote, glinsterende ogen. Ik trok de deur achter mij in het slot, nestelde mij op de voorbank en trok het portier voorzichtig naar mij toe.

'Dat zit niet goed dicht,' zei de man, en hij stak zijn lange arm uit, greep een knop, opende het portier weer en trok het toen met een daverende knal dicht.

'Zo, nu kunnen we gaan,' zei hij.

Wat me het eerste opviel in die auto was de eigenaardige geur. Nooit eerder had ik zo'n vreemde mengvorm van luchtjes geroken. Het had onmiskenbaar iets beangstigends, die sterke, niet te missen lucht, stank eigenlijk. Ik hoorde de motor grommen en daar gingen we, en het leek haast alsof we vlogen. Want anders dan bij een fiets kon je absoluut niet zien of de wielen draaiden, dus je bewoog alleen maar, en je reed niet, nee, je gleed. Het deed nog het meest denken aan sleetje rijden op een helling, ook omdat je al snel vaart maakte, net als op een slee die omlaag zoefde.

En het was net alsof ik ogen en oren en een neus tekortkwam om het allemaal in mij op te nemen, die wonderlijke vaart, en het felle, schitterende zonlicht, en al die witte vlekken van de gezichten op straat die naar ons toe gekeerd waren, en het luidruchtige getsjilp van de magere mussen op het Damplein die om paardendrollen heen hipten, en die eigenaardige rioolachtige stank, waar de lucht van pepermunt doorheen gemengd was.

'We gaan de verkeerde kant op,' wou ik uitroepen, want we reden richting Tuinstraat, terwijl we natuurlijk hadden moeten keren en richting Rioolbemaling hadden moeten rijden. Het was echter net alsof ik zo'n droom droomde waarin je iets wilt zeggen, maar je durfde geen woord uitbrengen. Uit de kruidenierswinkel van mijn oom Huib stapte mijn neef Maarten naar buiten en ik woof naar hem, en hij zag ons, en stomverbaasd staarde hij ons na.

'Wie was dat?' vroeg de man.

'M'n neef Maarten 't Hart,' zei ik.

'En jij? hoe heet jij?'

'Maarten 't Hart,' zei ik.

'Nee, nou ben je in de war,' zei de man, 'zo heet je neef.'

'Ik heet ook zo,' zei ik.

'Da's knap lastig,' zei de man, 'twee neven met dezelfde naam, die ook nog in dezelfde straat wonen.'

'O, maar ik heb nog drie neven die Maarten 't Hart heten.'

'Knappe familie dat ze al die Maartentjes uit elkaar weten te houden,' zei de man vrolijk.

'Mij noemen ze Maarten van Pau,' zei ik, 'en de oudste is Maarten van Klaas, en dan heb je Maarten van Piet en Maarten van Maarten en Maarten van Huib.'

'Zijn jullie dan soms vernoemd naar Maarten 't Hart, de kaasboer? Is dat je grootvader?'

'Ja,' zei ik.

'Mooi zo, dan kan ik je tenminste een beetje plaatsen. Ja, die ouwe, goocheme 't Hart heb ik ook goed gekend, die had zo'n lange baard, als hij op de brug liep dan trapte hij erop.'

'Nee, zo lang was zijn baard niet,' riep ik.

'Nou heb ik je te pakken,' zei de man, 'ik zeg niet dat hij op zijn baard trapte, ik zeg dat hij als hij op de brug liep, erop trapte. Da's nou een echt Maassluis grapje. Ja, die grootvader van jou, kaasboer was hij, maar hij verkocht alles, één dweil acht cent, drie in de aanbieding voor een kwartje. Ja ja, leer mij ze kennen, die 't Harten.'

Langs de slagerij op de hoek van het Damplein reden we de Tuinstraat in, en die oogde als een spelonk.

'Hoe heet deze straat?' vroeg de man.

'De Tuinstraat.'

'O, ik begrijp het, daarom is er nog niet het kleinste grassprietje in te vinden.'

Behalve dat daar grassprietjes ontbraken, waren er ook geen zonnestralen te zien, maar in de Lijnstraat die we even later bereikten, scheen de zon al net zo uitbundig als in onze eigen straat.

Bij de groentewinkel van oom Piet sloegen we af, de Lijndwarsstraat in. We schoven vlak langs de huizen. En verderop, nog voordat de Lijndwarsstraat de Sandelijntraat kruiste, werd de straat nog smaller. Voorzichtig sturend, en welhaast de muren van de onbewoonbaar verklaarde woningen schampend, bereikten we, nadat we eerst linksaf van de Lijndwarsstraat naar de Sandelijnstraat waren gereden, de Hoekerstraat.

'M'n karretje is wat te lomp en te breed voor deze smalle straatjes,' zei de man, 'maar wat leuk dat dit er allemaal nog is, deze eeuwenoude gribus. Alleen jammer dat overal bordjes hangen ONBEWOONBAAR VERKLAARDE WONING. Want die gaan ze natuurlijk binnenkort afbreken.'

'Die bordjes hangen er al heel lang,' zei ik.

'Hoelang?'

'Toen ik voor 't eerst naar school ging, hingen ze er al.'

'En in welke klas zit je nu?'

'De vierde.'

'Dus ze hangen er al zo'n jaar of vier. Dan is er nog hoop.'

Moeiteloos gleed de luxewagen, nadat we de Zuidvliet hadden bereikt, over de ronde brug bij drukkerij De Groot. Het was alsof een onzichtbare hand mij achteroverdrukte tegen de rugleuning.

We reden langs de speelgoedwinkel van Vlot, langs het gebouw van het Leger des Heils, langs de schoenwinkel van Voorberg, en het was net of we voeren. Keek ik door het zijraampje links van mij dan zag ik alleen maar het kabbelende water van de Zuidvliet. Niets was er te zien van de Doktor Kuyperkade waar we overheen reden.

'Waar ga je op school?' vroeg de man, 'de Blomschool?'

'Dat is een openbare school,' zei ik vol afgrijzen.

'Waar zit je dan op school? Zit je op de Minister de Visser? Die is vlak bij jullie huis.'

'Da's een hervormde school,' zei ik, 'ik zit op de Kuyperschool.'

'O, op de klompenschool in de Lange Boonestraat,' zei de man.

'Het is geen klompenschool meer,' zei ik verontwaardigd.

'Maar vroeger wel hoor, toen ik nog klein was, was het een echte klompenschool. Wij mochten er niet in de buurt komen, d'r zat alleen maar schorriemorrie en tuig van de richel op, en al dat geteisem liep zo met hun blote voeten op afgetrapte klompen. En de meisjes hadden geen witte schortjes voor zoals de meisjes bij ons op school. En uit hun klompenschoolneuzen hingen groene snottebellen als stoofpeertjes zo groot. En in hun haren scharrelden kolossale kanjerluizen rond die je met het blote oog kon zien.'

'Schorriemorrie zit op de Blomschool,' zei ik boos, 'daar bidden ze niet.'

Luid schalde de lach van de man door de auto; hij zei: 'Als mijn vrouw hier nu ook met ons meereed, zou ze zeggen: durf je wel, zo'n joch van een jaar of tien zo vals te jennen? Maar ja, we zijn weer in Maassluis, en daar pesten en treiteren de mensen elkaar, of misschien moet je zelfs het woord sarren gebruiken, in Maassluis moet je altijd verdacht zijn op geniepige rotgeintjes, mijn arme vader, ook maar import, kon er niet aan wennen, zelfs hij bleef niet buiten schot. Niets doen Maassluizers liever dan elkaar in de maling nemen. Elke dag is het hier 1 april.'

De man streelde over mijn haar; toen zei hij: 'En nu moeten we eerst bloemen kopen. Kan dat hier op de markt? Is hier een bloemenwinkel?'

'Ja,' zei ik, 'de winkel van Leen Stigter.'

'Leen Stigter? Da's toch een elektricien?'

'Dat is iemand anders,' zei ik, 'deze heet ook Leen Stigter.'

'Ook zoiets wat je alleen in Maassluis hebt, ze heten allemaal hetzelfde. Toen ik nog jong was, heette iedereen Warnaar of Kap of Van Baalen. En je had ook mensen met rare namen zoals Lagrauw of De Koeijer.'

We namen de bocht naar rechts, de markt op en reden toen bijna stadsomroeper Leen van Buuren omver. Hij stond hoog opgericht over zijn zware, zwarte rijwiel heen, zijn rechterklomp rustte op zijn trapper, zijn linkerklomp op het marktplaveisel. Hij hief zijn gong tot ooghoogte, met krachtige stokslagen ranselde hij het rechteroppervlak. Het klonk alsof de kerkklok luidde. Zijn machtig stemgeluid daverde over de markt: 'Dames en heren, en lieve kindertjes. Het gemeentebestuur van Maassluis maakt bekend dat hedennacht werkzaamheden verricht zullen worden aan de gemeentelijke gashouder. Als gevolg daarvan zullen de straatlantaarns enige tijd uitgeschakeld zijn en zal de gastoevoer vanaf middernacht tot het ochtendgloren afgesloten worden. Zegt het voort, zegt het voort.'

'Dat is een nieuwe stadsomroeper,' zei de man, 'waar is Jan van Wolferen gebleven?'

Hij draaide het autoraampje open, vroeg aan Leen van Buuren: 'Waar is Jan van Wolferen gebleven?'

'Die is begin van de oorlog van z'n stokje gegaan,' zei Van Buuren, 'voor twintig gulden heb ik z'n stiel overgenomen, maar 't was niet makkelijk in de oorlog, soms moest je Duitse aankondigingen omroepen met een pistool in je rug. En nu ga ik naar mijn volgende stekkie.'

Van Buuren reed weer. Met krachtige pedaalslagen stuwde hij zichzelf tegen de Wip omhoog. Eenmaal daarboven aangekomen, stopte hij, en andermaal klonk het klokgelui van zijn gong, en nogmaals riep hij: 'Dames en heren en lieve kindertjes.'

'Wat een stem,' zei de man vol ontzag. Hij parkeerde de luxewagen voor de kruidenierswinkel van Groenewegen.

'Allemachtig,' zei de man, 'is dat een soortement zelfbedieningswinkel geworden?'

'Ja,' zei ik, 'daar moet je je spullen zelf pakken, dan is het goedkoper, en daarom verkoopt oom Huib veel minder, iedereen gaat hierheen.'

'Zelfbediening in Maassluis,' zei de man, 'wie had dat ooit kunnen denken? Dat je dat nou in Rotterdam hebt. Maar hier... hier in

Maassluis is dat toch nergens goed voor? Wat moet er worden van al die kleine nerinkjes?'

Hij stapte uit, zei: 'Blijf maar even zitten, ik ben zo terug.' Ik zat daar, vredig, gelukkig, maar ook verbaasd, zelfs onthutst en toch alsmaar hopend dat er neven en nichten en klasgenoten langs zouden lopen die ik dan vanuit de auto zou kunnen groeten zodat ze zouden zien dat ik, alsof het de gewoonste zaak van de wereld was, voor in een luxewagen zat.

Maar helaas, er liep niemand langs die ik kende. Degenen die er wel langsliepen, wierpen niettemin verbaasde blikken op de auto, en vaak nog verbaasder blikken op mij en op mijn broer en zus.

Met een reusachtige bos bloemen trad de man naar buiten, en snel draaide ik het raampje weer dicht. De man keek om zich heen; hij liep even een paar passen in de richting van het politiebureau, keerde toen om en kwam weer terug.

'Er zijn nu maar liefst drie boekhandels hier op de markt,' zei hij, 'zelfs boekhandel Bergsma is er nog. Of de mensen ook lezen in Maassluis. En is de leesbibliotheek van de Nutsspaarbank er nog?'

'Ja,' zei ik, 'en de leesbibliotheek van Van Willigen in de Nieuwstraat en de Gereformeerde Evangelisatiebibliotheek op 't Hoofd en bij boekhandel Fortuyn kun je ook boeken lenen.'

'Jij lijkt me een bijdehand ventje,' zei de man, 'hou je van lezen?'

'Nou en of,' zei ik.

Hij stapte weer in, de luxewagen trok op, we reden om de markt heen en stegen toen op via de Wip. Het was daar druk, zoals altijd. De man toeterde. De mensen stoven naar de stoepjes.

'Op de Wip kwam je vroeger iedereen vroeg of laat tegen,' zei de man, 'en da's vandaag de dag zo te zien al niet anders.'

Hoe wonderlijk en verrukkelijk was het om in z'n grommende luxewagen op te stijgen naar de Zuiddijk. Zou je je ook zo voelen als je in een vliegtuig zat, vroeg ik mij af. Of zou je dan bang zijn? Ik wist het niet; ik wist wel dat ik nu ook opwindend bang was, maar ik wist niet waarom. We staken de Zuiddijk over en daalden weer af, langs de Put. De man remde, hij zei: 'Even stoppen, even een blik op de havenkom. Waar vind je dat elders op de wereld: zo'n vierkante havenkom, zo'n uitzicht, zoiets prachtigs, en dan zulk smoezelig, groezelig, goor water? Maar als ze het in de oorlog in het soephuis opgewarmd en opgeschept zouden hebben, zou je het lekker hebben opgepeuzeld.'

Hij zweeg even, wees naar de overkant, mompelde: 'Zo langzamerhand ben ik toch overal geweest, dus ik weet nu dat de havenkom van Maassluis een unicum is op de aardkloot, kijk nou toch, de zon koestert de toren, en altijd weer dat malle gevoel dat dit het veiligste plekje op de wereld is, terwijl de kerk nota bene in de oorlog werd geraakt door Engelse bommen.'

Hij snoof nadrukkelijk, hij zei: 'Maar 't ruikt anders dan vroeger. Indertijd stonk alles naar vis, en boven de visstank uit, rook je nog de taangeur. Nu ruik je... ja, wat ruik je nu?'

'Fabriek de Ploeg,' zei ik zachtjes.

'Wat zei je?'

'Die fabriek daar,' zei ik, en ik wees naar hoge muren op het Schanseiland.

'Treurig dat het hier niet meer naar taan en vis ruikt, ik was in een vissersplaatsje op Nieuw-Schotland, Lower Jordan, de lage Jordaan zogezegd, en zoals het daar rook, o, de tranen sprongen in mijn ogen, het was de stank van hier, in één klap was ik thuis, nou, ik kan je dit zeggen: hoe verder van huis, hoe mooier Maassluis; kom, we gaan weer rijden.'

We reden griezelig dicht langs de kade. Ik zag het water ver onder mij in de haven rimpelen alsof het erop wachtte dat wij erin zouden rijden.

De man somde de zijstraten op.

'Kijk toch, de Zure Vischsteeg, waar zou dat woord "zuur" toch op slaan? Je hebt zure appels en zure wijn, zure vrouwen en zure zult, maar zure vis? Ooit gehoord van zure vis? Zoute vis, ja, maar zure vis? O, en die mooie vloedplankrichels zijn er nog, goddank, en daar in het Wijde Slop zijn ze ook nog, alsof een slop ooit wijd kan zijn, maar ja, als de vissen zuur zijn, waarom zouden de sloppen, echt Maassluise logica, dan niet wijd zijn? Toch denk je bij dat woord aan de wijde wereld, en toen ik nog jong was wou ik de wijde wereld in, weg uit dat nauwe Maassluis, en nu...'

Stapvoets reden we verder. We bereikten de Kippenbrug. Ik zei: 'Soms mag je als hij open is geweest er alvast op klimmen, en dan kun je meerijden tot hij weer dicht is.'

'Ja, wat een akelig onhandige constructie,' zei de man, 'een brug die je niet ophaalt of opendraait, maar een brug die op een verrijdbaar onderstel is gemonteerd zodat hij, als je hem open wilt zetten, knarsend naar achteren moet rijden. Prachtig natuurlijk, maar onderhoudsgevoelig.'

Onderhoudsgevoelig? Dat woord kende ik niet. Ik begreep het niet. Ik sloeg het simpelweg op. Kippenbrug, onderhoudsgevoelig.

De spoorbomen daalden. De man veerde op.

'Even zien wat er langskomt,' zei hij, en hij reed tot aan de knarsend en traag dalende spoorbomen. 'Misschien komt de Hoek van Holland-Warschau-expres langs,' zei hij, 'dat vond ik als kind altijd zo machtig mooi, die sneltrein die door Maassluis daverde. Indertijd nog getrokken door een van die enorme stoomlocomotieven uit de 3700-serie, later in de jaren dertig soms zelfs door de 3900. Liep je bij Boonersluis dan zag je de 3737, de Jumbo, soms al van ver aankomen, een en al stoom, niks anders dan stoom, grote witte pluiswolken, naast en onder en boven de trein, en dan die meedogenloze, barse gil van de stoomfluit als hij over de Boonervlietbrug ratelde. 'Maassluis, zet je schrap, ik kom eraan, ik vlieg erdoor, een halve minuut en ik laat mijn kont alweer zien.' Als ik hem aan zag stormen, dacht ik altijd: wie zou erin zitten, want mijn vader had me gezegd dat koningen en keizers, tsaren en keurvorsten, sultans, sjahs en emirs vanuit heel Europa vandaan regelmatig met de Harwich-boot overstaken naar Engeland. Ach, al die groten der aarde die, getrokken door de 3700 of 3900, in een oogwenk dwars door Maassluis zijn gereden. Misschien dat een enkel sultannetje of emirtje vanuit het treinraam een blik heeft geworpen op de haven en de Groote Kerk en heeft gedacht: wat een bliksems mooi stadje, maar de meeste potentaten zullen er geen moment bij hebben stilgestaan dat ze door Maassluis reden – zo'n wonderlijke, in zichzelf besloten gemeenschap. Zoveel eigenaardige, scheefgegroeide malloten bij elkaar, knorrig, gemelijk, gesloten naar vreemden toe, maar onderling vol grappen, gekkigheden en geintjes. En als zo'n sultannetje per ongeluk zou zijn uitgestapt, zouden ze hem vierkant in zijn gezicht hebben uitgelachen. Want de Maassluizer heeft lak aan gezag, zoals mijn vader altijd zei. Als er hier een nieuwe dominee kwam, begon die al na een halfjaar te bidden of ze hem ergens anders wilden beroepen.'

De stoptrein naar Hoek van Holland sukkelde voorbij. De bomen gingen langzaam open.

'Wat een tegenvaller, geen expres dit keer, maar ja, de 3700 of 3900 zou hem toch niet getrokken hebben. Nou zou 't gek zijn als we keerden, kom, voor we naar de begraafplaats rijden, pikken we even een Hoofdje.'

We reden naar de, vanwege eb en vloed, acht naast elkaar gelegen aanlegsteigers van de veerboot. We stopten op het uiterste puntje van het Hoofd; de man draaide zijn raampje open, en toen stonden we daar, en ik zag een glinstering in zijn ogen. Ik begreep er niets van, zo'n deftige mijnheer, en dan waterlanders? Nee, natuurlijk niet, het kwam omdat hij het portierraampje had opengedraaid, waardoor de vochtige, rusteloze wind die altijd over het water woei zomaar op zijn ogen kon aanvallen, waardoor ze gingen tranen. De man zei niets, staarde over het grauwe water, wierp een blik op de lusteloze meeuwen. Toen reden we weer, eerst een stukje achteruit, daarna omlaag alsof we op weg waren naar de veerboot, en toen weer aan gene zijde van de aanlegsteigers omhoog. We reden een stukje door de La Reystraat, sloegen af naar de Joubertstraat, en toen nogmaals af naar de Burgemeester de Jonghkade. We passeerden de spoorwegovergang, sloegen af naar de Stationslaan, en reden toen via de Koningin Wilhelminalaan en de Prinses Julianalaan naar de ingang van de begraafplaats.

'Zo,' zei de man, 'als je nu het hek even voor mij openmaakt, ga ik blommen op het graf van m'n vader leggen. Jullie hoeven niet te blijven, jullie zijn vlak bij huis, ik zou zeggen: loop alvast terug, want als je vader en moeder ondertussen thuis zijn gekomen, en jullie niet thuis hebben getroffen, konden ze inmiddels wel eens knap ongerust zijn. Ik trek zo meteen als ik klaar ben het hek wel achter me in het slot.'

Ik stapte uit en opende het smalle zijhekje naast het grote hek. De man stapte ook uit, zei: 'Dank je wel', en stopte mij onverhoeds twee kwartjes in de handen. Toen stopte hij ook iets in het knuistje van m'n broer Arie en iets in de hand van mijn zus Leny.

Toen we naast elkaar op het trottoir van de Zuiddijk liepen, vroeg ik Arie: 'Wat heb jij gehad?'

'Ik weet het niet.'

'Laat zien.'

Arie hief het muntstuk naar mij op. Het duizelde mij. Aan zo'n piepklein jongetje had die man een kwartje gegeven. Dat was toch veel te veel? Wat wist Arie nou van geld, een stuiver zou toch ruimschoots voldoende zijn geweest, en daar kwam nog bij dat hij helemaal niets gedaan had, hij had alleen maar achter in die auto gezeten, en Leny ook, en ik vroeg aan Leny: 'Wat heb jij dan gehad?'

'Een kwartje,' zei ze.

Om mijn verontwaardiging te verbergen, zei ik zo trots mogelijk: 'Ik heb twee kwartjes gekregen.'

Over de Prinses Julianalaan slenterden wij terug langs de mooiste huizen van Maassluis, huizen die soms zelfs van een naam voorzien waren. Ik begon ongerust te worden. Stel dat mijn vader en moeder al terug waren gekomen en een leeg huis hadden aangetroffen? Wat zouden ze dan denken? En als ze nog niet terug waren, kon ik het huis niet in, want ik had de voordeur achter mij dichtgetrokken zonder een loper mee te nemen. Dus dan zouden we moeten wachten tot ze terug waren.

Bij de Molen daalden we af langs de dijktrap. Leny hield de ene hand van Arie vast, en met zijn andere hand tastte hij steeds naar de leuning, zonder hem ooit echt vast te kunnen grijpen, omdat hij met zijn vingertjes dat kwartje stijf omklemde. Tree voor tree moest hij door mijn zusje omlaag geholpen worden, omdat hij het koppig vertikte het kwartje zolang bij mij in bewaring te geven. Desondanks kwamen wij veilig beneden aan, en toen liepen we, Arie tussen ons in, kalm over de Van der Horststraat. We passeerden de Van Embdenstraat, de Pieter Schimstraat, en sloegen toen af, onze eigen straat in. Overal stonden kleine groepjes mensen te praten. Agent Kippennek was midden op straat in verhit debat verwikkeld met Kareltje van Wolferen, de duivenmelker. Het leek of iedereen z'n huis uit was gekomen, de hele familie Van den Engel bevond zich op de stoep voor hun huis, en heftig gebarend stond buurvrouw Koek tegen melkboer Jaap van Baalen te schreeuwen. Leen en Daan Koek zaten elkaar achterna, en Toos Koek maande ze tot kalmte. Buurman Koek hing tegen de pui van zijn huis, en naast hem stond Piet Koek, en het leek alsof zij beiden te horen hadden gekregen dat ze gewurgd zouden worden. Ze hadden allebei hun ogen gesloten, ze rookten allebei een sjekkie, en hulden zich in rookwolken. Blijkbaar wilden ze zich maar liever zo veel mogelijk afzijdig houden.

Terwijl we weg waren is er iets gebeurd, dacht ik, wat jammer dat ik dat niet gezien of gehoord heb.

Zo steels mogelijk slopen wij, vlak langs de huizen, en achter de ruggen der druk pratende aanwezigen om, naar huis. Het was duidelijk dat zich iets ongehoords had voorgedaan, iets dat flinke beroering had gewekt, iets dat aanleiding was voor grote bezorgdheid. Ik zag het aan de gezichten, aan de gebaren. Zou dan toch, terwijl wij in een luxewagen op weg waren naar de begraafplaats, de Derde Wereldoorlog, waar meester Mollema zo bang voor was, zijn begonnen?

Onze voordeur stond open. We liepen naar binnen. Noch in de gang, noch in de woonkamer, noch in de keuken waren mijn vader en moeder te zien. Zouden ze dan boven zijn? Maar ik hoorde geen gestommel. Waren ze nog niet thuis? Had buurman Jaap van Baalen misschien met zijn loper onze voordeur geopend? Maar waarom?

Door het gangetje liep ik terug naar onze voordeur, en zo behoedzaam mogelijk sloot ik hem. Toen begaf ik mij naar het voorkamertje en keek uit over de straat. Nog altijd, overal, die druk pratende mensen. Op de hoek van Patijnestraat en Reinestraat ontwaarde ik zelfs leden van het griezelige gezin Braveboer. Bang waren de Braveboers voor niemand, maar nu leek het toch alsof zelfs zij ergens van geschrokken waren. Ook zij wezen naar de Tuinstraat. Blijkbaar had zich daar een ramp voorgedaan.

Vanaf de Jokweg kwamen mijn vader en moeder de straat in lopen. Naast mijn vader liep politie-inspecteur Groeneveld, naast mijn moeder agent Balletje van Vliet. Ze liepen op Kippennek af, die schudde het hoofd. En toen stonden ze daar, mijn vader met een doodsbleek gezicht en zichtbaar trillende handen, en zelfs mijn moeder leek zwaar aangedaan. Wat was er toch aan de hand?

Zouden ze misschien denken – en een plezierige opwinding schoot door mij heen, het was alsof ik een boek las van Paul d'Ivoi – dat Arie, Leny en ik ontvoerd waren? Zouden ze, toen ze het huis leeg aantroffen en gehoord hadden dat wij in een luxewagen waren gestapt, op een drafje naar het politiebureau zijn gerend? 'Help, onze kinderen zijn ontvoerd!' Ach nee, dat kon het niet zijn, er was iets anders gebeurd, iets verschrikkelijks, maar desondanks liep ik voor de zekerheid naar ons voorkamertje. Ik tilde de vitrage op, tikte tegen de ruit. Mijn moeder hoorde het, haar mond viel open, ze stompte mijn vader. Die zag mij staan, balde zijn vuist en rende naar onze voordeur. Al in de gang hoorde ik hem schreeuwen: 'Voor de sodommieter, waar waren jullie?'

'Pau, Pau, rustig aan, wees blij dat ze weer boven water zijn.'

Maar mijn vader stormde de woonkamer binnen, greep me vast, schudde mij met zoveel geweld door elkaar dat ik geen woord kon uitbrengen. Dus mijn zus deed het woord; ze zei: 'We zijn met een erg aardige meneer naar 't graf gereden, Maarten heeft het hek opengemaakt, die meneer wilde bloemen op 't graf van zijn vader leggen.'

'Nooit van z'n leven met vreemde mensen meegaan,' gilde mijn vader, 'hoe vaak heb ik je dat nou al niet gezegd?'

'Het was een deftige mijnheer,' piepte ik.

'Dondert niet,' zei mijn vader, 'je gaat niet met een wildvreemde snoeshaan op stap, ben je nou helemaal besodommieterd. Komen wij hier thuis, jullie alle drie foetsie, horen we op straat dat jullie in een luxewagen zijn gestapt en door de Tuinstraat zijn weggereden.'

Hij raakte buiten adem, er verschenen wat spuugbelletjes op zijn lippen. Mijn moeder zei: 'Naar 't graf? Jullie? Maar waarom reed die man dan de Tuinstraat in?'

'Hij wou eerst nog op de markt bloemen kopen voor 't graf van zijn vader', en toen ik dat zei barstte ik preventief in snikken uit, want als er spuugbelletjes verschenen was mijn vader buiten zichzelf van woede, en had ik altijd het gevoel dat hij me zou vermoorden. Snikte je alvast, dan temperde dat zijn razernij, dan bond hij in en zei dan doorgaans verongelijkt: 'Ik zal je een hengst om je kop geven, dan weet je tenminste waarom je huilt', maar nu keek hij me alleen maar aan alsof hij koning Saul was die David te lijf wilde gaan. Mijn moeder zag het gevaar ook en ging tussen mijn vader en mij in staan.

'En is die man toen meteen naar 't graf gereden? Waarom duurde het dan zo lang voor jullie terug waren?' beet hij me toe, terwijl hij vergeefs probeerde om mijn moeder opzij te duwen.

'Die man wou eerst nog een beetje door Maassluis toeren,' zei ik, mijn tranen wegslikkend, 'die wou de havenkom bekijken en een Hoofdje pikken, en wij mochten meerijden, 't was een verschrikkelijk aardige man.'

'Ja,' zei mijn zus, 'hij was ontzettend aardig, en hij heeft Arie en mij een kwartje gegeven, en Maarten twee kwartjes.'

'Die kwartjes stop je zondag een, twee, drie in 't kerkenzakje om de Heere te danken dat je weer veilig terug bent.'

'Ik heb 't kwartje al in m'n spaarpot gedaan,' zei mijn zus, 'het kan er niet meer uit.'

'Ik ook,' loog ik, want onder geen beding wilde ik mijn kwartjes aan de Heere afstaan. Die kon zeggen: 'Daar zij licht', en er was licht, dus die kon ook zeggen: 'Daar zijn kwartjes', en er waren kwartjes. Zo iemand hoefde je geen kwartjes te offeren.

Mijn vader gromde als een kettinghond, vroeg mij toen: 'Heb je gezien op wiens graf die man de bloemen heeft neergelegd?'

'We zijn niet mee geweest, het graf op,' zei ik, 'ik heb het hek voor die man opengemaakt en hij zei dat wij terug moesten gaan lopen en dat hij het hek achter zich in het slot zou trekken.'

'Hek in 't slot trekken? Je kunt dat hek niet in het slot trekken, dus dat hek staat nog wagenwijd open, dat mot dan dicht,' grauwde mijn vader.

Hij liep al naar de gang, en eenmaal daar aangeland hoorde ik hem nog zeggen: 'Als die fielt, die kinderlokker er nog is... als ik die ploert in m'n poten krijg, steek ik een spa dwars door z'n sodommieter.'

'Pau, Pau, alsjeblieft, voorzichtig aan,' riep mijn moeder hem na.

Eenmaal op straat werd hij terstond aangeschoten door inspecteur Groeneveld.

'Ze benne terug,' hoorde ik mijn vader door het raam heen roepen, ‘ze benne alle drie terug, en nog geen haartje gekrenkt’, en hij sprong op zijn fiets en reed weg.

Toen zag ik iets dat mij verbaasde. Van al die gezichten, daar in de straat, las je geen opluchting af. Integendeel, ze waren teleurgesteld, diep teleurgesteld. Het was alsof ze als ballons leegliepen. Ze dropen verweesd af, slopen hun huizen binnen, sloten gemelijk de voordeuren. Kippennek en Balletje van Vliet en Groeneveld sloften naast elkaar de straat uit, alle drie met hun dienstfiets aan de hand. In een mum van tijd was het net zo stil op straat als op andere zomerdagen aan het einde van de middag. De zon wierp alweer smalle schaduwen op de stoep aan de overkant. Toen mijn vader terugkeerde, waren ze al wat breder. Ik verwachtte niets anders dan een vervolg op de donderpreek van zo-even, maar het leek alsof hij met water gekoeld was. Hij keek ons niet aan, hij liep naar de keuken, waste zijn handen. Toen hij terugkwam, vroeg mijn moeder: ‘En? Was hij er nog?’

‘Nee,’ gromde mijn vader, ‘ik ben van de Kapel naar het Baarhuisje gelopen, maar hij was nergens meer te zien.’

‘En heb je gezien op welk graf verse bloemen lagen?’

‘Ja,’ zei hij.

‘Op wiens graf dan?’

Mijn vader zweeg. Het was duidelijk dat het hem grote moeite kostte ons te vertellen op wiens graf die bloemen waren neergelegd.

‘Nou...’ drong mijn moeder aan.

Mijn vader tastte naar zijn zware Van Nelle, begon een sjekkie te rollen.

‘Waarom wil je dat nou niet zeggen?’ vroeg mijn moeder.

‘Ik zeg het zo meteen wel,’ zei mijn vader nors, ‘maar eerst even een sigaretje.’

‘Was ’t iemand die wij gekend hebben?’

‘Nee,’ zei mijn vader.

‘Nou, dan kun je het toch makkelijk zeggen?’

‘De bloemen lagen op ’t graf van iemand die op 21 augustus 1943 is gestorven, een halfjaar na het bombardement.’

‘Was ’t dan iemand die een halfjaar na dat bombardement aan zijn verwondingen is bezweken?’

‘Nee. Het was een hele hoge piet. Hij was al een tijdje uit Maassluis weg, hij woonde in Boskoop, maar hij wou toch hier begraven worden omdat hier z’n hart lag nadat hij hier zo lang burgemeester was geweest. Ja, daar hadden we hier in Maassluis een hele beste aan, een mannetjesputter, toen ik nog klein was, was hij al burgemeester, maar jij hebt hem nooit meegemaakt, jou zal de naam Dommisse niet veel zeggen, maar hier in Maassluis... och, jongens, ’t was een zoon van burgemeester Dommisse die hier aan de deur is geweest, en ik maar denken dat het een kinderlokker was. Een zoon van burgemeester Dommisse.’

‘Evengoed hadden Arie en Leny en Maarten niet zomaar in die auto moeten stappen,’ zei mijn moeder.

‘Tuurlijk wel,’ zei mijn vader, ‘een zoon van burgemeester Dommisse, tuurlijk wel, ik sta d’r vierkant achter dat ze zijn ingestapt, ik wou dat ik thuis was geweest, ik wou dat ik even de hand had kunnen drukken en kunnen zeggen: je vader, dat was zó’n peer.’

Hij hield zijn handen zo wijd uit elkaar, dat het wel leek alsof hij een peer ter grootte van een netmeloen bedoelde.

‘Een zoon van burgemeester Dommisse... als ik dat had geweten, en ik maar denken...’

Hij blies een reusachtige rookwolk uit, hij zei bits: ‘Jullie hoeven die kwartjes komende zondag niet in het kerkenzakje te doen.’

De dorpelwachter

Mijn vader wou een motorfiets kopen. 'Nergens voor nodig,' zei mijn moeder. 'Als hij een motorfiets heeft, rijdt hij de dijk uit, en ben je hem zo kwijt.' Waarom mijn vader smachtte naar een motorfiets, was haar volstrekt duidelijk: daarmee zou hij niet alleen vliegensvlug naar een andere vrouw kunnen rijden, maar mijn moeder zou hem op haar Fongers ook niet kunnen bijhouden of volgen. Dus zo'n motorfiets – geen sprake van.

Mijn vader wou dolgraag naar de grootste paardenmarkt in Zuid-Holland, de paardenmarkt namelijk te Voorschoten, die daar elk jaar al sinds mensenheugenis op 28 juli gehouden wordt.

'Wat heeft hij daar te zoeken?' vroeg mijn moeder. Het was een retorische vraag, ze wist het antwoord al. Het was mijn vader uiteraard niet begonnen om hoefdieren, nee, hij wou op die markt de begonia's buiten zetten met al die amazones die van heinde en verre bij zulke gelegenheden toestroomden.

En de grootste droom van mijn vader was dat hij, al was het slechts één keer in zijn leven, een snipperdag zou nemen om af te reizen naar de paardenmarkt in Zuidlaren, die daar elk jaar, eveneens al sinds mensenheugenis, op de derde dinsdag van oktober wordt gehouden. 'De grootste paardenmarkt van Europa,' aldus mijn vader, die maar moeilijk begrijpen kon dat ik er niet op vlaste om daar een keer heen te gaan. Het spijt mij dat het indertijd niet bij mij opkwam dat hij, als ik te kennen had gegeven dat ik mee wilde, mogelijkerwijs het wonder had mogen ervaren dat mijn moeder, vooruit dan maar, 'met haar hand over haar hart streek'. Dan immers zou hij vergezeld zijn geweest van zijn oudste zoon en derhalve in de ogen van mijn moeder minder makkelijk in staat om zich aan een mokkel te vergrijpen. 'Misschien zelfs de grootste paardenmarkt ter wereld,' aldus mijn vader met betraande ogen.

Wrang kan het genoemd worden dat hem de tocht erheen keer op keer vlakweg verboden werd, en je kunt je afvragen waarom hij, terwijl hij ernaar hunkerde en dorstte om het dorp Zuidlaren op die derde dinsdag in oktober te bezoeken, zich toch neerlegde bij haar altoos met naar binnen gekeerde dunne lippen en zonder enige stemverheffing uitgesproken dictum: 'Geen denken aan.' Maar ja, mijn moeder was oppermachtig, het was eenvoudig ondenkbaar om ook maar enige door haar gestelde regel te overtreden. Op maandagavond naar de familie Doorsnee luisteren? Geen denken aan. Bij die familie werd aan tafel overduidelijk niet voor het eten gebeden, en menigmaal klonken er bastaardvloeken op zoals jeetje, gossie, potverdorie. Toch was daar makkelijker een mouw aan te passen dan in het geval van de paardenmarkten. Op mijn verzoek zette buurman Koek de radio op maandagavond zo hard dat wij door de muur heen de wederwaardigheden van de familie Doorsnee konden volgen. Ook het verbod om op oudejaarsavond naar Wim Kan te luisteren – die had zich tot grote woede van mijn moeder vrolijk gemaakt over NCRV-kraagjes – kon aldus worden ontdoken.

Mijn moeder, onophoudelijk beducht voor ontrouw, moet wat die paardenmarkten betreft toch geweten hebben dat mijn vader niet alleen van een alomvattende, oprechte liefde voor paarden was vervuld – diep verontwaardigd herhaalde zij immers keer op keer de uitspraak van mijn vader dat je van een paard meer kon houden dan van een vrouw – maar ook alle kwaliteiten in zich verenigde van een paardenfluisteraar avant la lettre. Als het paard van melkboer Van Baalen trillend en zwetend en onrustig met zijn hoeven over de tenen schrapend, na diens ronde langs zijn klanten, in het zonlicht aan gene zijde van de Patijnestraat voor de zuivelhandel stond te dampen en te schuimen, stak mijn vader over en onthaalde het dier, zachtjes in zijn oor fluisterend, op een paar hippische hexameters. Dan was je getuige van een wonderbaarlijke transformatie. Een uiterst nerveus, schichtig, angstig wezen werd een kalme ruin, die zich eerst liet strelen, en vervolgens zelfs uitspannen, en daarna door mijn vader behoedzaam naar zijn stalletje werd geleid, dat zich in de Reinestraat bevond.

Als er weer een hengst of merrie in de vliet terecht was gekomen die, als alles in het werk werd gesteld om hem of haar eruit te halen, zo heftig bleef tegenstribbelen dat de pogingen vergeefs bleken, werd mijn vader er uiteindelijk bij geroepen. Hij sprak het dier een poosje toe. Vervolgens liep hij naast het dier, dat in de Zuidvliet, mijn vader volgend, met de kop net boven de waterlijn over de onzichtbare bodem strompelde, naar de voorbij de bebouwing gelegen glooiende oever. En daar kon het dier dan op eigen kracht, daartoe aangemoedigd door mijn vader, ter hoogte van het Wippersmolentje de wal op klimmen.

Dus dat mijn vader schier bovennatuurlijke vermogens bezat om met paarden om te gaan, was mij als kind al duidelijk. En daarom kon ik niet begrijpen dat mijn moeder zijn liefde voor paarden in twijfel trok en ervan uitging dat hij uitsluitend vanwege die zogenaamde straatmadelieven, naar die twee gerenommeerde paardenmarkten wilde afreizen. Want het was zonneklaar dat daar, zowel in Voorschoten als in Zuidlaren, voor mijn vader veel emplooi zou zijn. Overal aldaar immers angstige, zenuwachtige paarden. Paarden zijn nog fijngevoeliger dan de grandes dames in de romans van Henry James. Daarom is het moeilijk te begrijpen dat zo'n dier, dat al schrikt van een flinke spin, en van de aanblik van een dwerggeitje totaal overstuur raakt, gebruikt werd en wordt voor de meest uiteenlopende delicate taken, zowel op slagvelden als bij intochten. Neem daarvoor toch ezels, of liever nog muildieren, dan wel muilezels, die trekken zich nergens wat van aan.

Hoe het ook zij, mijn vader had daar op zo'n paardenmarkt, met overal angstige dieren, als een paardenfluisterende wonderdokter rond kunnen drentelen. Hij was daar net zo op zijn plaats geweest als Florence Nightingale op de Krim. Ach, waarom ben ik niet op de gedachte gekomen aan te bieden met hem mee te gaan?

Wat mocht er dan wel? Mijn vader wou lid worden van de Vrijwillige Brandweer. Uiteraard was mijn moeder van mening dat ook dat 'nergens voor nodig' was, maar ze kon geen argumenten bedenken om het te verbieden. Bij de brandweer werkten geen vrouwen, het was bij uitstek een mannenaangelegenheid. Eenmaal per jaar maakten alle brandweerlieden met een touringcar een uitstapje naar het Openluchtmuseum in Arnhem of de Deltawerken in aanbouw en dan mochten alle echtgenotes mee, dus mijn moeder kon hem dan vergezellen en in de gaten houden. Een van die tochtjes voerde zelfs naar Antwerpen. De grens over! Ongelofelijk was het. Bij die gelegenheid was mijn moeder toen de Belgische douane de bus inspecteerde zo dodelijk nerveus dat ze terstond uit het voertuig werd gehaald en aan een nader onderzoek werd onderworpen. (Ook bij die brandweeruitjes presteerde mijn vader het volgens haar overigens om onophoudelijk 'naar andere vrouwen te gluren'.)

Mijn vader mocht, daar hij in dienst was van Gemeentewerken, niet opgenomen worden in het team van de Vrijwillige Brandweer te Maassluis. Was je lid van Gemeentewerken, dan werd je bij calamiteiten – gladheid, vloed – ingezet, en dan kon je dus niet tegelijkertijd ingezet worden als brandweerman. Een en ander was onverenigbaar. Maar mijn vader heeft burgemeester Schwartz, evenals hij lid van de Mannenvereniging Schrift en Belijdenis, in het Zeemanshuis net zo lang bepraat tot de burgemeester dispensatie verleende.

Mijn vader wou overigens niet bij de brandweer omdat hij tuk was op brandbestrijding. Nee, het motief was van andere aard. Op dinsdagavond was de zogenaamde brandweeravond, en kon er in de kantine van de brandweer onder andere gebiljart worden. Daar hunkerde mijn vader naar. Keer op keer klaagde mijn vader erover dat hij zo akelig dicht bij de brandweerkazerne woonde en bij brand dus altijd 'in de eerste wagen' terechtkwam. Brandbestrijding haatte mijn vader, biljarten was, net als bij Mozart, een van z'n grote passies. (Ook alweer iets waarin ik hem, tot zijn verdriet, niet heb kunnen volgen.)

Uit mijn jeugd kan ik mij tal van kleine en grote branden herinneren. Vooral een enorme uitslaande brand in de bakkerij van Van Lenteren op het Kerkeiland tijdens zulke strenge vorst dat het bluswater bevroor, heeft diepe indruk op me gemaakt. Maar het meest verbazingwekkende wapenfeit van de Vrijwillige Brandweer te Maassluis was in mijn jeugd ongetwijfeld de redding van Circus Van Bever.

Zomaar opeens lazen wij, reeds maanden voor het te gebeuren stond, op veelkleurige aankondigingen die op alle beschikbare blinde muren waren geplakt dat een circus een week of wat Maassluis zou aandoen. En niet zomaar een circus, nee, een kolossaal circus, Circus Van Bever met de Zes Masten. Mijn vader zei dat er bij zo'n circus altijd vele volbloedpaarden werden ingezet en zag derhalve reikhalzend uit naar de komst ervan, dus mijn moeder zette keer op keer haar lievelingspsalm in, psalm 84. Haar lievelingsvers daaruit was:

Zelfs vindt de mus een huis, o Heer,
de zwaluw legt haar jongskens neer
in 't kunstig nest bij uw altaren,
bij u mijn Koning en mijn God,
verwacht mijn ziel en heilrijk lot
geduchte Heer der Legerscharen
Welzalig hij, die bij u woont,
gestaag U prijst en eerbied toont.

(Merk op hoe paradoxaal het is dat iemand die zo'n verbijsterende afkeer van dieren had, steevast zong over mussen en zwaluwen. Zelfs toen ik nog in de baarmoeder vertoefde, zong ze al over die vogels, mij aldus mijn eerste biologielessen verstrekkend. Ook haar vermaningen ontleende zij aan het dierenrijk. Vele malen heeft ze mij toegevoegd: wat ben je toch een vies ventje, maar weet wel, vieze varkens worden niet vet. En als ik volgens haar weer veel te vroeg uit bed was gekomen, en fluitend door het huis hupte, riep ze: 'Vogeltjes die zo vroeg zingen zijn voor de poes.')

Ten tijde van Circus Van Bever zong zij echter met enige stemverheffing het vijfde couplet, dat zij doorgaans juist placht over te slaan:

O, God, die ons ten schilde zijt,
en ons voor alle ramp bevrijdt,
aanschouw toch uw gezalfde Koning!
Eén dag is in uw huis mij meer
dan duizend waar ik u ontbeer.
'k Waar liever in mijns Bondgods woning
een dorpelwachter, dan gewend
aan d'ijdle vreugd in 's bozen tent.

Maar mijn moeder hoefde dat psalmvers helemaal niet te zingen. Het was ons, zodra die eerste aankondigingen van de komst van Circus Van Bever verschenen, maar al te duidelijk dat er geen sprake van kon zijn dat wij de boze tent van Circus Van Bever zouden kunnen betreden, om aldaar aan ijdele vreugd gewend te raken. Zelfs de tocht naar het Stort om de opbouw van het circus te aanschouwen was al ondenkbaar.

Vanaf de kansels werd trouwens ook, naarmate de dag naderbij kwam dat het circus zijn eerste voorstelling zou verzorgen, steeds dringender gewaarschuwd tegen zulke zaken als wereldgelijkvormigheid, ijdel, zinledig vermaak, en begeleidende verschijnselen als dronkenschap, lanterfanterij en niet nader aan te duiden overtredingen tegen het zevende gebod. De ARP, de grootste partij in Maassluis, ijverde in de raad zelfs voor verbod van het circus, maar het is de antirevolutionairen toch niet gelukt dat erdoor te krijgen. Dus de circuswagens zorgden voor een daverende intocht in Maassluis en de opbouw ervan nam een aanvang.

De tent met de Zes Masten van Circus Van Bever bleek inderdaad reusachtig. Maar was het ook een boze tent? Volgens mijn moeder heulden ze in het circus rechtstreeks met Satan, maar mijn vader bestreed dat. Nergens in de Bijbel las je met zoveel woorden dat de Here God tegen circussen was, dat hadden de broeders inmiddels in het Zeemanshuis ondubbelzinnig vastgesteld tijdens een extra vergadering van de haastig bijeengeroepen Mannenvereniging Schrift en Belijdenis. Er stond weliswaar in psalm 84 onberijmd: 'Want een dag in Uwe Voorhoven is beter dan duizend elders, ik koos liever aan den dorpel in het huis mijns Gods te verkeren, dan lang te wonen in de tenten der goddeloosheid', maar van wonen in Circus Van Bever was geen sprake, laat staan van lang wonen. Je ging erheen om een voorstelling te zien, en die duurde een uur of drie, dat kon toch onmogelijk lang heten. Dus was er ook geen belemmering, vond mijn vader, om daar als brandwacht dienst te doen tijdens een voorstelling. Mijn moeder was verbijsterd. Mijn vader brandwacht in een circus, daar was ze fel op tegen. Als hij daar in zijn brandweeruniform zou rondlopen, zou het hele Maassluise mokkelbestand zich ongetwijfeld terstond aan zijn voeten neervlijen. Dus liet mijn vader zich toen hij ingeroosterd werd, à contrecoeur vervangen door een collega.

Satan ten spijt, stroomden de mensen toe naar de voorstellingen van het circus. Avond aan avond was het uitverkocht; ook de matinees werden druk bezocht. Toen echter greep de Heere in. Hij zond een zuidwesterstorm, windkracht 9.

Circus van Bever stond op een kaal stuk grond in de wijk die het Stort werd (en wordt) genoemd. Tussen het circus en de Nieuwe Waterweg bevond zich hoegenaamd geen bebouwing, en bomen stonden er destijds in Maassluis alleen op de Prinsessenkade en op de begraafplaats, dus windstoten met snelheden van 130 kilometer per uur kwamen onbelemmerd vanaf de Waterweg aangieren. Circus Van Bever kreeg het ongelofelijk zwaar te verduren. Ik herinner mij nog dat ik op de Keucheniusstraat heb staan kijken. Het dak van de tent bolde vervaarlijk op en het was wachten op het ogenblik dat het ofwel open zou scheuren, ofwel van zijn zes trotse masten gerukt zou worden. Ook dreigde het gevaar dat de hele tent eenvoudig de lucht in zou gaan. Door de agenten Balletje van Vliet en Kippennek werden wij steeds weer gemaand nog wat verder naar achteren uit te wijken. Wat te doen om het tij te keren? De autoriteiten in Circus Van Bever bedachten een mogelijke remedie. Als de brandweer nu eens water zou spuiten op het tentdak? Dan werd het zwaarder, dan zou een ramp misschien voorkomen kunnen worden.

Jammer genoeg was ik niet thuis toen de brandweerbel ging. Ik had mij immers onder de toeschouwers op de Keucheniusstraat geschaard. Dus voor mij was het een vrij grote verrassing toen de eerste spuitwagen arriveerde, met daarin uiteraard mijn vader. In grote haast werden de slangen uitgelegd en aangesloten op allerlei koppelingen. Water werd uit de haven gepompt en aangevoerd via een lange aanvoerslang. Toen spuitwagen Eén operationeel was, verscheen spuitwagen Twee, en snel daarop arriveerde ook spuitwagen Drie. Aldus werd de maximale capaciteit van de Maassluise Vrijwillige Brandweer ten volle benut. Maar aanvankelijk niet erg doelmatig. Want het bleek niet eenvoudig om de waterstralen op het tentdak te doen neerkomen. De storm boog ze af en daardoor kwam het meeste water bij de eerste bluspogingen op de toegestroomde Maassluizers terecht. Pas toen men op het idee kwam om aan de zuidkant van de tent de waterstralen met de wind mee omhoog te zenden, bereikte bluswater het tentdak. Uiteraard werd er ook geprobeerd of men de ladderwagen in kon zetten. Hoog op zo'n ladder kon je immers heel effectief het tentdak zeiknat spuiten. Maar toen de ladder vanaf de wagen richting uitspansel begon te klimmen, kreeg de stormwind er vat op en hoorde je doodgriezelige geluiden. Hoe hoger de ladder kwam, hoe meer hij heen en weer begon te zwiepen. Dus werd de ladder weer ingenomen.

Achteraf werd gezegd dat het een dubbeltje op zijn kant was geweest. Of dat waar is, ik weet het niet. Ik heb het tentdak zien opbollen, en net als veel andere Maassluizers daar op de Keucheniusstraat, ben ik teleurgesteld huiswaarts gekeerd toen het tentdoek uiteindelijk, onder het gewicht van het havenwater, langzaam neerzeeg. Maar die teleurstelling heeft niet zo heel lang geduurd. Want er geschiedde een wonder. Als dank voor de redding van het circus kregen de manschappen van de Vrijwillige Brandweer te Maassluis twee vrijkaartjes voor volwassenen, en ook al het brandweerkroost werd voorzien van kaartjes voor een speciale, extra ingelaste woensdagmiddagmatinee.

Dus had je toen bij ons thuis de poppen drastisch aan het dansen. Want het is één ding om principieel te weigeren naar een tent der goddeloosheid te gaan als je en passant bovendien ook nog flink wat geld bespaart. In dat geval immers snijdt het vrome mes aan twee kanten. 'Maar als je het gratis in de schoot geworpen krijgt, wat dan? Die kaartjes niet gebruiken, da's zonde,' zei mijn vader. 'We geven ze weg,' zei mijn moeder. 'Mogen wij dan anderen met die kaartjes aanmoedigen iets te doen wat we zelf verkeerd vinden?' vroeg mijn vader. 'Pau, wij gaan niet naar een circus,' brieste mijn moeder, 'en Maarten, Leny en Arie gaan ook niet, geen denken aan, dat doet de Heere zo'n zeer. We geven hun kaartjes aan buurman Van der Hoeven. Dan kunnen zij gaan en kunnen Arie, Anneke en Trudy gaan. Die kijken zo nauw niet, die zijn hervormd op grote wielen, en daar heeft de Heere dan ook minder verdriet van.' Mijn broer, mijn zus en ik barstten alle drie in snikken uit. 'Kijk wat je aanricht,' zei mijn vader. En toen zei hij: 'Na afloop van het spuiten hebben we met die mensen van het circus gesproken. Voor lui die 't met de duivel houden zijn ze toch erg aardig. Ik heb ze gevraagd of ik hun paarden mocht zien. Dat mocht ik, en weet je wat ik toen heb gemerkt? Die mensen hebben d'r reuze veel slag van om met paarden om te gaan, daar kan ik zelfs nog wat van leren, dus zo slecht kunnen ze niet zijn.'

'Reken maar,' zei mijn moeder, 'dat de Filistijnen en Amelekieten ook goed met paarden konden omgaan, dat zegt niks.'

Op de maandag voorafgaande aan de matineewoensdag, kwam mijn grootmoeder langs. Uiteraard werden wij weer getrakteerd op een ellenlange monoloog, maar toch lukte het mij om haar ons probleem voor te leggen: moesten wij afzien van circusbezoek of mochten wij de vrijkaartjes gebruiken? Wat ze toen tegen mijn moeder zei, zal ik nooit vergeten: 'Lena, Lena, zo strikt hoeft het toch niet?' Mijn moeder zei niets terug, boog het hoofd, keek ons aan, en wij wisten: wij mogen gaan al blijft zij erop tegen. Mogelijk heeft ook het feit dat, voor zover dat na te gaan viel, al het kroost van alle andere gereformeerde brandweermannen van hun vrijkaartjes gebruik mocht maken, ertoe bijgedragen dat zij haar verzet heeft gestaakt.

Met onze drie vrijkaartjes vervoegden wij ons bij de ingang van het circus. Mijn ogen hoef ik maar te sluiten om die voorstelling tot in de kleinste details af te draaien als een film die op de harde schijf van mijn geheugen staat. Vanaf het eerste moment dat ik daarbinnen zat, werd ik overweldigd door wat ik te zien kreeg. Op een balkon boven de ingang van de piste vertoefde een hoempaorkest dat reeds speelde. De piste was nog leeg, maar tussen het publiek door liep een aap die zich verstond met de wachtenden. Bij nader inzien bleek het geen aap, maar een man of vrouw die een apenpak had aangetrokken. In mij manifesteerde zich dadelijk een kolossaal verlangen om ook eens zo'n apenpak aan te mogen trekken.

De voorstelling begon met een act voor paarden. Eerst verschenen twee spierwitte paarden die een rondje draafden in de piste. Toen volgden twee bruinrode paarden. Daarna twee zwarte paarden. En ten slotte kwamen twee blauwschimmels op en ademloos zat ik te kijken, want ik wist wat in die tent misschien wel niemand, behalve ik, besefte. Dit zijn alvast de paarden uit Openbaringen

6, vers 1 tot 9. Want weet dat de Here Jezus spoedig zal wederkomen op de wolken des hemels. En mijn geweten was gesust. Een circus zondig? Welnee, zo'n circus was een Bijbelles. Maar toen volgden clowns die elkaar met waterpistolen beschoten, en daarbij kon ik niet bedenken aan welke Bijbeltekst dat refereerde. Een leeuw betrad echter de piste en slenterde erin rond alsof hij een Hoofdje wou gaan pikken. Toen verscheen een gedrongen man met lang zwart haar. Hij greep de leeuwenbek en sperde hem wijd open. Simson, dacht ik, dat is Simson, zo meteen wordt die leeuw in tweeën gespleten, zie je nou wel, moe, dat hier de Satan niet heerst, ze vertellen hier juist Bijbelverhalen. De leeuw brulde. De man rende de piste uit, en de leeuw volgde hem, en toen hoorden wij huiveringwekkende smakgeluiden. Waarna de gedrongen man weer verscheen, met zijn tong verzaligd langs zijn lippen strijkend en nog zachtjes nasmakkend. Buigend nam hij het applaus in ontvangst. En opnieuw draafden de paarden uit Openbaringen door de piste. Nu zou ik die krankzinnige opeenvolging van totaal verschillende acts waarschijnlijk statisch en saai vinden en mij ergeren aan de hoempamuziek, maar destijds was ik, aan niets gewend, zo diep onder de indruk van wat ik zag dat ik geen moment in staat was ook nog te overwegen of een en ander toch zondig genoemd moest worden. Bovendien leek het steeds alsof er aan het Bijbelboek Openbaringen werd gerefereerd, want ook daarin werd verteld over dieren die opkwamen en weer verdwenen. Besef van zonde deed zich pas voor aan het einde van de voorstelling toen het hoogtepunt van de matinee zijn beslag kreeg: de trapezewerkers die hun stunts uitvoerden zonder vangnet. Je leven wagen zonder noodzaak, dat was zonde, dat wist ik zeker, maar ik zie ze nog zweven over mijn netvlies in van die gifgroene, korenbloemblauwe en gouden glitterpakjes. En daarbij kwam dat ik opeens, terwijl zo'n korenbloemmeisje door de lucht vloog, bedacht dat hier sprake was van een hemelvaart. Zie je nu wel, ongelovigen, dat je door de lucht kon zweven, zoals eertijds Elia en de Here Jezus?

Eenmaal weer thuis kon ik niet ophouden steeds weer, met verstikte stem, aan de voorstelling te refereren, verbaasd over de scepsis van mijn ouders die maar niet wilden geloven dat er terloops Bijbelverhalen verteld werden. Mijn vader die, toch al van plan om er, mijn moeder ten spijt, heen te gaan, al was het alleen maar omdat alle andere leden van de Vrijwillige Brandweer er ook heen gingen, kreeg er na al dat uitzinnige enthousiasme van mijn broer, mijn zus en mij nog veel meer zin in dan hij toch al had. Dus hij trotseerde eenmalig mijn moeder, die pertinent tegen bleef. En toen werd zij slachtoffer van haar eigen paranoia, want ze kon mijn vader uiteraard niet alleen laten gaan. Daar in die circustent zouden in het publiek zoveel mokkels zitten waaraan hij zich vergapen kon, dat ze wel moest meegaan om hem in de gaten te houden.

Ze heeft er achteraf nooit iets over willen zeggen. Ze bleef nog lang het vijfde vers uit psalm 84 zingen, schakelde pas na maanden weer over op de vijf andere coupletten.

In mijn door benepen godsdienstigheid getekende jeugd is dit een warme windvlaag geweest, een lichtstraal in het stikdonkere dal waar wij over het smalle pad, op weg naar het hemelse Jeruzalem, doorheen strompelden – dankzij die zuidwesterstorm die de Heere speciaal over de Nieuwe Waterweg zond om de inwoners van Maassluis te waarschuwen voor een boze tent met zes masten die in hun midden was opgericht.

Ruijsbroek

Al vanaf de derde klas van de lagere school drongen de leerkrachten er bij mijn ouders op aan dat ik mettertijd naar de middelbare school zou gaan. Eerst kwam meester Mollema op een druilerige maandagmiddag na schooltijd langs en hield, nadat hij had gememoriseerd dat ik de breuken en de Grootste Gemene Deler en Het Kleinste Gemene Veelvoud (toch altijd geduchte struikelblokken in de derde klas) spelenderwijs in de houdgreep had genomen, een vurig pleidooi voor doorleren op het Groen van Prinstererlyceum te Vlaardingen. Na Mollema kwam toen ik in de vierde klas zat het hoofd der school, meester Cordia, de zaak nogmaals bepleiten. In de vijfde klas ging meester Cordia zelfs een stap verder. Hij zou mij klaarstomen voor het toelatingsexamen van het Groen. Dolgelukkig zou ik geweest zijn – want zielsgraag wilde ik naar het Vlaardingse lyceum – als zich niet een vrijwel onoverkomelijk obstakel had voorgedaan. Mijn moeder was er mordicus op tegen dat ik naar dat lyceum zou gaan.

'Doorleren, da's nergens voor nodig,' verklaarde ze keer op keer, en ze adstrueerde deze stelling met praktijkvoorbeelden. 'Mijn broer Leen is na school eerst bij mijn vader in de tuin aan de slag gegaan, tot Teun groot genoeg was om hem te vervangen, en toen is Leen bij de plantsoenendienst in Den Haag in dienst gekomen. En daar is hij in no time opgeklommen tot hoofd van die dienst, want hij heeft, net als alle andere Van der Giessens, een goed stel hersens, hij leert vlug, hij is goochem, hij kan alles. Nou, wat wil je meer, hoofd van de plantsoenendienst. Hij heeft mensen onder zich die op een middelbare tuinbouwschool hebben gezeten. En reken maar dat er overal naar hem geluisterd wordt. Ook gestudeerde mensen luisteren naar hem, als je dat maar weet.'

'Ik wil geen hoofd van de plantsoenendienst worden,' zei ik tegen mijn moeder.

'O, wil je dat niet? Is dat je te min? Kijk je daarop neer?'

'Ik kijk er niet op neer, maar plantsoenen, die zijn nergens voor nodig, dus voor mij is hoofd van zo'n dienst niks gedaan.'

Mijn moeder was even uit het veld geslagen omdat ik haar meest favoriete uitdrukking 'da's nergens voor nodig' opeens toepaste op een verschijnsel waarvan ze strikt genomen toch ook moest denken dat het overbodig was. Waarom mooie plantsoenen op aarde? Straks in de hemel zouden we immers in wonderschone grazige weiden en weelderige landouwen vertoeven.

Mijn moeder hapte even naar adem, maar bracht toen toch uit: 'Wie zegt dat je hoofd van de plantsoenendienst moet worden? Genoeg andere dingen die voor je openstaan, en daar hoef je helemaal niet voor door te leren, nergens voor nodig.'

'Ik wil zo graag naar het lyceum.'

'Waarom nou? Ben ik soms op een lyceum geweest? Het had zeker gekund, want ik was altijd de beste van de klas.'

Dat viel, aangezien ik vaak vol bewondering de schoolrapporten van mijn moeder had bestudeerd, niet tegen te spreken. Wonderbaarlijke cijferlijsten, vrijwel uitsluitend vijven en een enkele vier, want op de school in Maasland was het hoogste cijfer een vijf.

'Ben ik nou minder omdat ik niet naar het lyceum ben geweest?' vroeg ze. En ze wachtte het antwoord niet af, ze zei: 'Besef nou wat het enig nodige is in dit leven, dat je weet verlost te zijn door het bloed van de Here Jezus, daar komt het op aan. Het leven is een stikdonker dal waar je op de tast doorheen strompelt en struikelt op weg naar de eeuwige zaligheid, en in dat donkere dal is al die geleerdheid niks waard, die is nergens voor nodig, da's enkel maar ballast. Al die geleerdheid, dat zie je zo vaak bij die gestudeerde koppen, staat geloven als een kind juist vaak in de weg. En dat is wat er van je gevraagd wordt, dat je gelooft als een kind.'

'Ik bén een kind.'

'Ja, maar je gelooft nog niet als een kind, daar moet je nog flink wat ouder voor worden, en dan komt dat hopelijk vanzelf goed, maar als je doorleert... huh... dan moeten we nog maar afwachten of je ooit gaat geloven als een kind.'

Het is duidelijk dat ze gelijk heeft gekregen. Als een kind geloven is mij, ook als volwassene, nimmer gegeven geweest, sterker, zelfs toen ik nog een dreumes was, liep ik al met kwellende twijfels rond.

Maar destijds had ik een argument paraat om haar ervan te overtuigen dat ik, ook al zou ik doorleren, mettertijd als een kind zou gaan geloven.

'Het Groen van Prinstererlyceum,' zei ik, 'is een christelijke school. Op maandagmorgen wordt er in de aula altijd eerst een dienst gehouden waar een van de dominees voorgaat die op school godsdienstles geven, dominee Krijger uit Schiedam of dominee Van Noort uit Vlaardingen of dominee Keizer uit Maasland.'

'Hoe weet je dat allemaal?'

'Dat heeft Lies Verwaard me verteld. Die zit nu in de eerste klas van het lyceum, in de onderbouw, die moet nu gaan kiezen of ze naar de mms of de hbs of naar het gymnasium wil. Maar ik weet al waar ik heen wil, ik wil naar de hbs.'

'Jij gaat niet naar de hbs,' zei mijn moeder, 'geen denken aan, ik wil het niet hebben, ik zal het eens met meester Cordia bespreken. Je hebt minstens één keer per week knallende koppijn. Denk je dat dat minder wordt als je daar op school zit en heel veel moet leren?'

'Ik vind leren het allerleukste wat er is.'

'Omdat je er nog geen flauw idee van hebt wat echt leren is. Kijk nou toch naar je neven die hier af en toe komen oppassen en die zitten te zwoegen voor het middenstandsdiploma.'

'Ja,' zei ik, 'Maarten van ome Huib en Maarten van ome Klaas, en Maarten van ome Piet en Gerrit van tante Ant.'

'Nou dan.'

'Ja, maar die zijn alle vier oerstom. Die brengen altijd hun sommen mee als ze hier komen oppassen, en dan zitten ze erop te turen en dan weten ze zich geen raad. Vooral Gerrit niet, die wordt dan knalrood en begint vaak te huilen. En dan zeg ik: mag ik je sommen eens zien, en dan kan ik zo uitleggen hoe ze die sommen moeten oplossen, en dan zijn ze sprakeloos van verbazing. Heus, die zijn oerstom, maar ik, ik ben niet stom, de meester zegt dat ik hartstikke pienter ben, dus ik wil doorleren.'

'D'r komt niks van in.'

Mijn moeder zou zeker gezegevierd hebben, ware het niet dat ze drie mannen tegenover zich kreeg, meester Mollema, meester Cordia en mijn vader. Zelfs een andere meester van de Dr. Abraham Kuyperschool ging zich met de zaak bemoeien, meester Passchier. Bij hem kon je na schooltijd terecht voor Engelse les, en Engels leren, o, daar smachtte ik naar. Dat je een boek zou kunnen lezen in een vreemde taal – bij de gedachte eraan barstte ik zowat in snikken uit. Meester Passchier was een zwaargebouwde, ruwe man, rechtstreeks uit de klei getrokken ergens tussen Dreischor en Zonnemaire, en hij nam geen blad voor de mond.

'Mevrouw 't Hart, 't is zonde dat ik het zeg, maar als u dat kind niet laat doorleren begaat u een misdaad. Die knul wil dolgraag naar het lyceum. Laat hem gaan. Hij zal daar met vlag en wimpel de klassen doorlopen. Het zou schandalig zijn om zo'n jongen na de zesde klas van school te halen en meteen bij een baas onder te brengen.'

'Al mijn zes broers zijn ook meteen na de zesde klas bij een baas gaan werken, wat is daar zo verkeerd aan?'

'We leven in andere tijden. De samenleving vraagt om mensen die doorgeleerd hebben.'

'Bij Maarten staan de handen nergens verkeerd voor, wat hij ook aanpakt, altijd zal hij goed terechtkomen. Het is helemaal nergens niks voor nodig dat hij doorleert. Hij kan er alleen maar groos van worden als hij doorleert.'

'Pas op, je maakt je zoon doodongelukkig als je tegenhoudt dat hij doorleert. Doodongelukkig maak je hem.'

Dat woord 'doodongelukkig' bracht haar op een idee; ze wijzigde haar strategie. Ze zei tegen me: 'Hou je wel een beetje van je moeder.'

'Ik houd vreselijk veel van m'n moeder.'

'Waarom maak je me dan doodongelukkig? Waarom doe je me zoveel verdriet?'

'Het is helemaal niet m'n bedoeling om je verdriet te doen, maar ik wil zo vreselijk graag naar de hbs.'

'Het zal je bitter tegenvallen, dus wees nou wijs, ga niet. Doe me dat niet aan als je ook maar een beetje van me houdt.'

Waarop ik in snikken uitbarstte, want tegen dat soort chantage was ik destijds niet opgewassen. En dan kreeg ook mijn moeder tranen in haar ogen en stonden of zaten we samen een poosje te grienen. Als we dan de tranen uit onze ogen hadden gewreven, was ik er na aan toe om te zeggen dat ik haar haar zin zou geven. Engels, Frans en Duits kon ik toch ook leren als ik niet naar de hbs zou gaan? En toch heb ik, hoe vaak we in die duistere jaren vijftig ook samen in het piepkleine keukentje hebben staan schreien, nooit die fatale woorden over mijn lippen kunnen krijgen: goed, u je zin, ik ga niet. Ik had de boeken van Schuil gelezen en daarin zaten de hoofdpersonen altijd op de hbs, en ik wilde ook op de hbs zitten. Nooit in mijn leven heb ik heftiger naar iets verlangd dan naar doorleren, dan naar de hbs gaan.

Dat mijn moeder zich zo krachtig verzette, is voor een deel ook toe te schrijven aan het feit dat het hoogst ongebruikelijk was dat je doorleerde. Het enige wat met name de neven van mijn vaders kant allemaal probeerden te halen, was het middenstandsdiploma, want zo'n diploma had je nodig als je mettertijd de groentewinkel of kruidenierswinkel van je vader wou overnemen. Dus al die arme neven zaten soms jarenlang in de avonduren te zwoegen en te zweten.

Wat ook vrij moeilijk te verwerken was, was het feit dat mijn neven en nichten, als je ze ergens tegenkwam, je voor gek verklaarden dat je wou doorleren. Wie deed dat nou? Dat was toch pure opschepperij, dat was grozigheid in het kwadraat. In mijn lagereschoolklas was er, behalve ik, maar één andere jongen die ook klaargestoomd werd voor het toelatingsexamen, Daan Coumou. Zijn vader was directeur van een machinefabriek. Was de vader zo hoog gestegen, dan moest de zoon wel doorleren, ongeacht het feit dat die zoon niet overmatig schrander was. En daarom bleek er nog iemand te zijn die mijn moeder wel wou bewerken om toestemming te geven voor doorleren: de vader van Daan. Daan had er namelijk veel baat bij als ik hem hielp bij ons huiswerk, dat nu eenmaal onvermijdelijk was als je je wilde voorbereiden voor het toelatingsexamen.

Toen mijn moeder inzag dat ze bezig was de strijd te verliezen, schakelde ze over op haar meest effectieve wapen: geluidloze tranen. Daar waren noch mijn vader, noch ik goed tegen opgewassen.

Die geluidloze tranen vloeiden op allerlei momenten, maar vooral op maandag- en zaterdagmorgen. Op maandagmorgen vloeiden ze doorgaans omdat mijn vader de dag ervoor in de kerk andermaal onder het bidden 'naar een mokkel had gegluurd'. Op zaterdagmorgen vloeiden ze omdat mijn vader en ik dan veelal thuis waren en er dus publiek was voor de tranen. Eerst werd op die dag steevast het zendingsblad de *Goede Tijding* bezorgd. (Toen mijn moeder daar een keer het woord 'dondersteen' in aantrof, werd het blad voortaan geweigerd. Het kan zijn dat die weigering mede werd ingegeven door het feit dat mijn moeder dan geen stuiver meer aan de bezorger hoefde te geven.)

Kwam de *Goede Tijding*, dan kwamen de tranen. Vroeg je wat er was, dan wilde ze geen antwoord geven. Tot ze dan uiteindelijk het eten op tafel zette (voorgerecht tomatensoep, hoofdgerecht erwtensoep). Tijdens de zaterdagsoep kwam het hoge woord eruit. Ze had verdriet, ze had heel veel verdriet omdat ik zo koppig was en naar de hbs wilde. En als ze dan tenminste nog maar een beetje steun aan mijn vader had gehad om mij voor zo'n fatale misstap te behoeden, maar nee, geen sprake van. 'Je bent er trots op dat Maarten zo goed kan leren,' zei ze telkens, 'en daarom wil je, enkel maar om bij de Mannenvereniging Schrift en Belijdenis te kunnen opscheppen over je zoon, dat hij doorleert. Maar wacht maar als hij op de hbs zit, dan zul je zien dat hij d'r niks van bakt, dan zul je nog de schande meemaken dat je hem van school moet halen, en waar kun je dan nog terecht met zo'n jongen. Niemand wil hem dan nog hebben, want ze weten dan allemaal dat hij van school is gejaagd.'

Op weer zo'n tranenrijke zaterdagmorgen – ik zat toen al in de zesde klas – stormde ze het huis uit. Wanhopig snikkend begaf ze zich naar de Doctor Kuyperkade, waar meester Cordia naast tandarts Dulken woonde. (Elk jaar speelde de tandarts voor Sinterklaas. Op Rozenburg werd hij aangekleed en met de veerpont kwam hij dan op een zaterdagmiddag in november aanvaren. Maassluis dan in rep en roer, maar ik wou er niks mee te maken hebben. Een tandarts die zich inlaat met borstplaat en suikergoed, ik heb dat nooit begrepen.) Wat ze in de lange gang van het huis van meester Cordia schreiend naar voren bracht, heb ik niet kunnen achterhalen: dochter Tineke Cordia, die bij mij in de klas zat, vertelde mij later dat ze niet verder gekomen was dan die gang. Toen ze thuiskwam, haar ogen roder behuild dan ik ooit daarvoor en daarna heb gezien, kwam er geen woord uit. Al snel bleek echter dat meester Cordia sinds die zaterdag pas echt alles op alles zette om mij zo goed mogelijk voor dat toelatingsexamen klaar te stomen. Hij nodigde me bij hem thuis uit en ik werd regelrecht bedolven onder leerstof. Dat deerde mij uiteraard totaal niet, ik was dolgelukkig dat mijn moeder, haar tranen ten spijt, bij meester Cordia geen voet aan de grond had gekregen.

Toch was er in het voorjaar van 1957 nog een strohalm waar ze zich aan vastklampte: dat ik zou zakken voor het toelatingsexamen. Ze probeerde me aan te praten dat ik doodzenuwachtig zou zijn, en dicht zou klappen. 'Je bent net als ik,' zei ze, 'je bibbert en je beeft bij het minste geringste, net als je moeder zie je overal leeuwen en beren, als je daar zit, doe je het in je broek en moet je dus meteen naar achteren, en dan begin je ook nog te zweten als een otter, en komt er niks van al die sommen met breuken en dictees met gemene struikelblokken terecht, want dan denken ze omdat je zo nodig moet en zo vreselijk zweet dat je de boel zit te flessen en sturen ze je meteen de deur uit.' Dat ik wat dit soort zaken betreft, sprekend op haar lijk is waar, en het is begrijpelijk dat ze daar de hoop aan ontleende dat het mis zou gaan, maar toen al besefte ik dat ik mij tegen examenangst kon wapenen door mij ongelofelijk goed voor te bereiden zodat ik, als de dag van de waarheid zich aandiende, er zeker van kon zijn dat ik alles onder de knie had en ver boven de stof stond, een besef overigens dat mij bij alle examens en tentamens van pas is gekomen, behalve bij het rijexamen. Bovendien had Cordia mij juist voor dit examen zo ongelofelijk goed klaargestoomd, dat het welhaast ondenkbaar leek dat ik daarvoor zou kunnen zakken. Ik had dan ook alleen maar tienen, ondanks wel degelijk opspelende examenzenuwen. Daan had drie zessen en een vijf, hij moest op voor het herexamen.

Toen kwam de lange, lange zomer van 1957. Ach, dat jaar 1957. Het jaar van de AOW en de Spoetnik. Maar dat ging volledig langs mij heen, het enige wat telde was dat ik in september naar het Groen van Prinstererlyceum zou gaan, het vehemente verzet van mijn moeder ertegen ten spijt. Maar toch kwam ze in die zomer nog met een troefkaart, toch had ze nog iets achter de hand dat deze bizarre tragedie (want zo mag je het wel noemen als je bedenkt hoeveel nodeloze tranen er vergoten zijn) van een tamelijk kluchtig einde voorzag.

Het was eind juni, het was warm, september was nog ver weg. Mijn moeder zei: 'Laat ik nou toch horen van een heel mooi baantje. Zou geknipt voor je zijn. Als je daarin zou rollen, is je kostje gekocht.'

Ik zat te lezen. Ik deed net of ik haar niet hoorde. Ze zei: 'Denk je nou eens in – als je gaat werken, heb je steeds een zakcentje, terwijl je nou helemaal niks hebt.'

Daar had ze inderdaad een punt, want zakgeld, daar was bij ons thuis geen sprake van, dat kon er eenvoudig niet af.

'Een zakcentje, zomaar een zakcentje.'

'Ik heb geen zakcentje nodig,' zei ik.

'Dat zeg je nou, maar als je het eenmaal hebt, zul je wel anders piepen. O, een zakcentje, dat is zo makkelijk. En je verdient méér dan een zakcentje, je verdient genoeg om ook wat aan mij af te dragen. Zou je dat niet willen? Nou zit ik maar altijd over de bodem te krabbelen. D'r kan hier niks, denk je toch eens in hoe blij je moeder zou zijn met een beetje extra ondersteuning.'

Omdat ik stug bleef doorlezen, zei ze vervolgens met enige stemverheffing: 'Bij Ruijsbroek zoeken ze een jongen die kan helpen met al hun siervissen.'

Ik hield mij stom.

'Je weet toch waar Ruijsbroek woont? Aan de Wegt! De mooiste bungalow van Maassluis. Heeft hij daar laten bouwen. Van het geld dat hij verdiend heeft met de siervishandel. Je snapt niet wat mensen erin zien, maanvissen, guppy's, zwarte neons, maar ze betalen er goudgeld voor, het is schone negotie, niks waar meer mee te verdienen valt. Als je daar gaat werken en je klimt een beetje op, deel je in de winst, reken maar. Dan is je kostje gekocht. Van tante Lina hoorde ik dat Ruijsbroek een jongen zoekt, een serieuze jongen van een jaar of dertien, om hem op termijn in de zaak op te nemen.'

'Waarom hoorde je dat van tante Lina?'

'Omdat haar zus getrouwd is met Ruijsbroek. Lina zei tegen

me: dat is nou net wat voor die Maarten van jou. Dat is zo'n nette, serieuze jongen, zonder poespas of boe of bah, zo iemand zoekt m'n zwager.'

Enige tijd was er niets anders te horen dan het tikken van de breipennen van mijn moeder. Zoals die breien kon. Jammer dat er geen olympische breikampioenschappen zijn. Ze zou zonder enige twijfel als eerste zijn geëindigd. En ze kon, zoals mijn grootmoeder ook vaak zei, ook sneller dan om het even wie ook druiven krenten. Ze was in haar jeugd door de hele Westgaag heen gezocht omdat zo weergaloos snel en zo weergaloos trefzeker druiven kon krenten. Ik heb er als kind vaak ademloos naar zitten kijken. Je zag de vingers niet meer afzonderlijk bewegen. Daarvoor ging het eenvoudig te snel – iets dat ook gold voor breien. En bij dat breien toverde ze, zonder enige hapering, de meest ingewikkelde patronen uit haar pennen.

Ze stopte met breien om een pen te verwisselen. Ze zei: 'Zou je mij nou eens een heel groot plezier willen doen? Zou je daar nou eens heen willen lopen en willen vragen of je eens binnen mag kijken? Als je daar eenmaal binnen bent en al die prachtige aquaria ziet, wie weet kom je dan toch nog op andere gedachten. En als dat niet gebeurt, ook goed, maar doe mij nou een lol, loop er eens even heen.'

Ik had al gewonnen, ik zou in september naar de hbs gaan, dat stond als een paal boven water, dus wat had ik ermee te verliezen om haar die lol dan maar te doen?

'Goed,' zei ik, 'ik ga daar even kijken.'

Mogelijk zou een ander soort moeder mij op dat moment uit dankbaarheid omhelsd hebben. Maar mijn moeder schuwde elke vorm van lichamelijk contact. 'Nooit eens een aai over je bol,' heeft mijn zus later vaak gezegd, 'en dat terwijl pa je altijd streelde en je schouderklopjes gaf en in je arm kneep en over je rug wreef.'

Ook weer zoiets eigenaardigs en onbegrijpelijks in haar karakter, dat ze zelfs haar eigen kinderen nimmer aangehaald heeft. Wat kan er toch in haar jeugd gebeurd zijn dat dat verklaart? Zeker, haar vader, vader Arie zoals mijn vader hem altijd noemde, was een huistiran zoals je er maar zelden een tegen komt. Maar mijn grootmoeder was van een ongeëvenaarde hartelijkheid en trok zich niets aan van haar gekwelde, half krankzinnige echtgenoot. Iedereen die aan de deur kwam werd met grote vriendelijkheid ontvangen, terwijl mijn moeder haar leven lang iedereen die aan de deur kwam heeft weggekeken. (Net als ik trouwens.)

Mijn moeder wuifde me uit toen ik op weg ging. Dat was al heel wat. Ik liep door de Reinestraat naar de Sluispolderkade, wrong mij door het nauwe steegje langs het huis van ome Siem, liep de Zuidvliet uit, ging de brug over bij drukkerij De Groot, liep door de Lijndraaierssteeg, ging de brug over van de Noordvliet en sloeg rechts af. Vandaar was het nog een pittige wandeling naar de bungalow van Ruijsbroek, die zo'n beetje op de gemeentegrens van Maassluis en Maasland was neergezet. Het was ronduit prachtig weer, dus dat was mooi meegenomen. Eenmaal aangekomen bij die bungalow heb ik een tijdje geaarzeld. Zou ik wel aanbellen? Ik kon toch zeggen dat Ruijsbroek, na een eerste blik op mij, meteen al gezegd had: nee, jij bent niet de jongen die ik zoek. Maar ja, via zijn vrouw en tante Lina kwam dan misschien de waarheid boven water dat ik niet aangebeld had. Dus ik stapte het hellende bordesje op. Ik belde aan. Vrij snel verscheen een vriendelijk ogende vrouw.

'Wat is er?'

'Mijn moeder heeft me gestuurd. Meneer Ruijsbroek zoekt een jongen voor de siervissen.'

'O, da's nou jammer, mijn man is niet thuis, kom maar een andere keer terug.'

Opgelucht daarover wou ik al weglopen, maar toen zei ze: 'Misschien wil je iets voor me doen, dan kunnen we meteen zien hoe jij werkt en of jij de jongen bent die wij zoeken. Zou je je verdienstelijk willen maken door sperzieboontjes voor me te plukken.'

Ik knikte onwillig. Het deerde haar niet. Ze zei: 'Kom mee, ik wijs je de boontjes.'

Ze installeerde mij bij een rijtje bonen. Je hebt twee soorten bonen, stambonen en stokbonen. Stokbonen winden zich omhoog langs een bamboestaak of een dikke tak die je schuin rechtop in de grond zet, tegen een andere staak aan. En meestal zet je er dan nog twee staken bij zodat je een portaal van vier stokken krijgt. Stokbonen zijn makkelijk te plukken. Je hoeft doorgaans niet te bukken. Je kunt er goed bij, en je kunt de bonen goed zien zitten. Bij stambonen is dat heel anders. Die groeien in struiken op de grond. Je moet erbij op je knieën gaan zitten. Je moet de plant met je hand een beetje doorwoelen om de bonen te vinden. De bonen in de tuin van de familie Ruijsbroek waren stambonen.

Voorzichtigheid, behoedzaamheid, preciositeit – dat zijn niet mijn handelsmerken. Daarbij komt dat er niets voor mij op het spel stond. In no time had ik het vergiet dat mevrouw Ruijsbroek mij ter hand had gesteld, vol geplukt. Het sperziebonenbed oogde alsof er een rinoceros doorheen was getrokken. Maar mevrouw Ruijsbroek keek daar niet naar, zei alleen maar toen ik met het volle vergiet bij haar keukendeur verscheen: 'Dat heb je snel gedaan! Nou, als je zo snel werkt, sjonge...'

En toen zei ze: 'Als je nou toch zo snel klaar bent, wil je misschien nog wel wat voor me doen. Wie weet komt dan ondertussen mijn man thuis. Zou je de boontjes ook voor me willen afhalen?'

Dus haalde ik de boontjes voor haar af, maar meneer Ruijsbroek verscheen niet. Mevrouw Ruijsbroek vroeg, terwijl ik de boontjes in haar ruime keuken afhaalde, van wie ik er een was, en ik zei dat ik er een van Pau 't Hart was, en ze zei: 'O, een broer van Maarten, m'n zwager. Zit het zo in elkaar?'

Eenmaal weer thuis vertelde ik dat ik boontjes had geplukt en had afgehaald en dat mevrouw Ruijsbroek mij op het hart had gebonden om terug te komen rond het avondeten. Dan zou haar man zeker thuis zijn. Ik kwam er derhalve niet onderuit om tegen het einde van de middag nogmaals de wandeling te ondernemen naar de bungalow van Ruijsbroek. Weer belde ik aan. Vrijwel dadelijk verscheen meneer Ruijsbroek.

Ik zei dat mijn moeder mij gestuurd had om te vragen of ik misschien in aanmerking kwam om bij hem te komen werken.

Meneer Ruijsbroek keek me lang aan.

'Ben jij,' zei hij, 'de jongen die hier begin van de middag voor mijn vrouw sperzieboontjes heeft geplukt?'

'Ja, dat ben ik,' zei ik.

Hij deinsde achteruit. De voordeur van de bungalow kwam langzaam op mij af.

'Jou,' zei hij vol afschuw, 'jou wil ik voor geen prijs als leerjongen hebben, voor geen prijs. Zoals jij die sperzieboontjes... o, verschrikkelijk is het, ronduit verschrikkelijk. Lazer alsjeblieft op, scheer je weg, voor ik een ongeluk aan je bega.'

Met een formidabele knal werd de voordeur dichtgesmeten.

Hoe eigenaardig dat ik, terwijl ik toch de dans ontsprong en niet werd aangenomen door Ruijsbroek – iets dat ik van ganser harte toejuichte omdat nu niets meer een glansrijke carrière in weg stond op het Groen van Prinstererlyceum – toch vaak moet terugdenken aan het afgrijzen van Ruijsbroek. Had ik die boontjes dan zo gemaltraiteerd? Ik begrijp er nog steeds weinig van. Zo erg kan het toch niet geweest zijn? Bovendien leert toch de ervaring dat stamboontjes waar je doorheen gerausd bent zich vrij snel herstellen en al na een paar dagen weer ogen alsof ze nog nooit geplukt zijn. Mij zit het nog altijd dwars dat de eerste en tevens laatste sollicitatie in mijn leven zo onbevredigend afliep. Was ik op proef aangenomen, dan had ik daar bijvoorbeeld de maanden juli en augustus kunnen werken, en was mij later al wat ik daar geleerd had van pas gekomen toen ik op de afdeling ethologie van het Zoölogisch Laboratorium op de koude-aquariumzaal terecht kwam. Daar hadden ze stekelbaarzen in plaats van siervissen, maar ik maak me sterk dat ik bij die siervissen toch vrij veel opgestoken zou hebben dat mij van pas was gekomen bij de stekelbaarzen. Een gemiste kans.

Maar heel treurig was ik, anders dan mijn moeder, bepaald niet. Ze heeft zelfs nog een tocht naar Ruijsbroek ondernomen om mijn zaak daar te bepleiten. Ze kreeg te horen dat ik als een beest in de sperzieboontjes tekeer was gegaan. Ze dacht dat ik dat expres had gedaan omdat ik dat baantje niet wilde. Maar dat was niet het geval. Want ik bén niet als een beest tekeergegaan tussen de sperzieboontjes. Er moet een andere reden zijn waarom Ruijsbroek mij afblafte en de deur dichtsmeet. Welke reden dat is, zal ik nooit weten.

Zodra ik op het lyceum zat, was er sprake van berusting. Af en toe kwam ik van school thuis met aldaar opgestoken levenslessen die haar volledig tegen de haren instreken, maar ze heeft nooit geroepen dat ik van school moest worden gehaald. Soms leek het er zelfs op dat ze zich er enigszins in verheugde dat ik zo'n modelleerling bleek te zijn. (Hoe had dat, na zo'n voorgeschiedenis, trouwens anders gekund? Ik diende immers te bewijzen dat ik, een puber aan wie de puberteit totaal voorbij is gegaan, daar net zo goed op mijn plaats was als het jaar in, jaar uit op de begraafplaats bij mijn vader nestelende goudvinkenpaartje, en ik wás daar, behalve bij de gymnastieklessen, ook inderdaad volledig op mijn plaats. Tijdens de lange schoolvakanties verlangde ik smartelijk naar het moment dat de lessen weer zouden beginnen. Ik vertoefde daar in de schoolbanken als een forel in een zuurstofrijke, zonnige bergbeek.) Ze stemde er zelfs in toe dat mijn zus naar de mulo ging, maar toen Leny daar overwerkt raakte, heeft ze haar – iets waar geen enkele noodzaak voor was – bliksemsnel van school gehaald en als aankomend verkoopstertje ondergebracht in de schoenenwinkel van Voorberg op de Zuidvliet. Daar was mijn zus totaal niet op haar plaats. Ze ging met een collega-schoenverkoopster op kraamvisite bij een ex-collega die van de Heere een kindje had gekregen. Ze werd gefascineerd door de werkzaamheden aldaar van de kraamverzorgster en vroeg haar: 'Hoe kun je kraamverzorgster worden?'

'O,' zei die jongedame, 'dan moet je een opleiding volgen in Delft. Daar kun je je nu nog voor inschrijven. Maar volgend jaar niet meer. Als je je nu nog inschrijft, krijg je daar in het instituut een kamertje en lig je in de kost en je krijgt ook nog 35 gulden zakgeld per maand. En dan volg je de opleiding.' Dat wil ik ook, dacht mijn zus, en eenmaal weer thuis gaf ze mijn moeder te kennen dat ze kraamverzorgster wilde worden. Mijn moeder was sprakeloos.

Toen mijn vader thuiskwam, deelde ze hem mee wat Leny van plan was. Mijn vader werd ziedend. 'Ben je nou helemaal bedonderd,' schreeuwde hij tegen mijn zus, 'vieze wijven wassen, d'r komt niks van in, geen sprake van.'

'Zo is het,' zei mijn moeder. En mijn vader somde, net zoals in het boek der Psalmen gebruikelijk is, diverse onderdelen van de anatomie van mijn zus op die hij vermorzelen dan wel verbrijzelen dan wel breken zou als ze naar Delft zou gaan. Mijn zus zei niets, maar vertelde mij later dat ze toen dacht: ik ga toch naar Delft, ik ga mij toch opgeven, ik doe het, ik doe het. En ze heeft het gedaan en mijn ouders trokken haar handen tijdelijk van haar af, maar mijn broer en ik hebben haar in Delft bezocht. Dus die arme zus van mij heeft het bepaald nog zwaarder te verduren gekregen dan ik.

Later heeft ze zelfs de moedermavo gedaan. Uiteraard was dat, volgens mijn moeder, volkomen onnodig.

Toen mijn broer, die zeven jaar jonger is dan ik, de deur van de lagere school achter zich sloot, was mijn moeder er al enigszins aan gewend geraakt dat er na de lagere school niet direct een carrière hoefde te volgen bij de plantsoenendienst of in de siervissenteelt. Mijn broer mocht zowaar naar de ambachtsschool. Daar werd hij opgeleid tot universeel slijper en als zodanig kwam hij bij de Wallramit in Maassluis terecht. De Wallramit was een machinefabriek. Mijn broer was daar doodongelukkig, dus hij heeft het er niet lang uitgehouden. Hoe hij uiteindelijk terechtgekomen is, heb ik beschreven in mijn roman *De jacobsladder*, dus daar kan ik naar verwijzen.

Wat nu te denken van het vehemente verzet van mijn moeder tegen verdere scholing na het lager onderwijs? Mijn moeder was in feite tegen alles wat anders was dan wat zij in haar jeugd had meegemaakt. Dat kan als verzachtende omstandigheid gelden, zoals ook als verzachtende omstandigheid kan gelden dat zij alles via de omweg van het geloof bekeek. 'Lekker koken, lekker eten, dat hoeft op aarde niet, dat komt straks in de hemel wel,' aldus mijn moeder. Als het er in het leven inderdaad enkel maar om gaat dat je er met zo weinig mogelijk kleerscheuren doorheen rolt omdat je bestemming nu eenmaal de eeuwige zaligheid is (en die eeuwige zaligheid wordt je geschonken om niet, mits je uitverkoren bent), waartoe dan nog gestreefd naar verbetering van je leefomstandigheden door middel van, bijvoorbeeld, goede opleidingen? Die zouden, als je blijft studeren en je onverhoopt het geloof verliest, je eeuwig behoud zelfs wel eens drastisch in de weg kunnen staan. Van mijn moeder uit gezien was haar verzet dus alleszins redelijk. In ieder geval heb ik het haar nooit kwalijk genomen, of toentertijd zelfs maar gedacht dat mijn moeder een tamelijk rigide inslag had en behept was met nogal bizarre, benepen trekjes. Toch ben ik haar, toen ik op het lyceum zat, anders gaan bekijken. Ik raakte in de eerste klas van de onderbouw bevriend met een klasgenoot die Floor heette en kwam al snel vaak bij hem over de vloer. Wat mij daar trof was hoe heel anders de sfeer daar was dan bij mij thuis. De moeder van Floor was een vrolijke, goedlachse vrouw met wondermooie, donkerbruine ogen waarin altijd pretlichtjes schenen. Wat een ontdekking dat er ook zulke moeders konden bestaan! Gedrukte stemmingen, tranen, verwijten – daar merkte je bij Floor thuis nooit iets van, terwijl toch de gezinssamenstelling precies dezelfde was als bij mij thuis. Floor was de oudste en hij had een zus onder zich en daaronder een broer. Zijn vader was operator – iets geheimzinnigs, ergens in Pernis, aan de overkant van de Nieuwe Waterweg. Het leek heel wat, maar ook Floor kwam uit een arbeidersmilieu. Bovendien waren zijn vader en moeder, net als de mijne, belijdende leden van de Gereformeerde Kerk (synodaal). En toch was alles daar totaal anders. Wat mij daar het meest trof, was dat zijn vader en moeder zo openlijk van elkaar hielden. Of mijn moeder van mijn vader hield weet ik niet, maar ik heb nooit iets gemerkt van enige genegenheid voor mijn vader van haar kant, al was ze wel altijd bezorgd over zijn gezondheidstoestand. Mijn vader wou een enkele keer nog wel eens liefkozend gewagen van Moessie 't Hart, maar mijn moeder zei nimmer iets aardigs over mijn vader, laat staan dat zij ooit een koosnaampje had kunnen gebruiken. Dat koosnaampje had ze wel voor mij – varkenbeest – en voor mijn broer – mijn lieve jongen – dus in principe was het gen voor koosnaampjes bij haar wel aanwezig.

Maar voor mijn zus had ze geen koosnaampje; dochters, heb ik haar herhaaldelijk horen zeggen, daar heb je helemaal niets aan. Ach, die arme zus van mij, die kon nooit iets goed doen. Keer op keer vertelt ze geschokt dat ze bij de uitvaart van mijn vader de hand zocht van mijn moeder om die vast te pakken bij wijze van steunbetuiging, en hoe mijn moeder de hand van mijn zus ruw en wild en vol verontwaardiging van zich af duwde.

Een andere verhaal dat steeds bij haar terugkomt luidt: 'Als we in Hoek van Holland op het strand zaten, zei moe tegen mij: "Ga eens tegen je vader zeggen dat hij niet de hele tijd naar andere wijven moet loeren." Ik was toen een jaar of zes, ik wist niet beter, dus ik liep dan naar pa, die een eindje verderop zat, en zei: "Moe vraagt of u niet de hele tijd naar andere wijven wil loeren.” Nou, dan was de stemming totaal verpest. Maar ja, moe had er een handje van om overal een domper op te zetten, overal.’

De ark van Noach

Veertien jaar oud was ik toen de ouderlingen ingrepen. Al acht jaar was Noachs ark voor mij een raadsel. Mij leek het volstrekt ondenkbaar dat zoveel dieren zo lang – de Bijbel gaf niet duidelijk aan hoelang, maar toch minstens veertig dagen en veertig nachten – in de ark hadden kunnen vertoeven. Hoe werden zij al die tijd gevoed? Voor een paar olifanten had je al een kolossale hooiberg nodig. En al die roofdieren? Vergrepen die zich in de ark niet aan de knaag- en hoefdieren? Maar dat kon niet, want dan zouden die stakkers van prooidieren de ark niet ongeschonden hebben kunnen verlaten.

Altijd als het mij enigszins gelukt was die ark van Noach te vergeten, werd andermaal tijdens de eredienst de heilige doop bediend. Daaraan voorafgaand werd een formulier voorgelezen dat achter in mijn bijbeltje na de nummers 30 tot 59 van de Enige Gezangen was afgedrukt. 'O Almachtige, eeuwige God,' begon de dominee halverwege het formulier steevast te bidden, 'Gij die naar Uw streng oordeel de ongelovige en onboetvaardige wereld met de zondvloed gestraft, en de gelovige Noach met de zijnen in Uw grote barmhartigheid behouden en bewaard hebt...'

Grote barmhartigheid, als je miljoenen onschuldige dieren liet verdrinken? En waarom mochten de ouders en schoonouders van Noach niet mee in de ark? Moesten die ook barmhartig verdrinken? Hoe moeilijk het ook viel om dat alles te slikken, nog veel moeilijker vond ik het te geloven dat van alle diersoorten een paartje, of in geval van de reine dieren zelfs zeven paartjes, in de ark hadden vertoefd. De logistieke problemen waren immers immens. Hoe waren de trage luiaarden die alleen in Zuid-Amerika voorkwamen ooit in de ark terechtgekomen? Hoe had de buidelduivel, vanuit Tasmanië, de reis naar de ark volbracht? Hoe waren al die zich uiterst langzaam voortbewegende slakken ooit vanuit hun over de hele wereld verspreide niches bij de ark aanbeland? En dan had je, want zoveel wist ik als ijverige encyclopedieënverslinder op die leeftijd al wel van biologie, ook nog het rare probleem dat sommige diersoorten niet als paartjes bestonden. Dus hoe zat het dan met het Bijbelverhaal waarin verteld wordt dat de dieren steeds twee aan twee, dus als paartjes, aan kwamen lopen. En sommige kikkers, salamanders en gekko's dan? Daarbij kregen moeders steevast dochters en kwam er geen mannetje aan te pas.

Maar wat mij al die jaren het meest intrigeerde, was de vraag: hoeveel soorten telt het dierenrijk? Dat immers bepaalde hoeveel ruimte er voor elke soort in de ark beschikbaar was. Op de leeftijd van acht jaar, toen die vraag – hoeveel soorten zijn er in totaal – na een bezoek aan Diergaarde Blijdorp door mijn hoofd begon te spoken, had ik het antwoord paraat: er zijn wel tienduizend soorten. Dat leek me destijds al waanzinnig veel, veel te veel voor zo'n arkje, maar misschien zou er, mits er sprake was van stevig inschikken en van stapelhokjes, wel plaatsruimte genoeg zijn geweest. Maar dat getal, tienduizend, had ik in de loop der jaren steeds bij moeten stellen. Telkens bleek opnieuw dat er veel meer soorten waren dan tienduizend. Alleen al de torren en kevers telden duizenden soorten. (Toen ik een jaar of tien was, las ik in een encyclopedie dat er ongeveer tweehonderdduizend soorten torren waren. Vijftien jaar later las ik dat er vierhonderdduizend soorten torren waren en dat veel soorten nog op beschrijving wachten. Onlangs las ik dat er mogelijkerwijs misschien zelfs een miljoen soorten torren zijn. Toen de bioloog Haldane gevraagd werd of je uit de schepping iets kon afleiden over God, antwoordde hij: 'God heeft een ongewoon grote voorliefde voor torren.') Nou goed, torren en kevers nemen maar weinig plaats in en kunnen lang zonder voedsel, dus dat leverde nauwelijks logistieke problemen op. Maar toch, wat mij steeds duidelijker voor ogen kwam te staan, was dat er gigantisch veel meer soorten waren dan tienduizend. Toen ik veertien was las ik in een encyclopedie dat er, naar schatting, thans ongeveer twee miljoen diersoorten leefden. Twee miljoen! Dat was ronduit ongelofelijk. Weliswaar zwom minstens een miljoen van die diersoorten in zout of zoet water, dus die waren om te overleven niet op de ark aangewezen geweest, maar dan hield je nog een miljoen soorten over. Van elke soort een paartje in de ark, dus twee miljoen dieren in de ark? Dat leek mij ondenkbaar.

In die tijd doemde opeens nog een ander probleem op. Elke diersoort wordt geteisterd door, veelal soortspecifieke, parasieten. Ook van die parasieten was natuurlijk een paartje van elke soort in de ark behouden gebleven. Akkoord, maar hoe dan? Want zo'n parasiet leefde in de darmen of longen of spieren of op de huid van een andere diersoort. En beschikte een diersoort, de mens daarbij zeker inbegrepen, over veel soortspecifieke parasieten, dan hadden die, terwijl dat paartje over de loopplank van de ark naar binnen stapte, op of in dat paartje vertoefd. Noach met zijn vrouw en drie zoons en drie dochters, totaal acht personen, hadden per persoon een veelvoud aan parasieten in of op hun lichaam: schaamluizen, lintwormen, spoelwormen, hoofdluizen, en tientallen andere, vaak zelfs dodelijke parasieten. Ja, maar... mijn verstand stond erbij stil. Het was onmogelijk, ondenkbaar, het sloeg nergens op – hoe dat nu te begrijpen?

Destijds had ik nog de gewoonte mijn geloofstwijfels aan mijn moeder voor te leggen. Dat kwam omdat zij steevast een simpele oplossing voor de gerezen vragen aandroeg. Kangoeroe vanuit Australië met al die zeeën ertussen toch in de ark beland? Zo'n kangoeroe, aldus mijn moeder, kan heel ver springen en was eenvoudig, hier en daar met een extra zetje van God als de afstand wat al te groot was, van eilandje naar eilandje gehopt, dus van Australië naar Timor, en van Timor naar Flores en van Flores naar Sumbawa en van Sumbawa naar Lombok en van Lombok naar Bali en van Bali naar Java en van Java naar Sumatra en van Sumatra naar het vasteland, en vandaar rechtstreeks naar de ark. Bij haar opsomming van al die eilandjes van de Indische archipel kwam ik tot de verbazingwekkende ontdekking dat zij die allemaal in haar hoofd had. Toen ik mij daar vol bewondering over uitliet, zei ze bescheiden: ik heb dat op school moeten leren. In mijn Bosatlas wees ik haar er later nog op dat de afstand van Australië naar Timor wel erg groot was, en toen zei ze: maar daar liggen allerlei kleine eilandjes tussen die niet op de kaart staan, heus, die kangoeroe kon makkelijk van Australië naar het vasteland van Azië springen.

Ook op een andere prangende vraag kon ze dadelijk een antwoord geven. Met de ark had die vraag weliswaar niets uitstaande, maar toch knaagde ook dat zoölogische probleem aan mijn gemoedsrust. Jona had drie dagen in de buik van een grote vis vertoefd. Maar er bestond, zoveel was mij lezend in encyclopedieën duidelijk geworden, geen reuzenhaai of mammoetwalvis groot genoeg om een mens enigszins comfortabel te kunnen huisvesten in zijn ingewanden. Mijn moeder zei: 'O, geen vis groot genoeg? Dan heeft God expres voor die ene gelegenheid een kolossale vis geschapen waarin wel plaats was voor Jona.' Zoveel geloof, daar kon ik domweg niet tegenop. Mijn moeder liet na zo'n uitspraak altijd volgen: 'Je moet over al die dingen niet zoveel tobben. Mijn vader zat ook altijd over de Bijbel te piekeren. Ga mijn vader toch niet achterna, die werd gek van al die muizenissen, je moet geloven als een kind, anders loopt het slecht met je af.'

'Ik ben een kind,' zei ik dan plechtig, 'maar ik geloof niet als een kind.'

'Komt wel,' zei mijn moeder, 'komt wel als je ouder bent, dan zal het je gemakkelijker vallen om als een kind te geloven. Neem een voorbeeld aan mij, ik geloof als een kind, en daardoor valt bij mij vanzelf alles op zijn plaats.'

Maar toen ik met het parasietenprobleem aan kwam zetten, haakte ze af. 'Ik wil niks over die enge beesten horen,' riep ze, 'helemaal niks. Bah, hoe durf je erover te beginnen. Schaamluizen, platjes, hou er onmiddellijk over op. Niks begrijp ik ervan dat God die geschapen heeft. Nee, wacht, God heeft ze niet geschapen, de duivel heeft ze geschapen.'

'Dat kan niet. Dat staat nergens in de Bijbel.'

'Hou op over die akelige griezelbeesten. Het is al erg genoeg dat er spinnen en pissebedden zijn.'

Aldus was ik op mijzelf aangewezen om het parasietenprobleem op te lossen, met nog een probleem erbij, want had God dan, na zo'n scheppingsdag waarop Hij terugkeek op bijvoorbeeld de creatie van de malariamug, toch tevreden vastgesteld dat het goed was? Mij leek het een vraagstuk waarover bij de Mannenvereniging Schrift en Belijdenis gediscussieerd zou kunnen worden, maar ik wachtte mij ervoor daarover iets te zeggen tegen mijn vader, want dan kwam hij aan met de dooddoener dat ik eerst maar eens lid moest worden van de jongensclub Samuel, of later, toen ik ouder was, dat ik lid moest worden van de Jongelingsvereniging Credo. Maar ergens lid van worden, dat wilde ik volstrekt niet. Daarin leek ik op mijn moeder, die ook nooit was bezweken voor de alsmaar op haar uitgeoefende druk om lid te worden van de Gereformeerde Vrouwenvereniging Bidt en Werkt.

Omdat ik niet in staat was het parasiet-gastheerprobleem op te lossen, wierp ik mij op een ander vraagstuk. Hoelang zou het geduurd hebben voor de ark was geladen? Het is geen kleinigheid om een miljoen diersoorten aan boord te brengen, daar gaan zeeën van tijd in zitten. Maar hoeveel tijd?

Mijn vader had ooit, na vele jaren trouwe dienst als tuindersknecht, een gouden vestzakhorloge gekregen. Het lag, veilig verstopt, in de linnenkast, achter de lakens, naast het aldaar ook door mijn moeder verstopte boek *Hoe vertellen wij het onze kinderen* van prof. dr. J. Waterink. Mijn moeder wist niet dat ik wist dat dat boek daar lag. Was ik alleen thuis dan studeerde ik erin. Wist je als ouder niet hoe je je kind moest vertellen hoe de voorplanting haar beslag krijgt, dan kon je, als zelfs het boek van Waterink je niet aan de praat vermocht te krijgen, altijd nog de uitneembare bijlage aan je kroost ter hand stellen, want die was daarvoor bedoeld. Uit die bijlage kwam ik aan de weet dat wrijven langs mijn plasser (iets dat ik vanaf de tweede klasse der lagere school gretig en vrijwel dagelijks praktiseerde, eerst overigens nog zonder dat er, als begeleidend verschijnsel van de steeds maar lekker wordende jeuk, wit vocht naar buiten stulpte) onanie werd genoemd, en erg afkeurenswaardig was. Masturbatie was zowat het enige onderwerp in die bijlage, dus verder stak ik er niet zoveel van op, maar het boek zelf gaf een aardig, zij het ietwat versimpeld beeld van seks. Ik had er veel aan, al legde ik het advies uit de bijlage om dagelijks een paar kilometer te hollen teneinde zelfbevlekking te voorkomen, naast mij neer.

Als ik het boek van Waterink clandestien greep, raakte mijn hand ook altijd het horloge aan. Het beschikte, onmisbaar voor mijn onderzoek, over een secondewijzer. Wat ik, omdat dat vrij eenvoudig te realiseren bleek, eerst maar eens vaststelde, was hoe snel een slak zich voortbewoog. Bij de put van Oude Jan, aan het einde van de Van der Horststraat, kropen tientallen naaktslakken alle richtingen uit. Bij een kwieke, grote roodbruine naaktslak zakte ik door de knieën, gaf hem een duwtje en daar ging hij. Behalve het horloge had ik ook een oude duimstok meegenomen. Al snel bleek dat zo'n slak voor een halve meter maar liefst een minuut of zes nodig had. Met vier andere slakken herhaalde ik het experiment. Het was opmerkelijk hoe constant de naaktslakken zich bleken voort te bewegen, en ook dat de uitkomsten vrijwel identiek waren, mits de slakken in een rechte lijn kropen, wat niet altijd het geval bleek. Maar zes minuten over een recht stukje van vijftig centimeter bleek min of meer standaard. Dus de kruissnelheid van een slak, mompelde ik, is gemiddeld vijf meter per uur. Dus honderd meter per dag als je hem daarbij nog vier uur nachtrust gunde. Dus een kilometer per tien dagen. Moest een slak op weg naar de ark van ver komen, zeg een afstand van duizend kilometer overbruggen, dan was hij tienduizend dagen onderweg. Tienduizend dagen? Het duizelde mij. Want tienduizend dagen, dat was toch... ik rekende en rekende, ja, echt, dat was ruim dertig jaar. Hadden slakken dan reeds dertig jaar voor God de vloed zond van Hem het bevel gekregen te gaan kruipen? En hoe zat het met slakken die zich op een afstand van bijvoorbeeld vijfduizend kilometer van de ark bevonden. Die waren dus al honderdvijftig jaar voor de zondvloed gaan kruipen. Ja, wacht even, maar dat kon toch niet, de meeste slakken leefden niet langer dan een paar jaar. Hoe moest dát nu weer begrepen worden? En je kon het probleem toch ook niet zomaar terzijde schuiven want ik had gelezen dat er wel honderdduizend soorten slakken waren. Van al die honderdduizend soorten had ten minste één paartje in de ark vertoefd, ofwel tweehonderdduizend slakken. Nou ja, paartjes, veel slakken waren hermafrodiet, dus het was tamelijk achterlijk om over paartjes te spreken. Maar hoe het ook zij, waar waren die hermafrodiete slakken dan allemaal vandaan gekomen en hoe hadden ze de afstand naar de ark overbrugd?

Op een dag pakte ik het horloge, deed het snel in mijn broekzak en liep er even later het huis mee uit, in de richting van de buitenhaven. Ik was er vrijwel zeker van dat er die middag koeien, varkens, schapen en geiten ingeladen zouden worden op een coaster.

Het was een druilerige dag. Inktzwarte wolken hingen aan de hemel. Zo was het stellig ook geweest in de dagen van Noach. Want regen had destijds de aarde overspoeld. Ook uiterst raadselachtig trouwens. De hele aarde, inclusief het hooggebergte, had vijftien ellen onder water gestaan. Waar was al dat water dan vandaan gekomen? Aan mijn moeder hoefde ik die vraag niet voor te leggen. Welk antwoord ze zou geven was zonneklaar: voor die ene gelegenheid had God even flink wat extra water geschapen, zo simpel was het. Maar waar was dat extra water dan gebleven na de zondvloed? Had God het weer laten verdwijnen? Had Hij dat weer weggeschapen? Kon dat wel, wegscheppen?

In de buitenhaven lagen zeven coasters. Zes daarvan werden geladen met Westlandse tuinbouwproducten. Vanuit wagons die daar over een aftakking van de spoorrails naartoe waren gereden, werden de kistjes met tomaten op rolbanden gesmeten die schuin omlaag afhelden naar de coasters. Met een eigenaardig vrolijk geluid denderden de kistjes over de rolbanden. Een heel enkele keer viel er halverwege een kistje af. Ogenblikkelijk stormde dan graatmager schorriemorrie uit de nauwe straatjes van wijk het Hoofd naar de plek waar het kistje was neergekomen. Kinderhanden graaiden de tomaten bliksemsnel weg.

Vanuit de verste wagon, die het dichtst bij het Veerhoofd stond, werd inderdaad vee uitgeladen. Een paar koeien, wat varkens, een groepje grauwe schapen en een stuk of wat slonzige geiten, welke laatste dadelijk begonnen te knabbelen aan de grasprieten en composieten die zich aldaar tussen de stenen omhoogwrongen. Ik slenterde naar het Veerhoofd, ging in de schaduw van het uit nieuwe, rode, verrukkelijk geurende bakstenen opgetrokken pijlschrijfhuisje staan en haalde mijn horloge tevoorschijn. Enkele slagen aan het knopje waarmee je het moest opwinden en het liep. De juiste tijd was niet van belang. Mij ging het om de ronddraaiende secondewijzer.

Een gehalsterde koe werd naar de loopplank van de coaster geleid. Veel zin om die loopplank te betreden had zij duidelijk niet. Ze loeide onrustig, haar staart zwaaide rond als een wijwaterkwast, wees naar de hemel, en het dier ontlastte zich. Vervolgens begon de procedure om haar zover te krijgen dat ze de loopplank betrad. Ze werd vriendelijk toegesproken, er werd aan haar halster gesjord, maar dat haalde niets uit. Pas toen zij ruw met een ijzeren staaf werd bewerkt, strompelde ze de loopplank over. In de dagen van Noach was dat ongetwijfeld anders gegaan. Indertijd waren de koeien uiteraard uit eigen vrije wil vrolijk loeiend over de loopplank geschreden. Maar zo heel veel sneller dan de koe op de havenkade van Maassluis nu over de loopplank strompelde, zou de koe van Noach toch niet gelopen hebben. Het hing ervan af hoe lang de loopplank in Noachs dagen was geweest, en als je daar goed over nadacht, stuitte je op een ander eigenaardig probleem. Want de ark had, zo stond in de Bijbel, op het land gelegen, dus de loopplank had waarschijnlijk vrij steil omhooggericht tegen de ark aan gestaan. Jammer dat de Bijbel zo summier was, qua berichtgeving daarover. Hoe dan ook, de koe had op die middag twintig seconden nodig om vanaf de kade aan boord te komen. De tweede koe die werd geladen deed er eveneens twintig seconden over. Maar de varkens stribbelden enorm tegen, het kostte veel meer tijd om die aan boord te krijgen. De geiten daarentegen snelden achter elkaar de loopplank over, terwijl de schapen, nadat er eerst een aarzelend in dertig seconden de loopplank had genomen, er amper vijftien seconden voor nodig hadden om op het coasterdek te geraken. Een nagekomen geit echter bleef midden op de loopplank stokstijf stilstaan en begon zo angstig te mekkeren dat het kleinvee dat reeds aan boord was mee begon te mekkeren. De koeien vielen loeiend in, de varkens schreeuwden alsof zij gekeeld werden, de schapen blaatten als bezetenen. Mij deerde dat alles niet; mij was duidelijk geworden dat een dier er gemiddeld genomen zo'n twintig seconden over deed om aan boord te gaan. Natuurlijk hoefde dat niet te betekenen dat er voor elk dier afzonderlijk twintig seconden nodig waren geweest, want als de dieren, zoals die schapen en geiten, allemaal in ganzenmars achter elkaar omhoogklommen, de loopplank op, won je weer tijd. Maar die tijdwinst kon je wegstrepen tegen het tijdverlies als er een slak omhoogkroop. Die had er ongetwijfeld veel langer over gedaan dan twintig seconden, en terwijl zo'n slak kroop, hadden andere dieren die tegelijkertijd aan boord gingen moeten uitkijken dat ze de slak niet doodtrapten. En keek je uit, dan liep je langzamer.

Dus toen ik weer thuis was, en een groot papier voor mij had liggen, schreef ik bovenaan met hoofdletters TWINTIG SECONDEN. Dat betekende dat je in een minuut die immers zestig seconden duurde, drie dieren kon laden. In een uur dus zestigmaal drie dieren, ofwel 180 dieren. In een dag dus... ja, wat voor dag was dat dan indertijd geweest? Een dag met, op die breedtegraad, twaalf uur licht en twaalf uur donker? Dat moest haast wel. In het pikkedonker zou destijds toch niet doorgeladen zijn? Dus per dag stond je twaalf uur ter beschikking om te laden, tenzij er ook nog pauzes waren voor de schaft. Maar goed, stel dat er toch twaalf uur was doorgeladen, twaalfmaal 180 dieren, dat waren dan 2160 dieren. Mij duizelde het toen al, want ik doorzag al wat de uitkomst zou zijn. Laadde je per dag 2160 dieren, dan laadde je in honderd dagen 216.000 dieren en was je nog lang niet toe aan een miljoen dieren, laat staan aan twee miljoen, want van elke soort had zich een paartje aan boord begeven, en van de reine dieren zelfs zeven paartjes. Ik zat een poosje te rekenen en staarde vervolgens stomverbaasd naar de uitkomst. Wilde je twee miljoen dieren laden die er per stuk twintig seconden over deden om aan boord te gaan, dan had je ruim negenhonderd werkdagen nodig. Of er toen al zondagen waren, wist ik niet. De Bijbel repte daar niet over. Mij leek het echter ondenkbaar dat men indertijd, zonder rustdagen, had doorgeladen. Dus zou het laden van de ark mogelijk zelfs krap drie jaar hebben geduurd. Maar zoveel tijd kon het laden van de ark toch niet in beslag genomen hebben? Alle vogeltjes waren uiteraard bliksemsnel door de vensters naar binnen gevlogen. Maar de trage slakken dan? En de schuifelende slangen? Mij leek een gemiddelde van twintig seconden per diersoort heus niet zo'n slechte schatting. En dan kwam je toch echt uit op een laadperiode van negenhonderd dagen.

Daarmee doemde dan alweer terstond een nieuw levensgroot probleem op. De meeste dieren, met name de insecten, leefden doorgaans niet langer dan een paar maanden, of op zijn hoogst een jaar. Zelfs kleine knaagdieren leefden maar kort. Dus als het laden van de ark drie jaar had geduurd, was van alle dieren die al aan boord vertoefden, het gros reeds overleden voor de ark goed en wel aan zijn dobberperiode van ruim veertig dagen was begonnen.

Als er behalve dat miljoen diersoorten ook nog voor al die diersoorten voedsel aan boord was ingenomen, werd die termijn van drie jaar uiteraard nog ruimschoots overschreden. Dan moest je misschien rekenen in termen van tweemaal drie jaar, dus krap zes jaar. Maar mijn moeder loste dat probleem desgevraagd weer in een handomdraai op. 'God heeft ervoor gezorgd,' zei ze, 'dat al die beesten aan boord terwijl de ark ronddreef geen voedsel nodig hadden, anders hadden ze mekaar immers opgepeuzeld.' Dat kon inderdaad moeilijk anders, want stel je toch voor dat Noach en zijn vrouw en zijn zoons en schoondochters elke dag een miljoen dieren te eten hadden moeten geven alsmede daarvan de uitwerpselen hadden moeten verwijderen. Hoeveel voeten had het al niet in de aarde om mijn twee konijntjes elke dag van een stevige maaltijd van paardensla en weegbree te voorzien!

Maar het probleem van de negenhonderd laaddagen kon ze niet oplossen. 'Het kan niet waar zijn,' zei ze, 'je hebt fout gerekend.' Fouten in mijn berekeningen kon ik evenwel niet ontdekken, dus op een maandagavond tijdens catechisatie legde ik het probleem voor aan dominee Dercksen. Nooit zal ik vergeten hoe zich, naarmate ik vorderde met de uiteenzetting van het geloofsvraagstuk, een steeds groter afgrijzen manifesteerde op zijn gerimpelde gelaat. Diep hapte hij naar adem toen hij zich opmaakte mij te antwoorden.

'We zijn er niet bij geweest,' zei hij uiterst korzelig, 'de Heere zal er toen heus wel voor gezorgd hebben dat al die dieren in ijltempo geladen werden, al met al heeft het nog geen dag geduurd.'

'Dat kan haast niet, dominee,' zei ik, 'zelfs als er elke seconde een dier naar binnen is gestoven, kun je per twaalf uur nog maar 43.200 dieren laden, want 60 seconden x 60 minuten x 12 uur is 43.200, dus dan ben je nog altijd zo'n vijfenveertig dagen bezig om alles in te laden.'

'Er zijn helemaal geen miljoen diersoorten,' zei de dominee nijdig.

'Hoeveel dan wel, dominee?'

'Honderdduizend misschien,' zei hij.

‘Dan nog doe je er, als er elke seconde een dier naar binnen gaat, vierenhalve dag over om alles te laden, en een dier per seconde, dat kan toch haast niet, hoe zou een olifant of een nijlpaard nu ooit in een seconde… dus… dus…’

‘Ja, wat dus,’ grauwde dominee Dercksen.

‘Dus het heeft echt wel even geduurd voor die ark geladen was.’

‘Wat kan het ons schelen,’ riep de dominee uit, ‘hoe dat toen is toegegaan? Het Woord geeft duidelijk te verstaan dat er van alle dieren op aarde een paartje de ark is binnengegaan, dat staat er, en hoe dat geschied is, weten we niet, maar ’t staat voor mij als een paal boven water dat dat geen vijfenveertig dagen geduurd kan hebben.’

‘Het heeft nog veel langer geduurd,’ mompelde ik.

‘Zei je nog iets?’ vroeg de dominee.

‘Nee,’ zei ik schuldbewust.

‘Dat is maar goed ook,’ zei hij, terwijl hij kleine zweetdruppeltjes van zijn bovenlip wiste. ‘Zet voortaan het geloof voorop, het geloof dat bergen verzet en zeeën kalmeert.’

Maar met dat ook door mij vooropgezette geloof kon ik toch het laadprobleem van de ark niet de baas worden. Ik las het verhaal over Noach opnieuw zorgvuldig door. De vader van Noach heette Lamech, diens vader heette Methusalach, en die stierf toen hij 969 jaar oud was. Zijn zoon Lamech werd geboren toen hij 187 jaar oud was, en Lamech zelf was 182 geweest toen Noach werd geboren. Dus diens grootvader Methusalach was toen 187 + 182 = 369 jaar oud geweest. Als Noach de ark in gaat is hij, zegt de Schrift, 600 jaar oud. Welnu, tel die 600 op bij die 369 en wat krijg je? Juist, dat getal 969. Met andere woorden, toen de ark wegvoer was de grootvader van Noach, Methusalach, 969 jaar oud, dus Noachs opa was bij de zondvloed omgekomen. Noach had zijn eigen grootvader laten verdrinken. Was die stokoude Methusalach dan zo’n boosdoener geweest?

In de Gereformeerde Evangelisatiebibliotheek keek ik uit naar boeken over de ark van Noach. Diverse werken vond ik over expedities naar de berg Ararat waar de ark destijds gestrand was. Steeds opnieuw zochten, veelal uit de Verenigde Staten afkomstige, gelovigen aldaar naar resten van de ark. Dat impliceerde dat ze er vast van overtuigd waren dat er ooit zo'n schip had rondgedobberd. O, wat had ik graag zulke arkrestzoekers eens aan de tand gevoeld over het laadprobleem van Noachs vaartuig, want daarover kwamen ze nooit te spreken in hun, veelal van schimmige foto's voorziene, geschriften. Zo'n duidelijk levensgroot probleem, maar niemand die er zelfs maar op zinspeelde.

Toch werd mij, tamelijk onverwacht, een antwoord ingepeperd op mijn vraag. Tijdens het jaarlijkse ouderlingenbezoek zei een der beide broeders die ons bezocht, ouderling Lagrauw, opeens: 'Van dominee Dercksen heb ik gehoord dat onze jonge broeder Maarten op catechisatie een vraag heeft gesteld over de manier waarop de Heere zich afsloofde om alle dieren een plekkie in de ark van Noach te bezorgen. Maar waar school ook weer precies de moeilijkheid?'

'Als je,' zei ik, 'hier in de haven kijkt hoelang koeien, schapen, geiten en varkens erover doen om van de kade via de loopplank aan boord te komen, zie je dat ze gemiddeld in twintig seconden op dek zijn. Dus als je twee miljoen dieren moet laden, ben je daar twintigmaal twee miljoen seconden mee bezig, dat is veertig miljoen seconden, dat is zowat zeven miljoen minuten, en dat is dan zeven miljoen gedeeld door zestig is zo'n beetje tienduizend uur, en als er per dag twaalf uur licht is, ben je dus ongeveer negenhonderd dagen bezig om de ark te laden.'

'Dat ken ik zo gauw allemaal niet bijbenen,' zei ouderling Stamprooi, 'zet dat eens netjes voor me op een papiertje.'

Ik schreef het voor hem op, met alle berekeningen erbij.

'Het zal wel,' zei hij, toen ik klaar was, 'maar het blijft me boven de pet gaan.'

'Dat komt er nou van,' zei ouderling Lagrauw, 'dat je je middenstandsdiploma niet hebt gehaald.'

'Alsof jij je middenstandsdiploma wel hebt,' gromde Stamprooi.

'Ik ben nooit gezakt,' zei Lagrauw.

'Omdat je zelf te stom bent om ervoor op te gaan.'

'Geen ruzie onder 't vechten, broeders,' zei mijn vader.

'Snap jij d'r wel wat van, Lagrauw?' zei Stamprooi, zwaaiend met mijn papiertje.

'Dat het een heleboel tijd kost om zoveel dieren in te laden, snap ik best,' zei Lagrauw, 'maar negenhonderd dagen is natuurlijk van de gekke. Maar d'r bennen heus niet zoveel beesten, twee miljoen, wat een onzin.'

'Zo is het,' zei mijn moeder.

'Laten het er dan tweehonderdduizend zijn geweest,' zei ik, 'dan nog ben je negentig dagen bezig.'

'Tweehonderdduizend, welnee, zo'n hoop beesten heb je echt niet,' zei Stamprooi.

'Er zijn twee miljoen diersoorten,' doceerde ik, 'een miljoen soorten leeft in zee of zoet water, dus die hoefden niet mee, in de ark. Hou je nog een miljoen soorten over die...'

'Hoe weet je dat er een miljoen soorten zijn?' vroeg Lagrauw.

'Dat heb ik in een encyclopedie gelezen,' zei ik.

'Het papier is verrekte geduldig,' zei Lagrauw, 'd'r wordt toch heel wat afgelogen in dat soort boekjes.'

'Het kan best zijn dat het niet waar is,' zei ik koppig, 'maar ook als er maar honderdduizend diersoorten zijn, ben je toch nog steeds maanden bezig om de ark te laden.'

'Weet je wat we nou doen,' zei Stamprooi, 'we nemen het onfeilbare woord van God erbij, we lezen nog eens heel precies wat er staat, dan komen we d'r zonder mankeren uit, wat ik je brom.'

Mijn vader greep de bijbel die altijd maar weer van de te smalle schoorsteenmantel afdonderde en dus uit zijn band lag. Hij bladerde voorin, sloeg Genesis 7 open en begon te lezen: 'Daarna zeide de Heere tot Noach: Ga gij en uw gansche huis in de ark, want u heb ik gezien voor Mijn aangezicht in dit geslacht. Van alle rein vee zult gij tot u nemen zeven en zeven, het mannetje en zijn wijfje, maar van het vee dat niet rein is, twee, het mannetje en zijn wijfje. Ook van het gevogelte des hemels, zeven en zeven, het mannetje en het wijfje, om zaad levend te houden op de gansche aarde. Want over nog zeven dagen zal Ik doen regenen op de aarde veertig dagen en veertig nachten; en ik zal van den aardbodem verdelgen, al wat bestaat, dat ik gemaakt heb. En Noach deed, naar al wat de Heere hem geboden had. Noach nu was zeshonderd jaren oud, als de vloed der wateren op de aarde was. Zo ging Noach, en zijne zonen, en zijne huisvrouwe, en de vrouwen zijner zonen met hem in de ark, vanwege de wateren des vloeds. Van het reine vee, en van het vee dat niet rein was, en van het gevogelte, en van al wat op de aardbodem kruipt, kwamen er twee en twee tot Noach in de ark, het mannetje en het wijfje, gelijk als God Noach geboden had. En het geschiedde na die zeven dagen dat de wateren des vloeds op de aarde waren.'

'Kijk nou toch eens an,' zei Lagrauw, 'zie je nou wel dat de Schrift zelf uitkomst biedt. Hoe zou het ook anders kunnen? Zeven dagen heeft het laden geduurd, zeven dagen, tijd zat dus om alles in de ark te krijgen, want echt hoor, d'r bennen heus geen twee miljoen diersoorten, bij lange na niet, laat je toch niks wijsmaken.'

'Zo is het,' zei mijn moeder.

'Al was dat laden in een middagje gepiept geweest,' zei Stamprooi, 'dan nog zou ik het geloven, want kan er voor de Heere ook maar iets te wonderlijk zijn?'

'Zo is het,' zei mijn moeder.

Ik zei niets meer. Zeven dagen, was de ark in zeven dagen geladen? Later op de avond las ik Genesis 7 nog eens zorgvuldig door. In vers 10 staat dat na die zeven dagen de wateren des vloeds op de aarde waren. En dan wordt er in vers 12 verteld dat er een plasregen op de aarde was die veertig dagen en nachten duurde. In vers 13 volgt dan de mededeling dat Noach met de zijnen 'even op diezelfde dag' de ark in ging – iets wat dus eerder al in vers 8 verteld was. En vervolgens krijgen we weer te horen dat al het gedierte naar zijn aard naar de ark toe kwam gewandeld en dat de Heere zelf uiteindelijk de deur van de ark achter Noach dichtdoet. Moet je dan uit 'even op diezelfde dag' concluderen dat alles zich in een etmaal afspeelde?

Hoe het ook in elkaar stak, één ding wist ik zeker: het was totaal uitgesloten dat op één dag twee miljoen dieren de ark binnen waren gegaan. Voor de Heere mocht dan niets te wonderlijk zijn, maar een ark laden met zoveel dieren in zo weinig tijd – ondenkbaar. Dan waren de dieren zo ongeveer met de lichtsnelheid de ark binnengevlogen. Dan had je het laden ervan met het blote oog niet kunnen waarnemen. En ook als het er veel minder waren geweest dan twee miljoen, bleef glashard overeind staan: zo kan het niet gegaan zijn. En dan al die andere problemen nog: het parasietenprobleem, het probleem hoe dieren van verafgelegen eilandjes midden in de oceanen bij de ark terecht hadden moeten komen. Hoe hadden bijvoorbeeld al die diersoorten die alleen op de Galápagoseilanden voorkomen ooit de ark kunnen bereiken? En neem alleen de tijd die het voor slakken uit Scandinavië die nergens anders voorkwamen had gekost om over land naar de ark te kruipen. Onweerlegbaar drong zich de uiteindelijke conclusie aan mij op: wat in Genesis 7 verteld werd was domweg een sprookje, een bizar verzinsel. En toen ik dat dacht, viel mij opeens weer in hoe mijn vriend Floor bij de dagopening op het Groen van Prinstererlyceum tijdens het voorlezen van het verhaal over het volk Israël dat door de Schelfzee werd geleid, bijna onhoorbaar had gefluisterd: ‘Zo’n muur van water, dat kan helemaal niet.’ Met die muur van water had ik geen moeite, dat had de hand des Heren makkelijk zat kunnen realiseren, maar als je daaraan al kon twijfelen, hoeveel temeer gold dan niet voor het verhaal over de ark van Noach dat het volstrekt ongeloofwaardig was. Ik was er toen, als leerling van het Groen van Prinstererlyceum te Vlaardingen, een school waar je, zoals de rector altijd zei, werd opgeleid voor tijd en eeuwigheid beide, nog lang niet aan toe om zo ver te gaan als de Engelse dichter Philip Larkin, die, nadat hij de Bijbel van begin tot eind gelezen had, opmerkte: ‘It is absolutely bloody amazing to think that anyone ever believed any of that. Really, it’s absolute balls. Beautiful, of course. But balls.’ (Het woord *balls* kende ik niet, en heb ik dus opgezocht in het woordenboek; het betekent ‘lulkoek’.) Maar dankzij de onmogelijkheid van de ark heb ik toch de eerste stap op weg naar bevrijding kunnen zetten, mijn moeder, en al haar psalmgezang ten spijt.

Gebitsverzorging

Zowat het eerste dat ik, toen ik op het lyceum in de onderbouw zat, tijdens een biologieles van rector Smit te horen kreeg, was dat je elke avond voor het slapengaan je tanden moest poetsen. Verzorging van je gebit droeg bij aan het behoud daarvan. Een gezond en sterk gebit is een waardevol bezit, was het parool. Bij mij thuis was uiteraard geen tandenborstel voorhanden, laat staan tandpasta, en toen ik mijn moeder op het ontbreken van een en ander opmerkzaam maakte, kreeg ik de wind van voren.

'Je tanden poetsen? Ben je nou helemaal gek geworden? Daar komt niks van in. Geen sprake van. Zie je nou wel dat je niet naar dat lyceum had moeten gaan. Zijn ze soms de kluts kwijt dat ze daar leren dat je je tanden moet poetsen?'

'De rector zelf heeft het gezegd,' zei ik.

'Da's ook maar een ventje met een velletje over z'n neus, die heeft de wijsheid echt niet in pacht. Tanden poetsen, wat een idioterie.'

'In je poëziealbum staat anders wel een versje over tanden poetsen, dus waarom zou ik mijn tanden niet mogen poetsen?'

'Hoe kom je daar nou bij. In mijn poëziealbum? Niks hoor.

'Wel waar, daar staat:

Een nijlpaard zat aan 't strand
en poetste zijn gebit met zand,
o, Lena, mocht jouw hart zo rein
als deze schone nijlpaard zijn.'

'O, bedoel je dat versje? Ja, nou je het zegt... Dat heeft Geert Veerhoek erin geschreven. Maar een mens is geen nijlpaard, dat weet je net zo goed als ik,' gromde mijn moeder.

Zodra mijn vader van zijn werk thuiskwam, kreeg hij te horen wat ik op school had vernomen.

'Zijn ze daar in Vlaardingen nou helemaal belatafeld,' zei mijn vader, 'hier in huis worden geen tanden gepoetst. Ik zal je zeggen waarom. Je moet ervoor zorgen dat al je tanden en kiezen zo snel mogelijk wegrotten, dan kun je aan een kunstgebit. Zo'n kunstgebit, daar heb je geen omkijken naar. Nooit meer kiespijn, nooit meer kosten. Geen dure vullingen, kronen, wortelkanaalbehandelingen en weet ik wat allemaal nog meer. Ze zijn d'r enkel maar op uit je zo lang mogelijk met je eigen langzaam wegrottende gebit te laten rondlopen, zodat ze daar steeds flink aan kunnen blijven verdienen. En dat terwijl er kunstgebitten zijn. Waar je voor moet zorgen is: voor je trouwen boven en onder een kunstgebit. Ga je poetsen, dan rot al die snertzooi in je bek minder snel weg, en neem je jezelf dus vreselijk bij de beer. Hier in huis worden onder geen beding tanden gepoetst.'

Mij zou die redenering van mijn vader misschien overtuigd hebben, ware het niet dat ik, elke keer als hij een van zijn twee kunstgebitten uit zijn mond nam, mij onpasselijk voelde worden. Mijn vader had bovendien de eigenaardige gewoonte om zijn twee gebitten half uit zijn mond naar buiten te steken en dan iets mee te delen tussen de klepperende tanden door. Het was bedoeld als intimidatie en werkte als zodanig voortreffelijk. Maar ik werd er keer op keer hondsberoerd van. Wat ik ook al van mezelf wist, was dat ik uiterst moeilijk iets in mijn mond kon houden. Ik ben een keer tijdens een spelletje op het schoolplein vastgebonden en kreeg een prop in de mond geduwd. Daar werd ik kotsmisselijk van. Mij leek dat je, als je voor het eerst zo'n kunstgebit in je mond zou steken, eveneens kotsmisselijk zou worden, en misschien zou je er zelfs nooit aan wennen om een kunstgebit te dragen. Dus ik wilde koste wat het kost voorkomen dat ik reeds voor mijn trouwen boven en onder van een kunstgebit voorzien zou zijn. Als poetsen het kunstgebit kon voorkomen, of in ieder geval het tijdstip waarop je het aangemeten zou krijgen kon uitstellen, dan waren zo'n borstel en tandpasta geen groot offer. En daarom kocht ik van het geld dat ik bij slager Brinkman verdiende met het rondbrengen van vleeswaren een tandenborstel en tandpasta.

En derhalve volgde na die aanschaf des avonds het grote moment waarop ik na de maaltijd even in de keuken verdween en daar mijn tanden poetste. Ergens anders zou niet gekund hebben, want alleen in de keuken was bij ons thuis stromend water. Een badkamer ontbrak. Maar ja, omdat het poetsen zijn beslag kreeg in de keuken, werd mijn wandaad dus ook vrijwel terstond opgemerkt. Mijn moeder stoof de keuken in en er meteen weer uit, en toen verscheen mijn vader, die mijn borstel uit mijn handen rukte.

'Hoe kom je daaraan?' schreeuwde hij.

'Gekocht,' zei ik, 'van het geld dat ik bij slager Brinkman verdiend heb.'

'Ben je nou helemaal bedonderd? Een tandenborstel!'

Mijn vader nam hem in zijn sterke handen en probeerde hem in tweeën te breken. Hij werd daar zo door in beslag genomen dat hij niet zag dat ik de tandpasta wegmoffelde. Maar mijn borstel was reddeloos verloren. Hij werd niet alleen in tweeën gebroken, maar beide helften werden vervolgens ook nog in diverse kleinere stukken omgezet. Omdat ik wist hoeveel de borstel gekost had, deed mij dat ontzaglijk veel pijn. Maar ik zag een lichtpunt. Mijn vader had het eigenlijke borstelgedeelte, dus het uiteinde van de borstel, niet verwoest, dus dat zou, mits hij een en ander nu in de vuilnisbak gooide, nog bruikbaar zijn als ik de borstelonderdelen er weer uit zou vissen. En zo geschiedde. Ik smaakte het genoegen de volgende morgen vroeg nog een vrij lang stuk steel met borstelgedeelte uit de vuilnisbak te kunnen opdiepen. Vies was de borstel na zo'n lange nacht in de vuilnisbak wel geworden, maar het schoonmaken ervan leverde geen problemen op, behalve dan natuurlijk dat het stiekem moest gebeuren.

Die hele dag op het Groen van Prinstererlyceum dacht ik erover na hoe ik mijn tanden die avond clandestien zou kunnen poetsen. Ooit heb ik eens, voor een tandartsencongres in Zwolle, een lezing gehouden over de tandheelkundige verzorging bij mij thuis, en daarbij sloeg de term 'clandestien poetsen' enorm aan. In de lunchpauze na mijn lezing zong en zoemde aan al die tafeltjes de uitdrukking 'clandestien poetsen' rond. Maar ja, eigenlijk is de uitdrukking clandestien poetsen niet juist. Stiekem poetsen zou beter zijn geweest, of, maar dat is bepaald niet fraai: poetsen in het geniep. Hoe het ook zij, clandestien poetsen was verbazend moeilijk te realiseren. Een tijdje maakte ik na het eten met een bekertje water een ommetje door de Pieter Schimstraat en poetste dan zwalkend mijn tanden. Vaak kwam je dan evenwel straatschuimers tegen die je stomverbaasd aankeken. Verraad lag op de loer. Ik heb ook regelmatig in bed gepoetst, onder de dekens. Dat ging beter, maar dan zat je weer met het probleem hoe je de tandpasta en het spoelwater kwijt moest raken. Dakraampje op een kier open en in de goot spuwen: dat was een tamelijk hachelijke onderneming. Ook daar kon je makkelijk bij betrapt worden. Toch is het mij minstens een jaar lang gelukt om 's avonds clandestien na het eten mijn tanden te poetsen zonder gesnapt te worden. Op een avond echter had ik er, nadat ik mijn spoelwater weer via het zolderraam, waar de ijskoude noordoostenwind pal op stond, in de dakgoot had geloosd, schoon genoeg van. De volgende dag zat ik, toen mijn vader van zijn werk thuiskwam, in de woonkamer demonstratief te pennen. 'Wat is hier aan de hand?' vroeg mijn vader.

'Ik moet strafregels schrijven,' zei ik.

'Jij? Strafwerk? Hoe is dat nou in vredesnaam mogelijk?'

Zonder iets te zeggen, reikte ik hem mijn zogenaamde strafwerk aan. Op een blad had ik twintig keer onder elkaar geschreven:

Ik moet mijn tanden poetsen.

'Het wordt op school gecontroleerd of je je tanden poetst,' zei ik, 'en ze hebben uitgevonden dat mijn tanden nooit gepoetst worden, dus daarom moet ik nu strafregels schrijven.'

'Hoe kunnen ze nou controleren of tanden gepoetst zijn.'

'Daar hebben ze een dentalomoliscoop voor,' zei ik.

'Daar heb ik nog nooit van gehoord,' zei mijn vader.

'Het is maar een klein apparaatje,' zei ik, 'maar ze kunnen er de kleinste restjes tandpasta nog mee...'

'Godallemachtig,' zei mijn vader, 'daar maak ik werk van. Ik ga die rector drie torens in de rondte schelden. We zullen wel eens kijken wie hier de langste wil heeft.'

'Nee, doe dat nou niet,' zei ik, en ik barstte in snikken uit. Net als mijn moeder kan ik mijn tranen op afroep laten vloeien.

'Ach,' zei mijn moeder, die merkwaardig genoeg (want zelf zette ze haar verbluffende vermogens om waterlanders te produceren gewoonlijk met veel succes in) slecht tegen de aanblik van tranen kon, 'ach, laat dat varkenbeest toch, zo erg is het toch niet als dat kind zijn tandjes poetst. Wat hebben wij daar nou voor hinder van? Wat schiet je er nou mee op om naar die school te hollen? Ze vinden het daar allemaal vanzelfsprekend om hun tanden te poetsen, dus ze lachen je vierkant uit.'

Zonder iets te zeggen, greep mijn vader zijn zware Van Nelle en rolde een sjekkie. Voor de vorm bleef ik nog een poosje doorsnikken, maar inwendig gloeide de triomf. Ik had gewonnen: voortaan zou ik na het avondeten in de keuken mijn tanden kunnen poetsen. Eén avond nog zou het clandestien moeten gebeuren, want het zou vreemd zijn overgekomen als was gebleken dat ik reeds over gerei beschikte om mijn gebit te verzorgen, maar morgen al was het zover, dan zou ik niet meer als een dief in de nacht hoeven poetsen.

Vrijuit poetsend begon ik mij echter steeds meer zorgen te maken over mijn zus en mijn broer. Die poetsten niet. Die zouden al snel te maken krijgen met rottende tanden en kiezen, en op termijn datgene wat ik vreesde met grote vreze: het kunstgebit. Ik vroeg op een keer of ik in de mond van mijn zus mocht kijken, en de aanblik daarvan benam me bijna de adem. Niet alleen overal zwarte, rottende kiezen, maar ook een krachtige geur van bederf. Bij mijn broer oogde een en ander iets beter, maar ook hij had zwakke plekken in zijn gebit.

Mij leek dat in geval van mijn zus snel handelen geboden was. Dus ik stelde haar voor dat wij naar de tandarts zouden gaan. Aanvankelijk wou ze daar niets van horen, maar ze veranderde van gedachten toen ze kiespijn kreeg. Uiteraard moest het bezoek aan de tandarts voor mijn vader en moeder verborgen worden gehouden, dat begreep mijn zus ook wel. De vraag rees: naar welke tandarts gaan wij? Je had er twee in Maassluis, tandarts Dulken en tandarts Monster. In de eerste had ik weinig vertrouwen. Hij speelde altijd voor Sint-Nicolaas en dat leek mij, gelet op het tandenbedervende suikergoed dat de goedheiligman verondersteld wordt uit te delen, onverenigbaar met zijn beroep. (Ik kwam niet op de gedachte dat je, als je met suikergoed het gebit bederft, jezelf daarmee als tandarts juist werk verschaft.) Bovendien lag hij goed bij mijn vader, want hij toonde zich steeds weer bereid mee te werken aan de snelle verwerkelijking van diens droom: het kunstgebit. Om je aan zo'n kunstgebit te helpen was hij zelfs bereid gave tanden en kiezen te trekken.

Dus Dulken niet. Monster dan? De man was reeds stokoud, de man had zijn naam flink tegen, de man was gevreesd, de man had Duitsers van de Ortskommandantur in de oorlog geholpen, en de man kon je, dat was algemeen bekend, buitengewoon onheus bejegenen. Het kostte heel wat moeite om mijn zus ertoe te overreden de tocht naar Veerkade te maken. Daar woonde Monster en voerde hij zijn praktijk.

Och, die gedenkwaardige dag dat wij daar in het bleke zonlicht stiekem heen slopen, ik met flink wat geld op zak dat ik van de Nutsspaarbank had gehaald. Daar had ik een rekening waar ik al wat ik in de schoolvakanties bij slager Brinkman, bij bakker Eijsberg, bij een timmerfabriek en met aardbeien plukken had verdiend, op had gestort.

Of het genoeg zou blijken, kon ik met geen mogelijkheid berekenen; veiligheidshalve had ik zowat al mijn geld opgenomen. Moet je nagaan, ik, poepzuinig, maar o dat kunstgebit, een kolossale huiver was mijn deel bij de gedachte eraan. Daarbij komt: ik ben weliswaar ongelofelijk gierig, maar ik kan wel makkelijk geld voor anderen uitgeven.

Onderweg naar Monster viel mij de Bijbeltekst in: 'Daar zal geween zijn en de knersing der tanden.' Het staat een keer of vijf in het evangelie van Mattheus en een keer in het evangelie van Lucas, en het werd ons regelmatig tijdens de prediking onder de neus gewreven. Na je dood zou je, als je niet wou geloven dat Jezus je verlost en gered en met zijn dierbaar bloed gereinigd had, in de buitenste duisternis terechtkomen waar geween zou zijn en tandengeknars. Die tekst, dacht ik rustig voortstappend naast mijn bevende zus, moeten ze veranderen. Er moet komen te staan: daar zal geween zijn en de knersing der kunstgebitten. En toen dacht ik: vreemd toch eigenlijk dat Jezus zegt dat je er, als je Hem niet aanvaard hebt als je Verlosser, na je dood op moet rekenen dat je in de buitenste duisternis weent en knerst met je tanden. Ga je dood, en kom je in je kist terecht, dan ligt in die kist ook je gebit. Vaak is dat zowat het laatste wat ze na jaren van een mens nog terugvinden, dus in die buitenste duisternis heb je helemaal geen tanden ter beschikking om mee te knersen, en een kunstgebit net zomin. Wat een rare tekst toch eigenlijk, dacht ik, en toen dacht ik: dat heb je nou altijd als je een beetje nadenkt over een Bijbeltekst, er klopt geen reet van.

Mijn zus en ik arriveerden op de zonnige Veerkade. Op dat tandartsencongres in Zwolle heb ik uiteraard de namen van beide Maassluise tandartsen genoemd. In de lunchpauze kreeg ik te horen dat tandarts Monster bij de beroepsgroep heel hoog aangeschreven had gestaan. ‘Een geweldig vakman, daarbij een onberispelijk ogende spreekkamer. Een lastige man, dat zeker, en geen enkele assistente die het bij hem uithield, dus moest hij alles alleen doen, maar zelfs op zijn tachtigste verrichtte hij nog wonderbaarlijke gebitsingrepen.’ Achteraf blijk ik dus bij toeval – of moet je hier van geluk spreken – een juiste keuze te hebben gedaan. Maar zo dacht ik niet toen mijn zus en ik nadat we enige tijd hadden gewacht de behandelruimte betraden. Ik legde de tandarts uit dat mijn ouders niet mochten weten dat wij hem bezochten en vertelde hem ook waarom. Hij vroeg mij of ik dan wel in staat was hem te betalen. Ik zei dat ik zo veel mogelijk geld had opgenomen van de Nutsspaarbank. Monster hoorde dat allemaal vriendelijk aan, beloofde dat hij ons bezoek geheim zou houden, toonde begrip voor het feit dat wij, in weerwil van de wensen van mijn ouders, graag tandheelkundige verzorging ambieerden, en zette toen mijn zus in de tandartsstoel. Hij opende haar mond, tuurde erin, keek mij even met grote ontsteltenis aan, en begon toen vreselijk te vloeken. Heremijntijd, wat was dat erg! De ene gvd na de andere daverde over zijn lippen. ‘Dit is verschrikkelijk,’ zei hij ten slotte, ‘ik zal doen wat ik kan, maar in feite is de zaak volstrekt hopeloos, zeker wat het bovengebit betreft.’

Nadat hij haar, wat idioot lang duurde, behandeld had, zette hij mij in zijn stoel. ‘Ik schrik ervoor terug,’ zei hij, ‘om in jouw mond te kijken, want bij jou zal het wel niet veel beter zijn.’

‘Jarenlang poets ik al stiekem,’ zei ik, ‘misschien scheelt dat.’

‘Doe je lippen eens langzaam van elkaar,’ zei hij.

Gehoorzaam opende ik mijn mond. Hij keek erin en mompelde toen: ‘Hoe is dat nou mogelijk, een broer en een zus uit hetzelfde gezin, en bij de een is alles verrot en bij de ander...’

Hij was een poosje bezig met zo’n eng steekgevalletje waarmee gaatjes worden opgespoord.

‘Je hebt vier zwakke plekjes,’ zei hij, ‘vier nog vrij kleine gaatjes, goed dat we er net op tijd bij zijn. Ik zal er nu twee vullen en dan moet je volgende week terugkomen voor die andere twee gaatjes, want ik kan ze niet alle vier tegelijk vullen, omdat dan de gevulde kiezen elkaar raken terwijl de boel nog niet uitgehard is.’

De vier vullingen van Monster zitten er nog steeds. Nieuwe vullingen zijn er in de loop van mijn leven niet bij gekomen. Mijn gebit is nog verwonderlijk gaaf, zeker in aanmerking genomen dat er bij ons thuis niet gepoetst mocht worden.

Overigens wilde Monster nadat hij ons behandeld had, van betaling niets weten. Soms tref je werkelijk een heilige, ook al heet hij Monster.

(Wel dook er, toen ik een jaar of veertig was, merkwaardigerwijs alsnog opeens een verstandskies op. Mijn tandarts, de gebitskunstenaar Wolter Tjaarda, die telkens als ik hem bezocht tevreden uitriep: ‘Je hebt nogal een aardig gebit’, mompelde eerst: ‘Hoe is het mogelijk, komt het verstand dan toch nog door?’ Bij een volgende bezoek zei hij: ‘Die kies kan er beter uit, die gaat in de weg zitten en zijn capaciteit om te rotten moet ook niet onderschat worden.’ Weer een bezoek later zei hij: ‘Die kies moet er beslist uit, maar ik kan er niet bij, dat wordt de kaakchirurg.’ ‘Welnee,’ zei ik, ‘jij bent een fenomeen, die kies kun jij best zelf trekken.’ ‘Ik zal erover denken,’ zei hij, ‘en de volgende keer nemen we een besluit.’ Dus kneep ik hem bij het volgende bezoek. Een kies trekken, dat had ik nog nooit meegemaakt, het leek me geen sinecure. Ik zat in de stoel, Wolter zei: ‘Het is eigenlijk een werkje voor de chirurg, maar vooruit omdat jij het bent. En dan nu maar meteen? Of maken we een afspraak?’ Uiteraard is een mens dan geneigd het onheil uit te stellen, en het lag al op mijn tong om te zeggen: ‘We maken een afspraak,’ toen ik bedacht dat dat zou betekenen dat ik dan tot aan het moment van die afspraak in de rats zou zitten. Dus ik zei manmoedig: 'Nu meteen.' Wolter zei: 'Ik had niet anders verwacht.' Hij verdoofde mij, wrikte toen met een tang aan de kies, zei: 'Hij zit eigenlijk te diep, hij zit half onder de kies die ernaast zit', pakte vervolgens een andere tang en voerde toen, met die tang hoog opgeheven alsof het een tomahawk was, een soort krijgsdans uit. Ik kneep hem intussen behoorlijk. Veruit de allermooiste tandartsscène uit de wereldliteratuur vind je in *Buddenbrooks* van Thomas Mann. Senator Buddenbrook, die vergaat van de pijn, zit in de stoel en de tandarts houdt zich met een spiegeltje en een stalen staafje met de kies bezig. En dan deelt hij mee: 'Wir müssen zur Extraktion schreiten', daarbij nog bleker wordend dan hij al was na de aanblik van de kies. Waarop senator Buddenbrook vol vertwijfeling uitroept: 'Schreiten Sie nur.' De tandarts probeert de kies te trekken, maar faalt jammerlijk, en de senator overlijdt aan de daaropvolgende complicaties. Dat alles schoot door mij heen toen Wolter Tjaarda met zijn tang zijn krijgsdans uitvoerde, zoals ook door mij heen schoot dat die twee kleine wonderzinnetjes van Mann kennelijk niet vertaalbaar zijn. Quanjer heeft er in zijn oeroude vertaling van gemaakt: 'Wij moeten tot trekken overgaan.' Waarop de senator dan zegt: 'Gaat uw gang maar.' Niets is er in die vertaling overgebleven van dat effect van het gebruik van het woord 'schreiten'. Thomas Graftdijk vertaalt: 'Wij moeten tot extractie overgaan.' En in zijn vertaling zegt Buddenbrook dan: 'Gaat u maar over.' Dus ook bij Graftdijk is vrijwel niets overgebleven van datgene wat de scène in Manns unieke, pathetische Duits zo onvergetelijk maakt. Van schrijden was overigens in geval van Wolter Tjaarda geen sprake. Hij cirkelde rond door de spreekkamer, eenmaal, tweemaal, driemaal en toen opeens, op het moment dat ik het al niet meer verwachtte, sprong hij, een rauwe kreet uitstotend, boven op mij, nam de kies met zijn tang in de houdgreep en trok hem er in één vloeiende beweging uit. Hij had de kies zo kundig getrokken dat ik nauwelijks bloedde. Hij zei tegen mij: 'Als de verdoving is uitgewerkt, kan het verdomde veel pijn gaan doen, dus neem dan twee paracetamollen.' Maar wat er die dag verder ook gebeurde, van enige pijn was geen sprake.)

Mijn broer kon ik er niet toe krijgen een keer stiekem, met mij samen, een bezoek af te leggen bij Monster. Pas toen hij diende bij de marine werd er aandacht besteed aan zijn gebit. En dat moest toen ook voor de helft gesaneerd en geëxtraheerd worden.

In die clandestiene poetsjaren brak bij mijn moeder het grote moment aan dat bij haar een tweede kunstgebit aangemeten moest worden. Ze behoorde niet tot de geluksvogels die reeds voor hun trouwen van twee gebitsprotheses waren voorzien. Dus wij, mijn zus, mijn broer en ik, hebben moeten aanzien hoe zij leed. Eerst leed ze omdat haar mond ontdaan moest worden van al haar tanden en kiezen. En daar waren ook flink wat redelijk gave exemplaren bij. Daarna leed ze omdat zij eraan moest wennen haar tweede kunstgebit te dragen. Ik zie het allemaal nog voor me. Het ging zelfs zover dat er in het voorkamertje een bed werd geplaatst waarin ze zich terugtrok. Zo ellendig was ze eraan toe dat ze niet eens meer in staat was naar de wc te gaan. Mijn zus maakte zich verdienstelijk door haar po te legen. Ik had enorm met mijn moeder te doen. Het was zo'n ontzaglijke lijdensweg en het heeft zo onvoorstelbaar lang geduurd voor zij in staat bleek dat kunstgebit langere tijd achtereen te dragen zonder dat zich hevige pijnen voordeden. Echt goed gekomen is het overigens nooit. Ze heeft daarna tot het eind van haar dagen geklaagd over 'haar zere mond'.

Voortdurend vormden zich, steeds weer op andere plaatsen in haar gehemelte en onder haar tong, zogenaamde aften, kleine, grijze zweertjes die rood omkaderd waren. Soms vielen die aften zelfs verhoudingsgewijs buitensporig groot uit. Menigmaal kon ze, vanwege die aften, geen hap door haar keel krijgen. Het was overigens bij uitstek een aandoening die bij haar paste, want een echte remedie ertegen bestaat er niet, dus al wat haar, als ze ten einde raad uiteindelijk dan toch maar een echte arts raadpleegde, werd aangeraden of voorgeschreven, bleek niet te werken. Hetgeen haar stijfde in haar mening dat je altoos vergeefs bij artsen aanklopt. Maar ook haar geliefde 'homepaat' stond machteloos, zowel Cuprum als Apis verzaakten, en ook de vele huismiddeltjes die haar her en der aanbevolen werden om van die aften af te raken, faalden eveneens. Het ene moment dacht ze dat ze aften kreeg van chocolade, dus dat werd in de ban gedaan. Maar onthouding van chocolade bood geen soelaas. Lang heeft ze de sperziebonen vervolgens als de veroorzaker van haar aften gebrandmerkt, maar al onthield zij zich daarvan – de aften bleven. Ook heeft ze, in latere jaren, alle begonia's van haar vensterbanken verwijderd, want die waren de schuld van de aften.

Overigens heb ik, toch niet voorzien van een kunstgebit, ook vaak last van aften – mogelijk is hier sprake van erfelijke belasting. Hoe het ook zij, mijn ervaring is dat vitaminerijke voedingsmiddelen de aften er wel degelijk onder kunnen houden, dus verorber ik, naast meer gebruikelijke bronnen van vitamines zoals rode en zwarte bessen, frambozen en aardbeien, voortdurend ananassen, kiwi's, mango, papaja's. 'Eet toch dat soort vruchten,' bezwoer ik mijn moeder, en ik kocht voor haar een verse ananas. Maar die liet ze blijmoedig verrotten, en een mango wou ze niet eens in huis hebben, laat staan zoiets bizars als een papaja. Slechts de kiwi vond genade in haar ogen, maar meer als ornament op de fruitschaal dan als voedingsmiddel. Dat ze, even afgezien van de ziekte van Parkinson, in redelijk goede gezondheid tweeënnegentig is geworden, haar afkeer ten spijt van om het even wat voor soort fruit dan ook, en ondanks haar gewoonte om alle groenten net zolang te koken tot alle vitamines daaruit verdwenen waren, kan wellicht als een van de raadsels gezien worden van haar bestaan. Zoveel is intussen echter wel zeker: zelfs met aften en gebitsprotheses kun je heel oud worden.

Twee brieven

Het zou mooi zijn als ik mijn moeder zelf aan het woord kon laten. Dan immers kan de lezer zich pas echt een beeld van haar vormen. Nu krijgt hij of zij alles te zien door het filter van mijn bewustzijn en geheugen. En je leert iemand nooit beter kennen dan door zijn brieven, mits er, ook al is hij of zij geen briefschrijver zoals Fontane, Multatuli en Flaubert (de drie grootste briefschrijvers uit de negentiende eeuw werden kort na elkaar geboren!), althans sprake is van enig epistolair talent.

Van mijn moeder heb ik in de loop der jaren vrijwel nooit een brief gekregen, maar de waarheid gebiedt te zeggen dat ik er vrijwel nooit een aan haar verstuurd heb, en wie zelf geen brieven schrijft, hoeft er ook niet op te rekenen dat hij of zij brieven ontvangt. Nooit? Er zijn twee uitzonderingen. Toen ik in juli 1968, nog niet eens afgestudeerd, volkomen onverwacht een oproep kreeg voor militaire dienst en ik daar niet onderuit bleek te kunnen komen, maar mij melden moest in de Jan van Schaffelaarkazerne te Ermelo voor de opleiding 'couveusevaandrig', heb ik in mijn ontreddering mijn ouders een brief geschreven, waarin ik onder andere meedeelde dat ik met twintig kilo bepakking moest sjouwen. Ook deze brief is uiteraard verdwenen, maar de brief die mijn moeder mij in reactie daarop verstuurde is wonder boven wonder bewaard gebleven. Die brief luidt als volgt:

Leerling M. 't Hart
R.N.R. 44.11.25.140
R.T.T.-klas O-compagnie
Jan van Schaffelaarkazerne
Ermelo

25-7-68

Lieve Maarten,

Zo straks je brief ontvangen waar wij o zo blij mee waren. 'k Heb hem gauw meegenomen naar Pa, en wij vonden het zo fijn dat je zo het een en ander geschreven hebt. Nu je bent wel wat in je leven gewend geweest, maar daardoor zal het nu je weer wat ouder bent wel wat zwaar voor je vallen om met 20 kg te sjouwen.

Wij hebben naar Hanneke ook al geschreven, en nu zul je wel weten dat Tante Marie plotseling gestorven is, misschien niet ook, want we hebben de brief naar Warmond gestuurd.

Tante Marie werd vrijdagavond niet goed en ze zei tegen haar zoon Jan, ik krijg toch zo'n zere arm, waarschijnlijk heeft ze hem nat willen maken, want ze zat bij het aanrecht op haar knieën, en riep nog wel, Jan, kom eens, want die was daar verder alleen in huis.

Ze hebben haar op de bank gelegd. Een poosje daarna deed ze haar ene oog iets open, toen zat Ome Klaas over haar heen gebogen. Hij zei: ken je mij nog? Ze hief haar hand op en streek nog heel zacht over zijn hoofd. Maar daarna heeft ze niet meer bewogen, is direkt naar het ziekenhuis gebracht, en toen zij er vijf minuten waren, is zij overleden. Heel erg verdrietig voor Ome Klaas, maar ook voor de kinderen, Pleuntje vooral want daar was ze zo'n steun voor, want dat is toch zo'n tobberd. Ze zei: 'Ik mag niet verdrietig zijn, Tante, want Moe is naar de Hemel en zou het heel erg vinden als ik daarom huilde.' Nu, daar twijfelen wij niet aan. Cor van der Gaag heeft haar begraven en zei tegen ons: 'Je schoonzus heeft een goede ruil gedaan.' Er was heel veel belangstelling op het graf en je kon wel zien dat zij bemind was. De laatste keer dat Tante Marie hier was, met mijn verjaardag, heeft ze dat gedichtje van jou nog gelezen, en zei wat mooi zeg, ik zou het wel over willen schrijven, en iedere keer over willen lezen. Ze leefde daar altijd zo in mee, en kwam er zo voor uit tegenover iedereen, maar toch nooit dat het je tegenstond.

Nu is Ome Klaas alleen met zijn 4 jongens nog thuis, en waar haal je hulp vandaan voor zo'n druk gezin.

'k Heb daarom dat kaartje erin gedaan, want ik weet zeker dat hem jouw meeleven ook goed zal doen.

Zo, je vroeg naar onze wereldreis, nu die is mij uitstekend bevallen. 'k Heb genoten van de mooie natuur overal.

De dag dat jij op moest komen reden we heel zacht door Ermelo met de sneltrein en zag ik ergens een hoop jonge mannen staan. 'k Zeg tegen Pa kijk eens misschien staat Maarten daar ook wel bij. En hoe vond je het zeg dat we bij Hanneke kwamen in Assen. Haar Pa en Ma waren boodschappen doen, jammer we hebben ze niet gezien. Je weet het, je vader is altijd nogal haastig gebakerd, en wilde beslist niet later naar huis,

Pa heeft het aardig goed doorstaan met zijn maag, is nu weer heel erg verkouden, was er gisteren ziek van, maar is nu weer wat beter, en werkt natuurlijk toch.

Leny en haar man Arend hebben vacantie, maar geen mooi weer, dus zijn haast aan vervelen toe, maar gaan dan maar prutsen aan hun huis, dat flink opschiet.

Arie werkt weer heerlijk en is zeer in zijn element, dat is het beste voor hem. Nu Maarten, wat een eind zeg, maar ik vind het ook zo fijn van je te horen, dus heb gauw de pen gegrepen. Dag hoor, hartelijk gegroet van allemaal, maar het meest van al van mij, Moe.

De brief behoeft misschien een enkele toelichting. Mijn oom Klaas had vier zoons die nog thuis woonden toen zijn vrouw overleed, waaronder zoon Jan.

Het gedichtje waaraan gerefereerd wordt is een jeugdzonde van mij, een versje van viermaal vier regels over de wederkomst van Christus. Mijn moeder heeft het laten inlijsten en aan de muur gehangen. Kwam mijn ongeloof ter sprake, dan werd er gewezen op het gedicht. Daaruit bleek immers dat ik ooit heel gelovig was geweest, en wie weet was er van die gelovigheid toch nog iets over.

Mijn vader was een maaglijder en al wat de pijn kon verlichten werd geprobeerd, vooral als het uit de alternatieve hoek kwam, want mijn moeder had geen enkel vertrouwen in de medische wetenschap. In 1968 had mijn moeder gehoord dat er in Groningen een fantastische kruidendokter woonde die preparaten verstrekte aan maaglijders die alle ellende terstond tenietdeden. Vandaar de wereldreis naar Groningen met onderweg een tussenstop in Assen om mijn schoonouders te bezoeken.

Overigens leverde het bezoek aan Groningen, qua soelaas voor het maaglijden, niets op. Mijn ouders kwamen weliswaar thuis met een krankzinnige hoeveelheid kruiden, waarvoor zij een vermogen hadden neergeteld, maar niets van wat zij hadden meegebracht vermocht ook maar enige verlichting van de pijn te bieden.

Mijn moeder voorspelde mij steeds opnieuw dat ook ik mettertijd een maaglijder zou worden, want al haar broers leden op gezette tijden aan maagpijn, mijn grootvader had altijd maagpijn, en mijn vader had maagpijn. Niet verwonderlijk, want deze personen hadden met elkaar gemeen dat zij, direct na overvloedige middagmaaltijden, de tuin weer in gingen en begonnen te spitten. Vaststaat inmiddels dat maagpijn meestal wordt veroorzaakt door een bacil en deze bacil heeft meer kans als de maag her en der enigszins ontstoken is, en de kans op ontstekinkjes neemt sterk toe als direct na zware maaltijden de maag wordt opgevouwen – iets dat bij spitten in ruime mate zijn beslag krijgt. Dus al dat maaglijden indertijd was een beroepskwaal. Tot op heden heb ik in ieder geval nog nooit maagpijn gehad.

Vijf jaar nadat mijn tante Marie aan een hartaanval overleed, stierf ook mijn vader aan een hartaanval. Mijn oom Klaas, toen inmiddels dus al vijf jaar weduwnaar, kwam na de dood van mijn vader opeens opvallend vaak langs om samen met mijn moeder te rouwen.

'Klaas had altijd,' aldus mijn moeder, 'een enorm grote witte zakdoek bij zich, het leek haast een kussensloop, zo groot was die. Hij streek dan neer op de stoel waarvan mijn broer Teun toen hij over was uit Canada steeds maar zei dat er aardstralen onder zaten, dus toen Teun een keer in die stoel ging zitten, zei je vader: "Een lamstraal op een aardstraal", maar nu dwaal ik af, geloof ik. O, ja, ik weet het alweer, het ging over Klaas. Die kwam dus steeds met een soortement kussensloop aanzetten en streek dan op die aardstraalstoel neer en begon dan vreselijk te snikken. "Marie, Marie, ik mis je zo, waar ben je, Marie, Marie."

Tranen met tuiten! Wat kan ome Klaas huilen, je zou het niet zeggen als je hem in de weer ziet met zijn harmoniums of bij de biljarttafel treft. Dus Klaas maar huilen in die aardstraalstoel, "Marie, Marie, kom terug." En als hij dan een flink poosje gehuild had, vouwde hij het kletsnatte kussensloop op en zei tegen mij: "Lena, jij en ik zijn zwaar getroffen, wij moeten elkaar troosten." En dan kwam hij overeind en zette zijn armen wijd open en kwam dan met die wijd open armen op mij af. "Lena, wij moeten elkaar troosten." Maar in z'n ogen zag je heel wat anders dan troost, vooral in dat zwarte oog van hem, want hij had twee ogen van verschillende kleur, maar ja, dat weet je natuurlijk allang. Spaans benauwd kreeg ik het, ik zie nog die wijd open armen op me afkomen, dus ik trok me snel terug in de keuken, maar daar kwam hij ook binnen met die gespreide armen, dus ik naar buiten, eerst ons tuintje in, toen via de poort de straat op. Nou, hij weg, maar een dag of wat later was hij er alweer. Weer met zo'n kussensloop. En weer tranen met tuiten en opeens, aan het eind ervan, die wijd open armen. "Lena, wij moeten elkaar troosten."

Dus toen heb ik nadat hij een keer of zes met z'n kussensloop langs was geweest, tegen hem gezegd: "Klaas, dit moet afgelopen zijn, Ik wil niet meer dat je bij me komt." Dat was wel een bittere pil voor hem om te slikken, en hij is toen nog diverse keren aan de deur geweest, maar dan deed ik niet open, dan keek ik net zolang naar hem door het voorkamerraam tot hij me zag staan, en dan schudde ik met mijn hoofd. Wat moet ik met Klaas 't Hart? Die heeft nog vier jonge kinderen thuis en acht die de deur al uit zijn, moet ik dan voor die vier bloedjes gaan zorgen? En ook nog een beetje voor die andere acht? Daar heb ik geen spettertje trek in, net zoals ik ook geen spetter trek heb in Klaas zelf. Nee, da's niks voor mij, Klaas, en een andere man ook niet, want ze zijn allemaal hetzelfde, mannen, ze hebben maar voor één ding belangstelling, dus ik ben niet van plan ooit nog weer te trouwen, al zou het nog best kunnen, want ik ben nog maar drieënvijftig.'

Zes jaar later, toen ze negenenvijftig was, schreef ze mij een boze brief naar aanleiding van een reactie op een tv-interview en om haar ongenoegen te uiten over het feit dat ze van de gemeente geen nieuw huurhuis toegewezen kreeg. De brief luidde als volgt:

Maassluis, 11 Mei 1979

Beste Maarten,

Vanmorgen kreeg ik een stukje onder ogen uit de krant van deze week, waarin ze reageerden op je t.v. uitzending over de vroegere J.V. Het was nu niet direkt vriendelijk.

Ik dacht ik wil er eens even over schrijven aan Maarten. Kan wel bellen, maar dan vergeet ik weer zoveel.

Er waren vroeger veel dingen die niet goed waren, maar misschien wel veel meer gevallen die beter zijn dan nu.

Toen ik jong was is het bij ons thuis altijd zo geweest dat we zeer arm waren met een gezin van negen kinderen en een hard werkende Vader, die het toch niet kon redden om ons op te voeden en te kleden naar behoren.

Maar wat er wel was dat is de liefde onder elkander, en dat hadden we dan toch maar te danken aan de gereformeerden.

Wat hebben zij altijd veel gedaan in stilte voor ons grote gezin, zonder naam of adres achter te laten, en dat zou ook eens gezegd moeten worden, maar niet altijd dat afbreken.

Als je dan kijkt naar deze tijd hoe liefdeloos velen zijn, dan word je alleen nog maar treurig.

Deze week ook weer. Moest bij de dokter komen vanwege een aanvraag voor dat huis.

Het was een rotkat. Neemt niet eens de moeite om te vragen waarvoor je komt. Begint gelijk maar snauwerig te vragen hoe hoog je woont, en als je dan fatsoenlijk zegt, dokter daar kom... is het gelijk, zolang u niets gevraagd wordt, hebt u je mond maar te houden, en alleen maar te antwoorden op de vragen die ik u stel.

Wat een schandalige wereld, dan denk ik wat is de liefde ver te zoeken in dezen. Alles voor zichzelf en jij nog lang niet. En denk dan zo moet iedere arme stakker zich in deze maatschappij af laten snauwen om ooit nog eens fatsoenlijk te komen wonen.

Nu ben ik ook nog maar beleefd gebleven, maar wel zo kort mogelijk (en ik heb het geluk nog een fijn huis te hebben al is het dan naast een slop, wat je zo nu en dan niet verwerken kunt).

Is dat nu zoveel wat ik vraag? Moet je dit huis eens zetten naast de vele grote huizen die er staan, de schoften, ze moesten zich schamen.

En daarom denk ik wel eens aan de oprechte eerlijke mensen uit mijn jeugd, het waren (misschien toevallig) net allen Christenen die zoveel een hand hebben uitgestoken, maar laat die allen niet vertrapt worden want dat verdienen zij niet.

Nu Maarten, het is misschien een wat verwarde brief, maar wie weet knap ik er wat van op als het eens opgeschreven wordt.

Verder hier alles goed. Gisteren was de jongste zoon van Leny jarig. Het is een schattig manneke, jammer dat je zo weinig van de kleintjes ziet van Leny en Arend en van Arie en Tine, want het is reuze boeiend.

Heel hartelijke groet, Moe.

Ook deze brief behoeft enige toelichting. Mijn moeder woonde toentertijd in een keurige eengezinswoning in de Prins Mauritsstraat te Maassluis. Het huis had echter, zo vond zijzelf, één nadeel. Het lag naast een slop (gang tussen de huizen). In het slop was een blinde muur en jongetjes uit de buurt speelden daar graag met een bal, die dan af en toe keihard tegen de blinde muur getrapt werd. Dat klonk in het huis van mijn moeder alsof er geschoten werd. En daarom wilde zij een ander huis, een huis zonder slop en zonder balspelende jongetjes. Het is haar, hoeveel moeite ze er ook voor gedaan heeft, niet gelukt een ander huis te krijgen. Ze heeft tot de dag waarop ze met mijn stiefvader trouwde (10 september 1985) in de Prins Mauritsstraat gewoond. Allerlei instanties vonden de balklacht te weinig reden voor de toewijzing van een ander huis.

Overigens heb ik indertijd vrij venijnig opgemerkt dat zij nu wel kon beweren dat haar vader destijds geholpen werd door gereformeerden, maar dat zulks, gelet op het feit dat ze zelf schreef dat het gezin Van der Giessen geholpen werd door lieden die geen naam of adres achterlieten, per definitie niet te bewijzen valt. Maar zoveel spitsvondigheid was niet aan haar besteed. Ooit waren ze door mensen 'van onze kerk' geholpen. Wie anders zouden het geweest kunnen zijn?

Spijtig genoeg heeft ze mij, enkele jaren later, niet per brief, maar via de telefoon, het opzienbarende nieuws meegedeeld dat ze, in weerwil van het feit dat ze mij na de dood van mijn vader telkens opnieuw toevertrouwde dat ze nooit meer zou huwen, toch opeens met trouwplannen rondliep. In de krant had ze een overlijdensadvertentie gezien van de echtgenote van een voormalige jeugdliefde, een achterneef, en daarom noch voor zijn, noch voor haar familie een aanvaardbare kandidaat. Ze had haar jeugdliefde opgebeld om te condoleren en in no time was de liefde via de telefoon weer opgebloeid. 'En daarom ga ik nu met Jaap trouwen,' zei ze.

Afspraak

Toen mijn moeder met haar jeugdliefde Jaap Lock hertrouwde, trok ze bij hem in. Dorpsstraat 10, een bungalow te Zorgvlied. 'Waar ligt dat?' vroeg mijn broer. 'Ergens in Drenthe,' zei ik. Een tocht erheen met het openbaar vervoer bleek een reis om de wereld. Mijn stiefvader bezwoer zijn jeugdliefde evenwel dat hij mij, 'die godloochenaar', niet over de vloer wou hebben, dus die tocht bleef mij bespaard. Als ik probeerde mijn moeder te bellen, nam hij op en zei kalm: 'Je moesje is even een boodschap doen.' Hij verbood mijn moeder om mij te bellen. Dus belde ze mij alleen op als hij buitenshuis was, en dan zei ze gejaagd: 'Jaap is er niet, dus ik kan je nu even bellen, maar als ik hem zie aankomen, leg ik gauw weer neer.' En dan wisselden we haastig informatie uit over de stand van de tuinbonen en slakroppen in onze moestuinen. Een enkele keer klaagde ze er ook over dat ze van Jaap op zondagochtend niet naar *Hour of Power* mocht kijken. Zelfs die bizarre, brutale, gelikte, fundamentalistische Amerikaanse blaaskaakverkondiging van het evangelie vond mijn stiefvader nog te wuft en te wereldgelijkvormig. Zo raken de uitersten elkaar soms, want *Hour of Power* vind ik ronduit walgelijk.

Vanwege deze stand van zaken bedachten mijn moeder en ik een list om elkaar te zien, en wij bespraken dat via haar clandestiene telefonades. Was het bijvoorbeeld mogelijk om elkaar tegemoet te fietsen, ik vanuit Steenwijk op een gehuurd rijwiel, zij vanuit Zorgvlied op haar eigen vooroorlogse Fongers? Waar zouden we elkaar dan treffen? In Vledder? Of misschien op een mooi plekje in de bossen van de Maatschappij van Weldadigheid?

'Er is daar in die bossen een ven,' zei ik, 'en aan de oever ervan staan bankjes, dus als ik daar nu eens heen fiets en je fietst daar ook heen, dan kunnen we samen op zo'n bankje zitten.'

'Kunnen we elkaar dan niet misrijden?'

'Dat kan natuurlijk altijd, maar dat ven is vrij groot, dat moet te vinden zijn. Heeft oom Jaap kaarten van de omgeving?'

Jaap had kaarten van de omgeving, en mijn moeder (b)leek warempel in staat om daarop het ven te vinden, alsmede de weg erheen. Stomverbaasd was ik. Mijn moeder die een kaart las, dat was nieuw, ongekend, dat had ze in de voorafgaande vijfenzestig jaar van haar leven nog nooit eerder gepresteerd. Wat zou er, nu ze – op zich al ongehoord – hertrouwd was, nog mogelijk blijken in haar leven? Zou ze bijvoorbeeld ooit een lange broek aantrekken? Of een badpak? Of in een vliegtuig stappen? Of een flinterdun teentje knoflook in de warme maaltijd verwerken? Of geld geven aan een goed doel? Of iets aardigs zeggen over enig lid van haar eigen sekse? Of, al was het maar in de vorm van een eenvoudige gezichtscrème, een toefje make-up gebruiken? Of in de auto van mijn stiefvader de landgrens overschrijden? Of ooit enig dier aaien? Nu, van dat laatste wist ik zeker dat het nooit zou gebeuren. Zelfs mijn broer, mijn zus en ik zijn door mijn moeder nimmer gestreeld, laat staan dus een hond of kat. Om het even alle dieren werden door haar gehaat met verbijsterende heftigheid. Menigmaal zei ze vol verontwaardiging dat ze niet kon begrijpen dat God zo krankzinnig veel beesten had geschapen. Een koe, een schaap, een varken, vooruit, de schepping daarvan viel te billijken vanwege melk, wol en ham, maar andere dieren? Waarom? Waarvoor? Maar een paard dan, had ik haar ooit gevraagd. Nergens voor nodig, zei mijn moeder. Om een kar te trekken, zei ik. Kan een mens best zelf, zei mijn moeder. Wat ze er niet bij vermeldde was dat ze paarden haatte omdat mijn vader ooit had gezegd dat je van een ruin of merrie meer kon houden dan van een vrouw. 'Wat een vreselijk gezegde,' was haar commentaar, 'en dat terwijl je vader door een hengst kreupel is geschopt.'

Onderweg in de trein bedacht ik strategieën om haar zover te krijgen dat ze niet over mijn vader zou beginnen. Sinds hij dood was, droeg ze, iedere keer als we elkaar zagen, nieuwe evidentie aan om te bewijzen dat mijn vader al vanaf de verlovingstijd onophoudelijk ontrouw was geweest. Telkens kreeg ik weer een ander verhaal te horen waaruit dat zou blijken. En dat terwijl mijn vader het tegendeel was van een womanizer. Nooit heb ik hem kunnen betrappen op enige belangstelling voor welke vrouw dan ook. Hij was verzot op paarden, niet op vrouwen. (Bij mij is het gek genoeg net andersom.) Liep je met hem op straat en hoorde hij vanuit een donker zijstraatje een schimmel pianissimo hinniken, dan begon hij te hollen. En hij was zo iemand die het liefst met andere mannen verkeert, of dat nu bij de donderdagavondvergaderingen van de gereformeerde mannenvereniging Schrift en Belijdenis was om de uitspraken van Bileams ezel te bestuderen, of in het magazijn van Gemeentewerken waar 's morgens vroeg alle plantsoenarbeiders, vuilnismannen, rioolwerkers en putjesscheppers enige tijd naar hartenlust schimpten op het bestel in het algemeen en hun directe chefs in het bijzonder, of in de kantine van de brandweerkazerne waar hij elke dinsdagavond van half acht tot half elf met andere leden van de vrijwillige brandweer biljartte. Voor hij, eerst als plantsoenarbeider, toen als stratenmaker, en daarna tot zijn dood als grafmaker bij de gemeente Maassluis in dienst was getreden, had hij als tuinder gewerkt op een kwekerij in de Westgaag te Maasland. Ook daar was hij het meest gelukkig als hij, nadat hij zijn producten naar de veiling had gebracht en de paarden van de diverse afnemers had gestreeld, besnuffeld en beklopt, nog een poosje met andere Maaslandse tuinders in het veilingcafé kon vijven, onderwijl iedereen vermakend met zijn vrolijke verhalen. Vijven, zult u vragen, wat is dat? Op de veiling te Maasland was het kaartspel – des duivels prentenboek – taboe, dus klaverjassen of iets vergelijkbaars was ondenkbaar, maar in plaats daarvan speelde men met dominostenen. Eén spelvariant was favoriet, het vijven. Het ging erom de stenen zo te leggen dat aan beide uiteinden van de reeds neergelegde reeks stenen aan één kant een drie en aan de andere kant een twee (samen vijf) of vier en een, of vijf en blank, of zes en vier (samen tien, dus tweemaal vijf) kwam te liggen. Het hoogst haalbare was aan één kant een vijf en aan de andere kant een dubbele vijf. Dat heette dan 'rond van vijven', en dan streek je drie grijpstuivers op. Logisch, want een stuiver is vijf cent.

Het tart elke logica dat iemand die zo weinig in vrouwen geïnteresseerd was, niet alleen reeds tijdens zijn leven, maar ook na zijn dood, zo heftig van ontrouw werd beschuldigd. (Maar ja, Trollope schreef een onvergankelijk meesterwerk – *He knew he was right* – over een man die er, in weerwil van het feit dat er geen enkele reden voor bestaat, zo vast van overtuigd is dat zijn vrouw hem ontrouw is, dat hij zichzelf (en haar) volledig te gronde richt.) Naarmate hij langer dood was, werden de beschuldigingen zelfs heftiger. Menigmaal heb ik mijn moeder voorgehouden dat mijn vader, anders dan zijn broers Maarten en Huib, die allebei kruidenier waren en allebei hun eigen nering steeds opnieuw schade toebrachten omdat ze domweg niet van hun clientèle konden afblijven (ze knepen in billen, ze streelden ruw over ruggen, ze gaven tikjes op wangen, ze grepen bij het teruggeven van wisselgeld ringvingers vast enzovoort), nooit in billen kneep, of handen vastpakte, maar dan zei ze dat hij veel ergere dingen uitspookte. Zat het soms in haar genen? Haar jongere broer Cor beschuldigde zijn vrouw Corrie ook onophoudelijk van overspel, en riep voortdurend uit dat zijn drie kinderen niet door hem, maar door andere heerschappen waren geteeld. Zijn jongste broer Jaap werd dat gelamenteer over Corries vermeende ontrouw zo zat dat hij op een keer zei: je moet een DNA-test laten doen, dan weet je zeker of je kinderen wel of niet van jou zijn; ik zal de test betalen. Hoeft niet, zei Cor, ik weet zo al honderd procent zeker dat ze niet van mij zijn. Ondanks die zekerheid lukte het Jaap na jaren soebatten zijn broer zover te krijgen dat Cor wat wangslijmvlies afstond. Waarop werd vastgesteld dat zijn drie kinderen inderdaad alle drie van hem waren, iets dat wij, gelet op de grote gelijkenis tussen de fameuze slagen in het haar van oom Cor en de fameuze slagen in het haar van diens nageslacht, ook nooit betwijfeld hadden. Maar wat beet oom Cor tante Corrie na het onderzoek toe? 'De uitslag van de test bewijst nog helemaal niet dat jij nooit ontrouw bent geweest.' En hij somde de namen op van alle mannen met wie ze volgens hem innig verstrengeld onder de keukentafel had gelegen. Oom Cor was overigens een buitengewoon knappe vent. 'Van al mijn broers, die allemaal een prachtige kop met haar hebben,' aldus mijn moeder, 'heeft hij wel de allermooiste krullen.' En dat was een juiste observatie, en ze had er nog bij kunnen zeggen dat hij over een wondermooi, sonoor stemgeluid beschikte, een stem die hij, fraai versterkt door een megafoon, inzette als hij, staande op een aan zijn auto gekoppelde vrachtslee, in Maasland en Maassluis de mensheid op straten en pleinen opriep zich voor het te laat was en ze voor eeuwig verloren zouden gaan aan te sluiten bij de pinkstergemeente.

Knappe mannen trouwen meestal knappe vrouwen, maar tante Corrie kon je niet direct een schoonheid noemen, en nog altijd tast ik daarom volledig in het duister wat betreft de vraag hoe het aan kan zijn geraakt tussen mijn oom Cor uit de Westgaag en mijn tante Corrie uit Zonnemaire, want Schouwen-Duiveland ligt ver bij Maasland vandaan. Dit temeer daar er dichter bij huis ongetwijfeld diverse Westgaagse schoonheden waren die naar mijn oom smachtten.

Hoe het ook zij, oom Cor was er al net zo heilig van overtuigd dat zijn vrouw voortdurend overspelig was als mijn moeder ervan overtuigd was dat mijn vader onophoudelijk 'achter andere mokkels aan zat'. Mijn vader zei altijd: 'Ze zijn allemaal stuk voor stuk krankzinnig jaloers, die Van der Giessens, ze hebben allemaal een kolossale tik van de molen', en dat was waar, want toen ik een keer bij oom Cor op diens zogenaamd buitenechtelijke kinderen paste, kwam oom Jaap langs en vertelde mij dat zijn meest dierbare vriend het met een ander had gedaan, en vervolgens barstte hij in snikken uit. Veertien jaar oud was ik destijds, en ik was verbijsterd. Van homoseksualiteit had ik nog nooit gehoord, maar niettemin kreeg ik de meest intieme bekentenissen te horen over Jaaps betrekkingen met andere mannen. In al wat hij vertelde klonk toen, en ook later, bij weer andere bekentenissen, een grondtoon door: dat hij dulden moest dat al zijn vrienden het ook onbekommerd met anderen deden.

En oom Teun, die niet deugde, en die daarom zo krachtig door zijn vader en moeder en broers en zussen was aangemoedigd om te emigreren dat hij uiteindelijk met een schip van de Holland-Amerika Lijn uit Nederland vertrok, was er, ook daar in dat verre Canada, vast van overtuigd dat zijn vrouw Aagt het, de taalbarrière ten spijt, aanlegde met allerhande Canadezen. Daarom sloot hij haar regelmatig op in een daartoe door hem ingerichte en van getraliede ramen voorziene kamer van zijn huis. Soms wel drie weken lang. Dan kreeg ze haar karige maaltijden toegediend door een luikje, vergezeld van luide vervloekingen en beschuldigingen.

Toen oom Teun en zij uiteindelijk, dertig jaar na hun vertrek, voor een korte vakantie in Nederland verschenen, bleek ze van die regelmatig terugkerende vrijheidsberovingen zo volledig van slag te zijn geraakt dat ze reeds op Schiphol voor geweldige opschudding zorgde door blootsvoets en watervlug uit het vliegtuig af te dalen, waarna ze kriskras over de startbanen begon te rennen, daarmede het vliegverkeer danig verstorend. Eerst werd zij achternagezeten door hollende functionarissen, maar die kregen haar niet te pakken, dus toen werden volgautootjes ingezet. Uiteindelijk werd ze gevangen en afgevoerd naar de inrichting St. Joris te Delft, waar men haar weer zodanig wist op te lappen dat ze terug kon naar Canada. Om vervolgens daar weer regelmatig beschuldigd en vastgezet te worden. Ze duldde zijn beschuldigingen en daarom zocht oom Teun een andere tegenstander. Hij stortte zich op niemand minder dan Satan zelf. Hij dacht dat Satan zich in de kruipruimtes onder de vloeren van zijn woonhuis had verschanst, en brak die vloeren open. Geen Satan te zien. Toen dacht hij dat Satan, die immers altijd in de weer is met vuur, er de hand in had dat zijn verwarmingsradiatoren roodgloeiend stonden, en daarom sloeg hij die radiatoren met een reusachtige bijl van de muur af. Toen dat alles niet baatte, en Satan hem maar bleef sarren, verhing hij zich, vierenvijftig jaar oud. (Het blijft curieus dat een tamelijk onbeduidend personage dat in de Bijbel maar een keer of wat voorkomt (in het Oude Testament komt het woord 'duivel' niet voor en figureert de Satan alleen in 1 Kronieken 21 vers 1, in Zacharia 3 vers 1 en 2 en in het boek Job), en niet eens altijd zo zwart wordt getekend – in het boek Job is hij on speaking terms met de Algenoegzame en gaat hij met hem een weddenschap aan – in de verhitte verbeelding van de protestanten zulke groteske proporties heeft gekregen. Dat begint al bij de krankzinnige, op de nazi's anticiperende antisemiet Maarten Luther.)

Mijn vader had, wat jaloezie betreft, derhalve een punt. Maar hoe zou zo'n complex verschijnsel als seksuele jaloezie (en in het verlengde daarvan godsdienstwaanzin) nu in DNA-ketens verankerd kunnen zijn? En waarom hebben noch mijn broer en zus, noch ik daar dan last van? Zijn wij die genen dan gelukkigerwijs misgelopen?

In de trein naar Steenwijk had ik er alle tijd voor om daarover na te denken. Weer zag ik voor mij hoe mijn moeder steevast op maandagmorgen, als zij het wasgoed in de voor een halve dag gehuurde wasmachine propte, de witte lakens alvast rijkelijk bevochtigde met haar tranen. Enorme waterlanders waren het altijd, en ze gleden geruisloos, in statige processie, onophoudelijk over haar dieprode wangen naar het wasgoed. Hoewel ik het antwoord al wist, stelde ik haar na verloop van tijd, opkijkend van mijn bibliotheekboek, toch maar weer de vraag: 'Wat is er nou?'

Antwoord gaf ze dan niet, maar ze begon dan echt te snikken. En dat gaf geluid, terwijl die waterlanders in stilte daalden.

Dus dan moest je zelf het antwoord geven. 'Heeft m'n vader in de kerk weer naar een andere vrouw gekeken?'

Mijn moeder knikte en snikte.

'Onder het bidden?'

Nogmaals knikte mijn moeder.

'Maar hoe weet je dat dan? Dan heb je zelf onder het bidden ook je ogen opengedaan, anders kun je dat niet weten.'

'Ik moest wel, anders had ik je vader niet in de gaten kunnen houden.'

'Onder het bidden mag je niet kijken, en als je dat niet gedaan had, had je niks gezien en hoefde je nou niet te huilen.'

'Leef nou eens een beetje met me mee, vroeger ging je zelf ook huilen als ik op maandag zo moest huilen omdat je vader in de kerk onder het bidden naar een ander mokkel had gelonkt.'

'Toen dacht ik nog dat er iets verschrikkelijks gebeurd was, maar zo erg is het toch niet?'

'Zo erg is het niet? Je vader en dat mokkel zaten onder het bidden naar elkaar te knipogen.'

'Als het daarbij blijft...'

'Daarbij blijft? Je weet toch wat de Here Jezus gezegd heeft: wie een vrouw aanziet om haar te begeren, heeft in zijn hart al overspel met haar gepleegd.'

'Dat vind ik een malle tekst,' zei ik, 'want wie is die "wie"? Die wie kan alleen maar een getrouwde man zijn, want een ongetrouwde man kan geen overspel plegen. Dus Jezus had moeten zeggen: als een getrouwde man naar een vrouw kijkt om haar te begeren, heeft hij in zijn hart al overspel met haar gepleegd. En waarom zegt hij het zo? Geldt het andersom dan niet? Wie naar een andere man kijkt om hem te begeren heeft...'

'Vrouwen doen dat niet, die kijken zo niet, dat doen alleen mannen.'

'Daarnet hoorde ik je anders zeggen dat die andere vrouw knipoogde.'

'Dat is geen vrouw, dat is dat mokkel van Van Baalen.'

'Die is foeilelijk, die kun je niet aankijken om te begeren, als je die aankijkt, valt je haar bij bosjes uit.'

'Bij je vader niet, je vader zit er onder het bidden mee te flikflooien, o, o, o, wat moet ik toch beginnen?'

Aangezien de waterlanders vrijwel elke week de vuile was bevochtigden, had ik volop gelegenheid telkens een ander antwoord uit te proberen op haar vraag wat zij moest beginnen. Maar geen enkel antwoord had ooit voldaan, ze bleef rustig doorsnikken, wat je ook aandroeg om haar te troosten of te kalmeren. Ooit, toen ik nog klein was, was ik op de maandagen altijd mee gaan schreien, want ik ging er als peuter zonder meer van uit dat mijn moeder het bij het rechte eind had dat mijn vader een onverbeterlijke vrouwengek was. Maar naarmate ik ouder werd, en mijn belangstelling voor meisjes toenam, was ik er geleidelijk aan van overtuigd geraakt dat mijn vader niets gaf om meisjes. Hij keurde ze, als je met hem op straat liep, geen blik waardig. Hij zag ze niet eens. Ook al wat oudere vrouwen lieten hem totaal onberoerd, terwijl daar toch schoonheden bij waren die mij – ik heb duidelijk een gerontofiele inslag – de adem benamen. (Eén zo'n vrouw kan ik mij nog haarscherp herinneren. Als slagersjongen kwam ik bij haar aan de deur om vleeswaren af te leveren. Op mijn aanbellen opende ze de deur in een peignoir die steevast openviel en waaronder zij niets aanhad. Dan bloosde ik tot ver achter mijn oren en zij werd dan ook knalrood en dan stonden we beiden een poosje op onze benen te trillen. Kwam ik haar op straat tegen in gezelschap van mijn vader, dan viel ik zowat flauw, maar mijn vader schreed onaangedaan voort.)

Toen ik uiteindelijk voor mijzelf ondubbelzinnig had vastgesteld dat mijn moeders beschuldigingen kant noch wal raakten, had ik hevig met mijn vader te doen, want het is rampzalig om er elke week weer van beschuldigd te worden dat je ontrouw bent geweest als je tijdens de kerkdienst alleen maar even naar een andere vrouw hebt gekeken (waarbij dan nog de vraag rijst of mijn vader inderdaad tijdens het gebed zijn ogen had geopend en of hij, als hij eventueel zijn ogen opende en rondkeek, had kunnen vermijden om naar andere vrouwen te kijken, want die zaten immers overal in zijn blikveld), maar ik had ook hevig met mijn moeder te doen, want ze was het slachtoffer van haar eigen kolossale verbeeldingskracht. Ze verkeerde in een permanente staat van paniek, ze was ervan overtuigd dat mijn vader onophoudelijk flikflooide met andere vrouwen. En dat het ook niet bij flikflooien bleef.

Uiteraard was ik destijds nog naïef genoeg om te geloven dat ik mijn moeder ervan kon overtuigen dat ze zich vergiste. Maar wanen kun je niet bestrijden. Erger nog, de waanlijder wordt woedend als je hem of haar ervan probeert te overtuigen dat er sprake is van een groteske hersenschim. Ook bij mijn moeder was er regelrecht sprake van razernij als je haar met klem verzekerde dat er niets aan de hand was. Dus al vrij snel heb ik het opgegeven om haar op andere gedachten te brengen.

En daarom bereidde ik mij er, ook toen ik onderweg was naar Steenwijk, op voor weer nieuwe verhalen over de ontrouw van mijn vader te moeten aanhoren. Anders dan mijn broer en mijn zus, die terstond luid begonnen te roepen: ‘Hou op, stop met die verhalen over pa, we willen het niet meer horen’, was ik geneigd geduldig al die bizarre beschuldigingen aan te horen, deels uit interesse – waar komt ze nu weer mee? – deels om haar de mogelijkheid te geven haar geprangde gemoed te ontlasten, deels om het verschijnsel zelf te bestuderen. Ik denk dat het waar is wat ik een juriste op de buis heb horen zeggen: seksuele jaloezie is de heftigste emotie die de mens kent. Maar hoe te begrijpen dat iemand die hoegenaamd geen reden heeft voor seksuele jaloezie daar desondanks haar hele leven door verteerd is geweest? Mijn broer had op een keer een brainwave. Hij zei tegen mij: ‘Ik begrijp opeens waarom moe er bij pa altijd op aandrong dat hij mij overal mee naartoe nam. Als ik meeging, was hij, met zo’n dreumes erbij, volgens haar veel minder goed in staat iets met een andere vrouw te beginnen.’

Dit is de oudste foto van mijn moeder. Wie de vrouw met de kap achter haar is, weet ik niet, zomin als ik weet wie de man is die daar rechts naast zit. Schuin links achter haar zitten haar vader en moeder. Naast haar zit haar oudste broer Leen.

Een gezinsfoto op het erf van het huis aan de Herenlaan, begin jaren dertig genomen. De jongen met de pet links is Leen. Naast hem zit mijn grootmoeder met Jan op schoot. Tussen mijn grootmoeder en grootvader staat daarachter Teun, en daarvoor Aad. Mijn moeder is het meisje met de vlechten. Voor haar staat Siem. Voor Leen staat Cor. Bep en Jaap zijn nog niet geboren.

Mijn grootmoeder en grootvader in de tijd dat hij bij de huzaren diende.

De kinderen Van der Giessen, minus de laatste, Jaap. Van links naar rechts (ofwel van achteren naar voren): Leen, mijn moeder, Teun, Siem, Cor, Aad, Jan, Bep.

Mijn moeder met haar twee jongere zussen. Op haar arm houdt ze Bep, het andere meisje is Aad.

Een fraaie foto van mijn moeder getooid met een hoed.

Boven: Mijn moeder, mijn vader, mijn zus Leny en ik.
Onder: Mijn tante Corrie en mijn oom Cor.

Mijn moeder en vader in 1967.

'En daarom,' zei ik, 'ben ik toen jij daar nog te klein voor was, door moe ook altijd overal heen met pa meegestuurd.'

In Steenwijk huurde ik (je had toen helaas nog geen ov-fietsen) een rijwiel. Het was prettig fietsweer. Een kalm oostenwindje blies nu eens van opzij in mijn gezicht, en dan weer schuin in mijn rug. Het duurde vrij lang voor ik de bossen van de Maatschappij van Weldadigheid had bereikt. Ze hebben er indertijd liniaalrechte wegen doorheen aangelegd. Overal staan nog de huisjes van de kolonisten.

Ik bereikte het ven. De zon scheen, kalmerend rimpelde het water. Van mijn moeder geen spoor. Zou ze reeds verdwaald zijn? Hoe eigenaardig om genoodzaakt te zijn met je eigen moeder bij een vennetje een geheime afspraak te maken. Ik zette mijn fiets neer, ging op een bankje zitten en wachtte. Als ik nu eens, voor ze weer vuur spuwt over mijn vader, naar oom Jaaps belangstelling voor andere vrouwen zou vragen? Op enig moment zou ook haar Jaap te maken krijgen met haar unieke verbeeldingskracht. Of was het hachelijk om naar Jaap te vragen? Zou ze dan meteen weer overschakelen op mijn vader? Misschien kon ik beter over haar jeugd beginnen. Wie weet zou ik dan iets nieuws horen over mijn grootvader of over die jongeman wiens naam in mijn bewaarschooltijd steeds langs was gekomen: Geert Veerhoek. Ja, dacht ik, dat doe ik, ik vraag naar Geert Veerhoek.

En toen ik dat besluit had genomen, kwam ze opeens aanfietsen. 'Zo, varkenbeest, ben je er al,' zei ze.

'Ik ben er nog maar net,' zei ik.

Ze zette haar fiets neer en ging naast me zitten. 'Ik moet je iets vertellen,' zei ze.

O, mijn God, dacht ik, daar komt het volgende verhaal over de ontrouw van mijn vader.

'Jaap heeft zo'n moderne telefoon,' zei ze, 'zo'n telefoon waarin je nummers kunt opslaan van mensen die je vaak belt. Dan hoef je nog maar één toets in te drukken en je hebt zo iemand aan de lijn.'

'Dat is vast erg handig,' zei ik, 'maar voor mij is dat te moeilijk, ik toets toch maar liever zo'n heel nummer in.'

'Ik ben er ook niet zo weg van, al die nieuwigheden,' zei mijn moeder, 'daarin lijken we toch erg op elkaar, zoals we in alles erg veel op elkaar lijken, maar ja, Jaap is wel pienter hoor, die weet hoe je met zo'n telefoon moet omgaan. En weet je wat hij had bekokstoofd? Nadat z'n vrouw was gestorven, zijn d'r al snel allerlei andere mokkels om hem heen gaan fladderen en zweven. Van de meeste moest hij niks hebben, maar een stuk of zes van die mokkels, nou, daar was hij niet vies van, en van die zes mokkels heeft hij nou de nummers in zijn toestel staan. Eén druk op de knop en hij heeft een van die mokkels aan de lijn. Jou hoef ik heus niet te vertellen dat ik daar helemaal niet gek op ben, dat ik daar niks van moet hebben, dat snap je zo wel, dus wat heb ik nou gedaan? Ik heb die zes nummers een beetje veranderd. Dus als hij nou één zo'n toets indrukt, krijgt hij een wildvreemd iemand aan de lijn. Verkeerd verbonden. Hij snapt er maar niks van.'

'Ik sta ervan te kijken dat het je gelukt is om die zes nummers te veranderen. Hoe heb je dat voor elkaar gekregen?'

'Jaap is erg precies, die bewaart alle handleidingen, dus van z'n telefoon had hij ook de handleiding bewaard. Nou, die heb ik van voor naar achteren en van achteren naar voren helemaal uitgespeld, en toen wist ik hoe ik die nummers een beetje moest veranderen. Je hoeft maar een getalletje uit zo'n nummer te veranderen, en je hebt al beet. Je maakt van een twee een drie, en klaar is Kees.'

'Maar is het nou zo erg als hij af en toe eens zo'n oude vriendin belt?'

'Dat heeft hij maar te laten,' stoof mijn moeder op, 'hij is nou met mij getrouwd.'

'En daarom maakt hij hoogstens een praatje met zo'n vroegere vriendin.'

'Van het een komt het ander.'

'Zo'n man is het niet.'

'Zo'n man is het niet? Hoe weet jij dat nou? Het is een man, en alle mannen zijn van hetzelfde laken een pak, al liggen ze op hun sterfbed, dan nog... Toen ik die laatste avond in dat Holy Ziekenhuis bij je vader wegging, keek ik bij de deur nog even om. Toen had hij al helemaal geen oog meer voor mij, hij keek z'n ogen uit naar zo'n verpleegstertje, zo'n wicht. Ik zwaai nog, maar niks hoor, hij zag me niet meer, hij was alweer in trance van een ander mokkel, en de volgende dag was hij foetsie. Mannen... ze zijn allemaal hetzelfde. Al zijn ze op sterven na dood, al rochelen ze al, dan nog hebben ze er zin in. Vreselijk is het.'

'En Geert Veerhoek dan? Was dat ook zo'n man?'

'Hoe kom je d'r nou opeens bij om over Geert Veerhoek te beginnen?'

'Ik kon vannacht niet slapen en moest opeens aan Geert Veerhoek denken.'

'Jij? Wat weet jij nou van Geert Veerhoek af?'

'Dat is het hem nou juist, je hebt het, toen ik nog op de bewaarschool zat, vaak over hem gehad, en altijd als die naam langskwam, was je in tranen. Zo langzamerhand wil ik wel eens weten wat je met die Geert Veerhoek hebt uitgespookt.'

'Wat ik... nou, nou, nou... 't Was een knechtje van m'n vader, nou, je weet hoe mijn vader was, in heel Maasland was geen ergere potentaat, geen groter mispunt dan m'n vader, geen knecht die 't langer dan een week bij hem uithield, maar Geert... Dat je nou toch over Geert Veerhoek begint, daar sta ik van te kijken, want vannacht moest ik ook aan hem denken, och, Geert... Geert...'

'Kon Geert dan wel met je vader overweg?'

'Nee, natuurlijk niet, niemand kon met hem overweg, maar Geert was nog erg jong, Geert was net veertien toen hij bij mijn vader in dienst kwam, ach, het was zo'n lieve, lieve jongen.'

'Voor de draad ermee, wat deed je met die lieve jongen?'

'Wat had ik met hem moeten doen? Ik was net elf toen Geert bij ons kwam. Maar... kijk... nou goed, als je 't weten wilt... Geert is bij me komen slapen.'

'Bij je komen slapen? Een meisje van elf?'

'D'r gebeurde niks, en ik weet ook niet goed meer hoe dat zo gekomen is, maar hij kroop d'r altijd 's nachts bij me in, en dan lagen we dicht tegen elkaar aan, lekker warm was het, en dan sliepen we samen.'

'En dat werd niet gemerkt?'

'Nee, gelukkig niet, want de wereld zou te klein geweest zijn als ze dat hadden geweten. Hij kwam elke nacht heel zachtjes over de zolder aangeslopen, o, wat kon hij zachtjes over die zolder uit de voeten, een muis was d'r niks bij, en dan gleed hij zo m'n bed in, meestal sliep ik al half, maar dan schoof ik toch een beetje op, en dan nestelde hij zich naast me, nou, da's alles, nou weet je het.'

'Da's alles? Ik snap d'r niks van. Je sliep daar op zolder met zes broertjes en twee zusjes, die lagen er ook, die lagen om je heen, en die merkten er niks van dat Geert elke avond bij je in bed kroop?'

'Ik was elf, Jan en Bep en Jaap waren nog niet geboren, dus ik sliep daar met vier broertjes en een zusje, dat had je toch zelf wel kunnen bedenken, da's toch niet zo goochem van je, nee, Leen en Teun en Siem en Cor en Aad sliepen dan allemaal al, dat hebben ze nooit gemerkt.'

'Dat kan bijna niet.'

'Die hebben nooit wat gemerkt,' herhaalde mijn moeder koppig, 'en da's maar goed ook, want anders hadden ze d'r zeker iets over gezegd tegen m'n vader. Vaak genoeg hebben Geert en ik in bed liggen bibberen, zo bang waren we dat m'n vader iets zou merken, we waren als de dood voor m'n vader, wat een kreng was dat toch, o, die vader van me, iedereen was doodsbang voor hem.'

'Klopt. Ik ook.'

'Alleen je vader was niet bang, die was nergens bang voor, dat moet ik hem nageven, dat hij nergens bang voor was, terwijl ik... ik ben overal bang voor, d'r loopt haast niemand in de wereld rond die zo'n grote bangerd is als ik, al kom jij ook een heel eind, maar bij mij is het toch nog erger. En voor mijn vader... voor niets en niemand ben ik banger geweest dan voor m'n vader. Als die 't op z'n heupen kreeg... Hij heeft ouderlingen het huis uit geranseld. Twee stuks, en ze toen zowat in de sloot langs de Herenlaan verzopen, ik zie ze nog de Herenlaan afhinken. Dus dat Geert en ik lagen te beven en te bibberen is niet zo vreemd, maar d'r is nooit wat gebeurd, elke nacht gleed hij mijn bed in.'

'Hoelang heeft dat geduurd?'

'Toen ik zelf veertien was, begon ik het een beetje vreemd te vinden, zo'n jongen bij me in bed, toen heb ik gezegd: Geert, laten we ermee stoppen, slaap jij voortaan maar weer in je eigen bed. En toen is hij ook nooit meer bij me in bed gekropen.'

'Dus je hebt drie jaar in alle eer en deugd met een knecht van je vader de nacht doorgebracht, in één bed geslapen. Nou, dat lijkt me tamelijk uniek.'

We zaten een poosje naar het rimpelende water te kijken. Ik zei: 'Hield je van hem?'

'Nou en of.'

'Waarom ben je dan niet met hem getrouwd?'

'Hij was te bleu om het me te vragen en ik was te bleu om hem een zetje te geven, en hij was niks meer dan een knechtje en ik was een tuindersdochter.'

'Toch was hij niet bleu genoeg om niet bij je in bed te kruipen.'

'Hij was zo lief, hij was te lief, maar spijt... ja, ik heb d'r wel spijt van gehad.'

'Was je met hem getrouwd, dan heette ik nu Maarten Veerhoek. Mooie naam.'

'Niks hoor, dan was je vernoemd naar zijn vader, en die heette Krijn, dus dan heette je nu Krijn Veerhoek. Was ik met hem getrouwd, dan was ik nog veel eerder weduwe geworden dan ik nu al weduwe geworden ben. Ik hoorde dat hij op sterven lag, ik wou zo graag naar hem toe om afscheid te nemen, maar ik dorst niet, vanwege je vader.'

'Zou die het niet goed hebben gevonden als je afscheid van hem was gaan nemen?'

'Ik weet het niet, ik dorst er doodgewoon niet over te beginnen, ik heb d'r de rest van m'n leven hartzeer van gehad. Geert Veerhoek... och, och, och, Geert Veerhoek. Dat je nou toch over Geert Veerhoek moet beginnen, net terwijl ik vannacht aan hem dacht.'

We zaten een poosje naar het vennetje te staren, mijn moeder en ik. Mij leek zo langzamerhand het moment gekomen om weer uit elkaar te gaan, maar toen zei mijn moeder: 'Vannacht schoot me ook nog wat anders te binnen, en dat wil ik je nou eens even vertellen, want aan Arie en Leny kan ik het niet kwijt, die willen niks meer horen over je vader.'

Daar komt het, dacht ik, en ik dacht ook: laat haar maar. Na die bekentenis over Geert Veerhoek kan ik het wel aan.

'Je vader was naar een vergadering van de mannenvereniging. Op een donderdagavond. Het werd later en later, hij kwam maar niet terug.'

'Het werd daar vaak laat, ze bespraken ingewikkelde kwesties, zoals de samenstelling van het ontbijt van Elia dat door raven werd klaargemaakt en aangereikt.'

'Drijf er maar weer de spot mee, vreselijk is dat, zo'n zoon. En breng me nou niet van de wijs. Het werd later en later, ik werd gruwelijk ongerust. Ik schoot m'n mantel aan en rende de Patijnestraat uit, de Jokweg door, de Nieuwstraat uit, de Wip op. Buiten adem kwam ik aan in het Zeemanshuis. En ja, het hele spul was allang weg, maar je vader zat er nog, hij rookte een sigaretje en zo'n snertmeid was bezig de boel af te ruimen, ze hadden de schoonste lol samen. Pau, riep ik, ben je nou helemaal betoeterd. Dus toen ging hij mee, maar ik zag dat hij dat mormel een knipoog gaf, dus ik dacht: die hebben wat afgesproken met mekaar. Dus toen ben ik de volgende morgen stilletjes achter hem aan gelopen toen-ie naar z'n werk ging. Het was even voor half acht, het was gelukkig nog donker, hij ging eerst naar het magazijn, dus toen heb ik me een beetje verstopt achter de molen en op hem gewacht, en ben ik weer achter hem aan gegaan. Hij kwam bij het graf aan, ging het graf op, en ik ben in de donker langs het hek gaan stiefelen, ik kon aardig goed zien wat hij uitspookte. Om half tien moest ik wel terug naar huis om koffie te maken om hem dat te kunnen brengen, dus toen ben ik even weggeweest, al met al toch wel een klein halfuurtje. Maar toen ik terugkwam met de koffie zag ik aan z'n glunderende toet dat ze in de tussentijd langs was geweest en dat ze in het lijkenhuisje...'

'In het lijkenhuisje? Dat griezelige hol?'

'Je hebt er toch een soortement bed voor nodig, en daar staat zo'n houten bed op schragen waar ze drenkelingen op leggen...'

'En daar zouden ze...?'

'Waar anders? In het baarhuisje? Nee, natuurlijk niet, daar kan altijd opeens iemand binnenvallen. In de kapel idem. Niks hoor, ze zijn met z'n tweeën in het lijkenhuisje gekropen, dat weet ik honderd procent zeker, ik zag het aan z'n glunderende toet... O, o, zo'n man, mijn moeder had al voor hem gewaarschuwd, m'n moeder zei altijd, die 't Harten deugen niet, daar zit veel te veel vrouwenvlees aan. Ik zei een keer, we waren toen nog niet eens verloofd, tegen hem: Pau, we moeten er een punt achter zetten, dit gaat helemaal niet. Toen is hij zo vreselijk gaan huilen, dus toen heb ik toch maar weer de hand over m'n hart gestreken. Maar ja, wat heb ik dat moeten bezuren, zo'n man die achter elke rok aan rent.'

Ze verhief zich van de bank, zei: 'En jij? Jij bent geen haar beter, jij hebt een lieffie in Schiedam.'

'Een lieffie in Schiedam,' zei ik stomverbaasd, 'hoe kom je daar nou bij?'

'Ik hoorde laatst dat je een lezing had gegeven in Schiedam, nou, waarom zou je daar nou anders een lezing geven dan omdat je daar een lieffie hebt zitten.'

'Ik geef overal lezingen,' zei ik.

'Dan heb je overal lieffies zitten,' zei ze.

Ik werd nijdig. Dom natuurlijk, want tegen paranoia is geen kruid gewassen. Maar dat mij voor de voeten werd geworpen dat ik een lieffie had in Schiedam, kon ik slecht verkroppen. Dus ik zei nogal gramstorig: 'Ik zou maar gauw naar huis fietsen. Een van die zes mokkels die om jouw Jaap heen fladderden zit nou vast bij hem op schoot.'

'Zou je denken? Nee, nee, Jaap is zo'n soort man niet.'

Ik had al spijt van wat ik had gezegd. Ik zei: 'Ik jende je alleen maar een beetje.'

'Dat wist ik wel,' zei ze, 'ik ken m'n varkenbeest.'

Ze liep naar haar Fongers. 'Ik ga weer fietsen,' zei ze, 'ik heb nou het windje mee, dus ik ben in een ommezien terug in Diever. Ik heb alleen nog iets voor je.'

Ze pakte uit haar fietstas een groen tubetje.

'Wat is dat nou?' vroeg ik.

'Da's een lang verhaal,' zei mijn moeder, 'maar ik heb haast, dus even in 't kort. Je weet dat ik altijd maar zere ogen heb, en ik klaagde erover tegen Jaap en die zei: "Ga dan naar de dokter." Hoe ik over dokters denk weet je, maar hij bleef aandringen en hij zei steeds: "We hebben hier een sterdokter", dus toen heb ik me mee laten slepen, en die dokter gaf me een zalfje voor m'n zere ogen. Dus ik smeer dat zalfje voorzichtig op m'n ogen, maar 't hielp natuurlijk geen steek. Omdat ik, toen ik dat spul op m'n ogen wou gaan smeren, nogal hard in het tubetje had geknepen, bleef er nog wat van dat goedje over en dat kwam op m'n handen terecht. Dat restje heb ik toen maar over m'n nagelriemen heen gemasseerd. Je zal 't niet geloven, maar al m'n hele leven heb ik kapotte nagelriemen, en ik smeer d'r een zalfje op voor mijn zere ogen en in twee dagen – geen kapotte nagelriemen meer. Je moet dat zalfje ook eens proberen, want jouw nagelriemen zijn ook altijd kapot, 't is toch wat met medicijnen, waar 't voor bedoeld is, helpt het nooit, en voor iets anders is het een zegen, je hebt het met pillen ook altijd. Pak aan, dat moordzalfje, smeer het op je nagelriemen, je weet niet wat je meemaakt.'

'Ja, maar dan heb je zelf niks meer.'

'Als m'n nagelriemen weer splijten, ga ik weer naar die sterdokter en zeg ik dat m'n ogen weer zeer doen en dat ik nog zo'n groen tubetje wil hebben, dat komt wel goed, maar nu ga ik, het is de hoogste tijd.'

Het was duidelijk dat ik haar ongerust had gemaakt. Ik had er de pest over in. Het was toch mijn moeder, hoezeer ook getekend door, geketend aan een afschuwelijke vorm van paranoia.

's Avonds laat belde ze me op.

'Jaap ligt er al in, ik kan het even waarnemen. Toen ik thuiskwam was Jaap er tamelijk zielig aan toe omdat hij al die tijd alleen was geweest. Niks geen mokkel op schoot, als je dat maar weet.'

'Maar dat wist ik toch al, het spijt me dat ik je op stang heb gejaagd.'

'Het geeft niet, en ik vond het een erg, erg leuk tochtje, ik hoop dat we in de gelegenheid komen om het nog eens te doen.'

Maar al spoedig hoefden er geen geheime afspraken meer gemaakt te worden. In razend tempo takelde oom Jaap af. In een mum van tijd was hij dement en herkende hij niemand meer. Als ik in Zorgvlied aanbelde, deed hij de deur open en zei: 'Goedenmiddag, meneer, wat leuk, wat enig dat u op bezoek komt.'

Dementie

Hoewel mijn moeder in Zorgvlied aanvankelijk opbloeide – vooral denk ik omdat ze opeens met een man verkeerde die in een bungalow woonde en in het bezit was van een automobiel – begon zij warempel al snel terug te verlangen naar mijn zus en vooral naar mijn broer. Zelfs tegen mij klaagde ze erover dat ik zo ver bij haar uit de buurt woonde. Maar het kan zijn dat iets anders haar nog meer dwarszat: de toestand van mijn stiefvader. Aanvankelijk kortstondig verliefd – ik heb zelfs sprakeloos van verbazing aanschouwd dat zij hand in hand met mijn stiefvader bij mijn zus thuis op een bank zat – kwam zij er toch al snel achter dat Jacob Lock niet alleen toegerust was met wat minder aangename trekjes (wie niet trouwens die je beter leert kennen?), maar bovendien al vanaf het moment dat zij hem had leren kennen, in het allereerste stadium verkeerde van datgene wat destijds nog niet werd aangeduid met de naam 'ziekte van Alzheimer'. Of hier sprake is van een echte ziekte staat mijns inziens trouwens te bezien. De man naar wie de ziekte vernoemd is, heeft in 1910 ziekteverschijnselen geconstateerd bij een patiënte, Auguste D., die nu niet als symptomen van de ziekte van Alzheimer geduid zouden worden. In de loop der jaren is de ziekte als het ware van karakter veranderd. Is alzheimer hetzelfde als ouderdomsdementie? Nee, want alzheimer kan zich reeds bij jongere mensen manifesteren. Maar toch zijn de meeste alzheimerpatiënten vrij oud, en van wezenlijk verschil met datgene wat vroeger dementie heette lijkt mij nauwelijks sprake. Zoals er ook weinig verschil is tussen vasculaire dementie (vroeger aderverkalking geheten) en de ziekte van Alzheimer. Eertijds werd trouwens niet het woord dementie gebruikt, maar het woord 'kinds'. En is de ziekte van Alzheimer makkelijk te onderscheiden van de ziekte van Korsakov? Ook nauwelijks, want in de praktijk is het voornaamste symptoom dat beide ziektes gemeen hebben verlies van het kortetermijngeheugen. Kan er bij mijn stiefvader sprake geweest zijn van korsakov? Voor zover ik weet heeft hij zich nooit schuldig gemaakt aan excessief alcoholgebruik. Hoe het ook zij, alzheimer of dement of kinds of korsakov, bij mijn stiefvader viel opeens het vermogen weg om zich de namen van zijn kleinkinderen te herinneren. Een stap verder en hij herkende mij niet meer, waardoor ik met mijn broer samen probleemloos mijn moeder in Zorgvlied kon bezoeken. Bij die bezoekjes viel mij steeds op hoe buitengewoon angstig hij was. Een auto kon hij niet meer besturen. En dat terwijl mijn moeder dat nu juist zo prachtig had gevonden: een echtgenoot met een eigen auto waar je, gehuld in een vorstelijke wintermantel, zomaar in en uit kon stappen. Hoezeer ze daarmee, als symptoom van statuswinst, in haar schik was geweest, blijkt wel uit het feit dat mijn stiefvader in de wittebroodsmaanden keer op keer had verklaard: Lena lacht altijd. En dat over mijn moeder, van wie ik mij mijn hele jeugd door nauwelijks ook maar enige vrolijke lach kan herinneren, laat staan een schaterlach. Lachen was immers pas voor later, voor in de hemel. Op aarde lachte je niet. (Toen ik in het eerste jaar van mijn studie bij mijn tante Anna in Leiderdorp woonde, constateerde ik keer op keer vol verbazing dat mijn tante vrolijk lachte. Een lachende vrouw, dat was ik totaal niet gewend.)

Maar het lachen is haar snel vergaan, daar in Zorgvlied, en daarom wilde zij terug naar waar zij vandaan kwam. Zolang echter mijn stiefvader nog bij zinnen was, hoefde zij daarover niet te beginnen, maar toen hij, inmiddels vijf jaar met mijn moeder getrouwd, wegzonk in het schemergebied van de dementie, zag zij haar kans schoon om door te zetten wat zij al minstens drie jaar van plan was: verhuizen naar Maasland. Of dat, gelet op het feit dat alzheimerpatiënten sneller achteruitgaan als zij uit hun vertrouwde omgeving weg zijn, voor mijn stiefvader wel zo heilzaam was, staat te bezien, maar ook al zouden wij dat mijn moeder onder ogen hebben gebracht, dan nog zou zij zijn blijven roepen: weg uit Zorgvlied. Dus nam ik contact op met makelaardij De Maeslanden op de Veerstraat in Maassluis en bezichtigden wij twee huizen in Maasland. Mijn stiefvader was bij beide bezichtigingen aanwezig, maar mijn moeder hield totaal geen rekening met zijn wensen en verlangens. Ik zie hem nog aarzelend rondsloffen, rondzwalken in beide huizen. Het was alsof hem de keuze werd geboden tussen een kerker en een tuchthuis. Hij was zo doodongelukkig dat ik er beroerd van werd en zelfs met hem te doen kreeg, ook al had hij mij vanwege het feit dat ik een godloochenaar was eertijds de toegang tot zijn bungalow ontzegd. Inspraak bij de keuze werd hem niet gegund, ofschoon hij toch, door verkoop van zijn vrijstaande woning te Zorgvlied voor de fondsen moest zorgen om het Maaslandse droompaleis te bekostigen. Mijn moeder koos voor een tussenhuis op de 's-Prinsensingel, hoewel mij een hoekhuis op diezelfde van veel groen en een fraaie waterpartij voorziene Singel een stuk aantrekkelijker leek. Maar ja, zo'n hoekhuis, met aan één zijde een blinde muur, daar konden straatjongens, akelige wezens die zelfs in Maasland voorkwamen, zomaar een bal tegenaan schieten, dus dat hoekhuis kwam niet in aanmerking.

Eenmaal verhuisd naar Maasland, was er van mijn stiefvader weinig meer over. Tot grote ontsteltenis van mijn moeder herkende hij al snel ook haar niet meer en sprak hij haar aan als mevrouw. (Mij verbaast het intussen dat alzheimerpatiënten, hoever ze ook heen zijn, dus nog wel degelijk onderscheid kunnen maken tussen de geslachten en kunnen herkennen of ze met een man of een vrouw te maken hebben.)

Kwam je op bezoek, dan werd je allerhartelijkst begroet. 'Dag meneer, wat leuk dat u langskomt.' Van ernstige gedeprimeerdheid leek geen sprake, maar toch had ik het gevoel dat vlak onder de oppervlakte hevige angst sluimerde, angst die zich ieder moment in de vorm van blinde paniek zou kunnen manifesteren. Mij lijkt het een mythe dat alzheimerpatiënten zelf niet lijden, in tegenstelling tot hun echtgenoten of echtgenotes of naaste familieleden. Zeker, die lijden, daar is geen twijfel over mogelijk, maar vergis je niet, alzheimerpatiënten lijden zonder enige twijfel vaak ook, alleen kunnen ze hun verdriet slecht uiten. Als het noodlot je treft dat je kinds wordt, ben je zelf doorgaans ook doodongelukkig.

Ofschoon mijn stiefvader mijn moeder als 'mevrouw' aansprak, was er vooralsnog geen reden om hem af te voeren naar een verpleeghuis. Dus enige tijd woonde hij op de 's-Prinsensingel, uitkijkend over de waterpartij voor de deur en luisterend naar het vredige bladgeritsel van de grote treurwilg die het uitzicht vanuit de woonkamer domineerde. Het werd anders toen mijn stiefvader, een buitengewoon nette man, daar kan geen twijfel over bestaan, in vertwijfeling op zoek naar het toilet waarvan hij niet meer wist waar het zich bevond, dan maar alvast zijn broek uittrok en aanstalten maakte zijn grote boodschap in de woonkamer of de keuken te deponeren. Zodra mijn moeder waarnam dat hij zijn broeksknopen losmaakte, greep ze hem vast en dirigeerde hem in de richting van het toilet. Daar aangekomen deed ze deur open, en duwde hem naar binnen. Omdat hij dan doorgaans meteen weer naar buiten wilde komen, barricadeerde zij de deur. En dan liet ze hem daar zitten, en belde mijn broer op, want ze wist dat hij, als ze hem na een flinke tijd weer vrijliet, haar zoals ze dat zelf steeds plastisch verwoordde 'boksend als een kangoeroe' te lijf ging, nog kwaad over het feit dat ze hem het toilet had ingeduwd. Mijn opgetrommelde broer trof hem dan totaal ontredderd en totaal vervuild op het toilet aan, met in zijn rechterhand doorgaans een drol. Die hand strekte hij dan uit naar mijn broer en hij zei dan alleen maar: 'Ook?'

Al vrij snel derhalve na de verhuizing naar Maasland gaf mijn moeder te kennen dat de toestand onhoudbaar was geworden en dat oom Jaap, zoals wij hem allemaal noemden, opgenomen moest worden in een verpleeghuis. Inmiddels waren er natuurlijk ook al maatschappelijk werkers en vergelijkbare dienstverleners bij de zaak betrokken geraakt, en die deelden de mening van mijn moeder niet. Afgezien van zijn soms opflakkerende kangoeroe-onhebbelijkheden en zijn toiletbezoekgedrag, was hij iemand die nog best thuis kon blijven wonen, vooral ook omdat hij goed verzorgd werd door mijn moeder. Wel kon oom Jaap op een wachtlijst geplaatst worden, maar dan moest toch gerekend worden met een wachttijd van anderhalf à twee jaar eer hij in geriatrisch centrum DrieMaasHave zou kunnen worden opgenomen. (In mijn woonplaats Warmond heet het psychogeriatrisch centrum Mariënhaven. Wat eigenaardig toch, dat gebruik van het woord 'haven'. Alsof de alzheimerpatiënt een schip is dat in de haven aan een ketting moet worden gelegd. Of zou have een verbastering zijn van hoeve?)

Over wat zich vervolgens, nadat mijn moeder nog maar weer eens op een barse weigering was gestuit bij haar pogingen oom Jaap opgenomen te krijgen, heeft afgespeeld, lopen de lezingen uiteen. Eerst maar het verhaal van mijn moeder zelf.

'Op een maandagmiddag kreeg ik het weer vreselijk met hem aan de stok toen hij van de wc kwam. Hij bokste weer als een kangoeroe, en ik kreeg de kans niet om Arie te bellen. En als ik Arie gebeld had, zou die toch ook niet een, twee, drie bij me op de stoep hebben gestaan om me te helpen, dus toen ben ik het huis maar uit gerend, en ik heb mijn fiets gepakt en ben toen linea recta doorgereden naar m'n zus Aad. "Mag ik hier vannacht bij jou op de divan slapen," heb ik haar gevraagd, en op die divan heb ik toen een hele nacht liggen kreunen en steunen. Geen oog heb ik dichtgedaan en 's morgens was ik er vreselijk aan toe en toen werd er aangebeld en stond er een of ander mokkel voor de deur, al helemaal onder de lak en nikkel en netjes opgepoetst. Ik weet niet waar ze van was, maar ze deed net alsof ze al overal van af wist en ze keek me aan, en je kon zien dat ze zichzelf al helemaal had klaargestoomd om flink tegen mij van leer te trekken, en ze keek en ze keek, en ze zag m'n verfrommelde kleren, want die had ik niet uitgedaan, ik had de hele nacht met kleren aan op die divan gelegen, en ze zag m'n gezicht, ik zag eruit alsof ik al dood was, ze schrok vreselijk, en ze zei toen alleen maar: "Ik zal er werk van maken." Meer zei ze niet, ze zei alleen maar: "Ik zal er werk van maken", en nog diezelfde dag hebben ze Jaap opgehaald en naar DrieMaasHave gebracht. Later vonden ze het toch nog nodig om me op m'n kop te geven, want datzelfde mokkel, weer helemaal onder de lak en nikkel en opgepoetst als een veilingschuit op weg naar een bloemencorso, kwam aan de deur op de 's-Prinsensingel en begon toen toch nog tegen mij uit te varen. Dat ze hem 's morgens vroeg rechtop zittend op de bank hadden gevonden en dat ze daaruit begrepen hadden dat hij daar al de hele nacht had gezeten, en misschien nog wel langer en dat hij van onder tot boven onder de drek zat, dat hij helemaal van top tot teen bevuild was, te smerig was om nog aan te raken – allemaal mijn schuld omdat ik hem in de steek had gelaten, maar ik geef het je te doen om voor iemand te zorgen die alleen nog maar mevrouw tegen je zegt en niks van je wil aannemen, en vreselijk zit te knoeien met z'n eten en alles onder morst, nou ja, dat was allemaal nog te overzien geweest, maar... maar... iemand die van de wc komt en dan – echt, het ging niet meer, ik ben heus wel wat gewend geweest, m'n moeder stak geen poot uit, dus ik moest voor m'n broertjes en zusjes zorgen, en die waren ook niet altijd even zindelijk, maar dit... En ik heb voor jou gezorgd, nou, als er één viespeuk is, ben jij 't wel, een varkenbeest ben je, jij had d'r ook plezier in om je drollen uit je potje te vissen en schaterend uit te delen, wat dat aangaat had ik al een leerschool achter de rug, maar goed, dan heb je met een kind van twee te maken, en daar kun je dan flink op brommen, en dan laat hij dat de volgende keer misschien wel uit z'n hoofd, maar een man van over de zeventig... Echt, heus, het ging niet meer.'

Nu het verhaal van de echtgenoot van mijn zus Leny, die als hulpverlener bij het Riagg heeft gewerkt.

'Ik zei tegen je moeder: als ze je aan het lijntje houden en tegen je zeggen: hij komt op een wachtlijst, over twee jaar is er plaats, moet je, daar zit dan niks anders op, een crisis forceren. En een crisis forceer je door weg te lopen. Daarmee laat je dan zien dat je niet meer in staat bent voor zo iemand te zorgen. Dus loop op een keer weg, en zeg mij dan dat je weggelopen bent. Nou, dat heeft ze toen gedaan, ze is weggelopen en heeft me gebeld en gezegd: Jan, ik ben weggelopen, en ik heb toen diezelfde avond nog een dokter gebeld en verteld wat er aan de hand was, en die dokter is toen meteen na mijn telefoontje gaan kijken en trof hem sterk vervuild aan, rechtop zittend op de divan. Nou, dus toen hebben ze er vrijwel onmiddellijk werk van gemaakt en hem opgenomen in DrieMaasHave.'

De afstand van het huis van mijn moeder tot het geriatrisch centrum DrieMaasHave is ongeveer vijf kilometer. Een busverbinding, rechtstreeks van de 's-Prinsensingel naar DrieMaasHave, zou reuze handig zijn geweest, maar zo'n busverbinding bestond er niet. Wilde je van de ene locatie naar de andere met een bus, dan moest je een keer of vier overstappen en was je een halve dag onderweg. Er zat voor mijn moeder dan ook niet veel anders op dan maar te fietsen. Dus ze heeft, zolang haar man Jacob Lock in DrieMaasHave vertoefde – ruim drie jaar – elke dag in weer en wind die vijf kilometer heen en vijf kilometer terug gefietst. Een waarlijk heroïsche prestatie, gelet op het feit dat mijn moeder toen reeds ernstig leed aan de ziekte van Parkinson (de diagnose is weliswaar nooit officieel gesteld, maar alle symptomen van de ziekte waren aanwezig). Omdat mijn moeder die afstand slecht overbruggen kon zonder onderweg even uit te rusten, stapte ze halverwege bij een uitspanning af en bestelde daar dan een kop koffie. Omdat zij met haar toen al hevig bevende parkinsonhanden het koffiekopje nauwelijks op kon tillen, vroeg zij om een rietje. Daarmee wilde ze dan haar koffie opdrinken. Dat rietje werd haar steevast geweigerd, dus zij heeft zo'n duizend keer achter dampende koffie gezeten die zij niet opdrinken kon. Want ging zij daar zitten zonder iets te bestellen, dan werd zij weggejaagd. Ze heeft mij gevraagd daar te gaan praten om het bedienend personeel ervan te overtuigen dat in haar geval een rietje noodzakelijk was. Ik heb het management van de uitspanning gesproken en men beloofde medewerking, maar desondanks werd haar keer op keer een rietje geweigerd.

Kwam mijn moeder aan op de kamer van haar man in DrieMaasHave, dan werd zij altijd vrolijk begroet. 'Dag mevrouw, wat leuk dat u gekomen bent.' Eén keer echter, en ook niet meer dan één keer, stapte zij de kamer van Jacob Lock binnen en trof hem snikkend aan. 'Lena,' zei hij tegen haar, 'waarom zit ik hier, wat doe ik hier, waarom mag ik niet met jou mee terug naar huis?'

Mijn moeder heeft een paar keer geprobeerd mij dat te vertellen en elke keer dat zij haar verhaal begon, raakte zij totaal overstuur. Ik denk dat er in haar hele leven nooit iets is voorgevallen dat haar meer pijn heeft gedaan.

In die jaren dat zij elke dag door weer en wind heen en weer fietste, drong zich in toenemende mate een probleem aan haar op dat ik in de alsmaar uitdijende alzheimerliteratuur nog nooit behandeld heb gezien, maar ja, ik heb lang niet alles gelezen. Wat mij verbaast, is dat ik het in al die boeken van schrijvers en schrijfsters over hun dementerende vaders en moeders nimmer ben tegengekomen. Voor mijn moeder was het een nijpend probleem. Haar man was zijn verstand kwijtgeraakt, was kinds geworden, maar toch ook weer niet zo kinds dat hij totaal onaanspreekbaar was. En er was één onderwerp dat zij met hem bespreken wilde: hoe stond het in deze schemertoestand van zijn bewustzijn met zijn geloof? Sluimerde dat nog ergens? Was er nog enig besef van de Heere en Zijn dienst? Kon er nog met hem gebeden worden? Mijn moeder probeerde het. Had ze het maar niet gedaan. Fel verzet was haar deel. Zijn handen vouwen – geen sprake van. Zijn ogen sluiten, hoe durfde ze het voor te stellen? Maar hoe kon dat? Voor de wijzen en verstandigen, zei de Bijbel, was het verborgen, maar aan de kinderkens was het geopenbaard (Mattheus 11 vers 25). Jacob Lock was kinds geworden, een kindeke geworden, en toch leek het alsof hij opeens niets meer wilde weten van de enige en waarachtige en volkomen leer der zaligheid. Was het aan hem dan niet geopenbaard?

En dan te bedenken dat mijn stiefvader, voordat alzheimer toesloeg, nog strakker en rechter in de leer was dan mijn moeder. En dat wil wat zeggen! Vol trots had ze mij menigmaal toegevoegd: 'Het is echt een EO-mannetje, de Heere is zijn Rots en Toevlucht, daar kan ik nog een voorbeeld aan nemen.'

Wat zou ik graag weten hoe het fenomeen geloof in ons brein zijn beslag krijgt. Tref je in het gelovige brein andere eiwitconfiguraties aan dan in een atheïstisch brein? Of zit het geloof vooral verstopt in de synapsen? Of in de dendrieten van de hersencellen? Of zijn bij gelovigen de aminozuren wat anders gerangschikt dan bij ongelovigen? Zijn ze wellicht raar gekneveld? Hoe moet je je geloof voorstellen? Zijn her en der wat mitochondriën uit balans of juist in balans? Zijn er DNA-ketens die je alleen bij gelovigen vindt?

Hangt het van de zuurgraad van sommige hersencellen af of je naar de hemel of naar de hel zult gaan? Je kunt vast en zeker een pilletje samenstellen dat je geloof in één klap wegvaagt en een contrapilletje dat je juist gelovig maakt. Ook geloof is zonder enige twijfel een kwestie van chemie.

Hoe het ook zij, aan mijn moeder drong zich een conclusie op die zij maar steeds niet echt trekken wilde: dat er bij haar man geen sprake meer was van enig geloof. Sterker nog, af en toe deed hij krasse uitspraken. Toen mijn moeder hem een keer vroeg of hij nog wist welke drie personen de Heilige Drie-eenheid vormden, antwoorde hij: God, Jezus en Satan. Mij verbaast het enorm dat hij nog tot zo'n antwoord in staat was, maar mijn moeder was zich doodgeschrokken. Wat moest de Heere daar wel niet van denken?

Ik zei tegen mijn moeder: 'Heus, de Here God weet echt wel dat oom Jaap kinds is geworden, die rekent hem zulke uitspraken niet aan, die zal hem heus niet verbannen naar de buitenste duisternis, die zal hem heus niet voor eeuwig verloren laten gaan', maar mijn moeder was er niet gerust op. Gaf je zo'n antwoord, dan zette je je eeuwige zaligheid op het spel, daar was ze tamelijk zeker van.

Het kon evenwel nog erger. Op een dag kwam ze zijn kamer binnen en lag hij te slapen. Ze ging naast zijn bed zitten en wachtte tot hij wakker zou worden. Hij ontwaakte, keek haar aan, fluisterde toen: 'Ik droomde dat ik in de kerk zat.' Toen kwam hij opeens omhoog, en schreeuwde door de kamer: 'Jezus is een bedrieger.'

'Jaap, Jaap,' riep mijn moeder.

Hij ging weer liggen, sliep weer in, dus toen stapte mijn moeder na afloop van het bezoekuur gebroken op haar fiets. In grote vertwijfeling reed zij door de Westgaag, het landschap van haar jeugd. Eerst het kale gedeelte vanaf de Tol tot aan de tunnel onder de rijksweg, toen het prachtige gedeelte langs het riviertje de Gaag, met al die bruggetjes en verweerde boerderijen met knusse voortuintjes vol dahlia's en gereformeerde gladiolen. Voor ze zover was fietste ze eerst nog langs de Herenlaan. Ze was zo uit het veld geslagen dat ze zelfs overwoog om haar Zeeuwse schoonzus Corrie, die nog altijd op Herenlaan woonde, te bezoeken en haar te vragen om een kop thee. Maar die vermetele gedachte verwierp ze terstond weer. Eenmaal thuis belde ze mij meteen op en vertelde haar verhaal. Eigenaardig dat ze juist mij belde, maar misschien valt dat te verklaren. Ze hoefde niet bang te zijn dat ik, erkend godloochenaar, ook hevig zou schrikken van die uitroep 'Jezus is een bedrieger'. Mogelijk wilde ze juist iemand te woord staan die niet schrok en haar daarom makkelijker een beetje sussend toe zou kunnen spreken. En dat deed ik dan ook, en ik zei: 'Ik woon zelf vlak bij een geriatrisch centrum, tien tegen een komt daar af en toe een dominee over de vloer om met die zieke Heimers te praten en te bidden. Ik zal proberen of ik die te spreken kan krijgen en hem eens vragen hoe het hem vergaat bij zijn vroegere gemeenteleden.'

'O, als je dat wil doen, dit is zo verschrikkelijk.'

Dus toen stond ik een dag later al aan de balie in de grote hal van Mariënhaven.

Of er ooit een dominee langskwam, maar natuurlijk, elke donderdagmiddag. Dan deed zij de ronde langs de protestantse bedden, en vaak genoeg pakte ze er vrijblijvend ook een buitenkerkelijk bed bij. Maar protestanten en buitenkerkelijken, daar waren er niet veel van, dat zou ook vreemd zijn, daar in Mariënhaven, want, aldus de aantrekkelijke portierster: 'Onze mensen zijn overwegend katholiek, ziet u.' Toen zei ze: 'Ik zal donderdagmiddag als de dominee om twee uur binnenstapt tegen haar zeggen dat u haar graag even wil spreken, en als u hier dan om drie uur aan de wachttafel gaat zitten, kunt u haar opvangen als ze weer naar buiten wil gaan. Ik zal u dan wel zeggen: daar is de dominee.'

Het was maar goed dat de portierster op donderdagmiddag mij jolig toeriep: 'Daar is de dominee', want nooit zou ik die hupse, als een kleuterleidster ogende jongedame voor een dominee hebben versleten. Op haar neusje droeg ze een minuscule fondsbril. Of waren dat contactlenzen op pootjes? Op haar linkerwang prijkte een delicaat moedervlekje en ze droeg een kort plooirokje. En dan te bedenken hoe vijftig jaar eerder preektijgers eruitzagen. Altoos ernstig bebrilde lieden, steevast in stemmig zwart gekleed. Wat is er in een halve eeuw veel veranderd.

Even later zat ik met haar in de koesterende warmte van de zomermiddag op een bank bij de ingang.

Ik vertelde haar wat mijn moeder was overkomen, vroeg haar of ze vergelijkbare ervaringen had en hoe ze daartegenaan keek.

'O, nee,' zei ze, 'zoiets heb ik nog nooit meegemaakt. Het is juist een feest om met alzheimerpatiënten om te gaan. Je hoeft niet bang te zijn dat je lastige vragen krijgt. Bidden heeft geen zin, daar snappen ze doorgaans niks meer van. Weet je wat ik met ze doe? Zingen! Kinderversjes. Daar zijn ze dol op. Die versjes kennen ze ook allemaal nog, en je ziet hun ogen oplichten als we weer een nieuw versje inzetten. Zeg tegen je moeder dat ze met haar man moet zingen. En dan geen psalmen, maar van die heel eenvoudige dingetjes die je zingt in je vroegste jeugd, "Ik ga slapen, ik ben moe, 'k doe mijn beide oogjes toe, Heere, houd ook deze nacht, over mij getrouw de wacht." '

'Ja, dat ken ik ook goed,' zei ik, 'maar als kind had ik al moeite met het tweede couplet: "'t Boze dat ik heb gedaan, zie het Heere toch niet aan, schoon mijn zonden vele zijn, maak om Jezus wil mij rein." Dan dacht ik, waarom moet ik dat zingen? Ik heb niks verkeerds gedaan, helemaal niks, "schoon mijn zonden vele zijn", welke zonden dan?'

'Tilde u daar destijds echt al zo zwaar aan,' vroeg de hupse domincc.

'Nou en of,' zei ik, 'ik begreep er totaal niks van, ik vond het zwaar overdreven, schoon mijn zonden vele zijn – kom, kom, ik was een ongelofelijk braaf jongetje. Nu ja, da's misschien een beetje te veel gezegd, mijn moeder denkt daar heel anders over, maar "zonden, vele zonden", wat een onzin.'

'U wordt echt kwaad. Dat vind ík nou weer overdreven.'

'Goed, ik hou mijn mond verder, dus mijn moeder moet kinderliedjes zingen met haar man. "Er gaat door alle landen een trouwe kindervrind, geen oog kan hem aanschouwen, maar hij ziet ieder kind, de hemel is zijn vaderland, hij is des Heren afgezant." '

Onwillekeurig ging ik, de woorden van het versje reciterend, over op zingen, en toen ging ik dus ook maar zingend verder met het tweede couplet: 'Hij komt in alle huizen, en waar een vrolijk kind, zijn vader en zijn moeder en God de Heer bemint, daar woont hij gaarne dag en nacht en houdt er over 't kind de wacht.'

De hupse dominee viel in bij 'vrolijk', kind en toen zongen we uiteindelijk ook het derde couplet: 'En gaat dat kind ter ruste, die vriend verlaat hem niet, bewaakt getrouw zijn bedje, dat hem geen kwaad geschiedt, en wekt hem in de morgenstond en maakt hem vrolijk en gezond.'

Het beviel mij uitstekend, om daar, tussen al dat groen en in de warme zomerzon, samen met zo'n aardig meisje het lied van de kindervriend te zingen. Na de slotnoot zei ik: 'Dát vond ik als kind prachtig. Geen gemeier over vele zonden, maar pure geruststelling, een vriend die de hele nacht je bed bewaakt, wat wil een mens meer. Als ik ooit zelf hier terechtkom en dement ben geworden, kom dan langs. Ik weet zeker dat ik dan al die liedjes nog wel ken en ze dolgraag wil zingen. Ach, alzheimer, er zijn warempel toch nog lichtpuntjes.'

'Die zijn er zeker, ik heb het hier altijd heel leuk met mijn mensen, ik verheug me er de hele week op om hier op donderdag heen te gaan. M'n gemeenteleden hier zijn ook altijd blij om me te zien, dat is elders lang niet altijd het geval.'

'Veel dank voor dit gesprek en de suggestie om liedjes te zingen. Daar zou ik zelf nooit op gekomen zijn. Ik ga mijn moeder bellen.'

Mijn moeder bleek helaas nogal sceptisch. 'Liedjes zingen met Jaap? Ik? Ik ken die kinderliedjes helemaal niet.'

'Ken je die niet? Dat heb ik nooit geweten en nooit gemerkt. Hoe komt het dat je die liedjes niet kent?'

'Bij mij thuis mochten die liedjes niet gezongen worden, m'n vader werd razend kwaad als je met zo'n liedje aankwam, dan zei hij: "Da's geen psalm, dat komt niet uit de Bijbel, da's mensenwerk, ik wil dat hier niet horen. Als er hier gezongen wordt, dan enkel en alleen psalmen." Dus daarom ken ik die liedjes niet, we zongen ze nooit, het mocht niet.'

'Zing dan psalmen met oom Jaap.'

'Ik kan het proberen, maar ik heb er een hard hoofd in, Jaap houdt helemaal niet van zingen. Zei die dominee er nog iets over dat mensen zoals Jaap opeens zulke vreselijke dingen kunnen zeggen?'

'Nee, daar zei ze niets over.'

'O, 't was geen dominee, 't was een vrouw.'

'Het was een vrouwelijke dominee.'

'Daar heb ik het helemaal niet op, ik ben dolblij dat je zulk spul vroeger nog niet had. Moet je je voorstellen, een vrouw op de kansel, je vader was niet te houden geweest.'

'Denk je? 't Zou kunnen. Ik vind 't wel wat hebben, zo'n hups domineetje in een minitoga met lange laarzen eronder. En als er dan ook nog fleurige jongedames in de ouderlingenbank zitten en er een dartel kosteresje rondloopt – wie zou dan niet naar de kerk willen?'

'Ja, drijf er maar weer de spot mee. Kind toch, weet toch dat 't erom gaat het eeuwige leven te beërven. Wat moet er toch van je terechtkomen? En van mij straks ook, want dan ben ik in de hemel en is m'n oudste zoon er niet. En m'n dochter misschien ook niet, want die kerkt ook niet meer. Dan heb ik alleen Arie nog.'

'Zou het? Die gaat anders als 't prachtig weer is op zondag onder kerktijd naar het strand.'

'Ik heb z'n vrouw al honderd keer gezegd dat ze daar een stokje voor moet steken. Bij mij zou hij de lengte niet krijgen. 't Is toch verschrikkelijk, op zondag naar het strand.'

Of mijn moeder nog geprobeerd heeft oom Jaap ertoe te bewegen om kinderliedjes te zingen, weet ik helaas niet, want ze heeft er nooit meer iets over gezegd. Evenmin weet ik of hij haar nog verrast heeft met uitspraken zoals 'Jezus is een bedrieger'. Ik houd het erop dat ze nogal in haar wiek geschoten was na dat gesprek over die vrouwelijke dominee. Mijn opmerking over een minitoga met lange laarzen eronder is vast in het verkeerde keelgat geschoten. Ik geef toe dat het ook niet erg handig van mij was om haar met zo'n uitspraak te stangen. Erg jammer achteraf dat ik dat gezegd heb, want ik had graag vernomen hoe het verderging met mijn stiefvader. Het enige wat ze daarover nog kwijt wou is dat hij, vlak voor hij stierf, een helder ogenblik had en op haar vraag of hij geloofde en wist dat hij gereinigd was door het bloed van de Here Jezus, nadrukkelijk ja had geknikt. Of ze die vraag inderdaad gesteld heeft en of hij toen inderdaad geknikt heeft, betwijfel ik. Steeds weer bleek namelijk dat ze, om haar eigen terminologie te gebruiken, 'er een hard hoofd in had dat ze Jaap in de hemel zou terugzien'. 'Kom ik daar, is Jaap er niet omdat hij Jezus een bedrieger heeft genoemd. Ben ik dan weer op je vader aangewezen? Ik moet er niet aan denken.' Mogelijk besefte ze zelf dus dat ze dat knikken op het sterfbed in haar slaap had gezien. Soms droomde ze iets waarvan ze dan later hardnekkig bleef volhouden dat het echt gebeurd was. Naarmate ze ouder werd, kwamen zulke dromen steeds vaker voor. Toen ze nauwelijks nog lopen kon, vertelde ze mij dat ze in haar huis op de 's-Prinsensingel hulpgeroep had gehoord. 'Toen ben ik naar buiten gerend, en wie lag daar toen op z'n snufferd in de goot? Onze dominee. Nou, die heb ik toen overeind geholpen.'

Later vertelde ze diezelfde dominee dat ze hem gered had, iets dat hij niet tegensprak, maar in een brief die hij na haar dood aan mijn zus, mijn broer en mij schreef, zei hij: 'In de laatste twee jaar zag ze wel eens dingen die er niet waren.' Helaas gold dat niet alleen voor de laatste twee jaren.

Hemelvaartsdag 1994

In het voorjaar van 1994 belde mijn moeder mij op. 'Morgen is het Hemelvaartsdag, m'n eerste Hemelvaartsdag sinds Jaap dood is,' zei ze, 'en ik zie ertegenop om de hele dag alleen te zitten, dus dan wou ik maar eens een dagje naar je toe komen, of heb je alweer een nieuw hondje?'

'Nee,' zei ik, 'm'n hondje is vorig jaar doodgegaan en daar heb ik nog zoveel hartzeer van dat ik niet toe ben aan een nieuw hondje.'

'Dat komt dan best uit. Zo tegen een uur of tien zie je me wel verschijnen, ik neem een breiwerkje mee en ik ga rustig in een hoekje zitten, dus je hebt verder geen last van me.'

Mij verbaasde deze aankondiging. Mijn moeder zou zomaar, omdat ze niet alleen wou zitten, een dag naar mij toe komen? Hoogstonwaarschijnlijk, er moest haast wel een dringende reden zijn voor haar komst, en die zou mij stellig in de loop van de dag geopenbaard worden, maar ik had er geen flauw vermoeden van wat die reden kon zijn. Had ze opnieuw een verkommerde weduwnaar leren kennen? Wou ze voor de derde keer huwen?

Stipt om tien uur kwam ze op zware, zwarte schoenen aanstrompelen over mijn grindpad. Het was prachtig weer. Een strakblauwe, wolkeloze hemel. Overvloedig zonlicht. Over mijn pad liep ik haar tegemoet.

'Wat een vuil staat er overal,' zei ze bij wijze van begroeting, 'zelfs je grindpad is al gifgroen. Schoffel je niet?'

'Ik schoffel me een ongeluk, maar er is niet tegenop te schoffelen.'

'Bij mijn vader zou 't er zo niet hebben uitgezien,' zei ze.

'Ja, maar die had zes zoons en drie dochters die hem konden helpen.'

'Bep en Aad en ik hoefden nooit in de tuin te werken.'

'Nee, allicht niet, daar had hij Leen en Teun en Siem en Cor en Jan en Jaap voor.'

'Die stonden echt niet trappelen om karweitjes voor hem te doen, vooral Teun niet.'

'Hoe zat dat nou toch met Teun? Wou die niet deugen?'

'Nee, die wou niet deugen, dat was een rotkreng.'

'Dus toen hebben jullie hem met z'n allen net zolang onder druk gezet tot hij van armoe maar naar Canada is geëmigreerd.'

'Op de veiling keken ze hem met de nek aan. Altijd maar sjoemelen met groenten. Mooie spullen boven in de kist, rommel onderin. Meloenen waarin hij met een klein mesje een cirkeltje sneed rondom het steeltje, zodat het leek of ze rijp waren. Allemaal van dat soort dingen, en in 't begin hadden ze het nog niet in de gaten, want ze waren m'n vader en m'n broer Leen gewend, en m'n vader was goudeerlijk, en Leen ook, dus zo'n rotte appel, zo'n mispel, zo'n mispunt – bah, wat een narigheid toch, ja, we waren allemaal blij toen hij d'r tussenuit kneep.'

'Nou, tante Aad niet, die snikte als een kind toen we op het Schanshoofd stonden te wuiven toen de Maasdam voorbijvoer.'

'Dat je dat nog weet. Hebben we daar op het Schanshoofd gestaan?'

'Ja, de hele familie Van der Giessen stond daar, en ze wuifden als gekken, misschien omdat ze zo opgelucht waren dat hij wegging, dat weet ik niet. En toen hebben ze ook nog een bootje gehuurd waarmee ze de Waterweg zijn op gevaren om nog wat dichterbij te wuiven, want vanaf het Schanshoofd zag je wel wat stipjes aan boord, maar je kon niemand herkennen.'

'Maar ik ben toen toch niet met dat bootje meegevaren?'

'Nee, natuurlijk niet, in dat bootje zaten tante Bep en ome Cor en tante Corrie en ome Jan en ome Jaap.'

'En je vader, was die daar toen ook bij?'

'Nou en of.'

'Ik weet er niks meer van, maar stonden er nog meer mensen te wuiven?'

'Ja, het was zwart van de mensen daar.'

'O, nou, dan zal je vader het wel naar zijn zin gehad hebben, allemaal mokkels daar...'

'Hou toch op.'

'Nou, als je vader erbij was, stond hij daar echt niet voor Teun, je vader kon Teun niet uitstaan, je vader zei altijd: "Wat een lamstraal is dat." '

'Ik heb jammer genoeg haast geen herinneringen aan ome Teun. Toen ik nog klein was, zal ik hem wel gezien hebben, maar daar weet ik niks meer van. Toen hij na jaren over was, heb ik hem wel even gezien, en horen opscheppen over dure auto's, en heel veel land, en grote schuren.'

'Was ik daar toen ook bij?'

'Nou en of.'

'Ik weet het niet meer, dat heb je als je zo oud wordt, dan weet je dat allemaal niet meer.'

'Zo oud ben je nog helemaal niet.'

'Over achttien dagen word ik vierenzeventig, alsof dat niet oud is.'

'Je moeder is vierentachtig geworden, dus je hebt nog minstens tien jaar te gaan.'

'Ja, maar mijn moeder stak nooit een poot uit, dus dan kun je makkelijk vierentachtig worden, maar ik heb mijn leven lang hard gewerkt, dus ik word geen vierentachtig, en daar ben ik blij om, want denk je dat het leuk is om nou al voor de tweede keer weduwe te zijn?'

'Wacht maar tot je weer een leuke weduwnaar tegenkomt.'

'Ben je nou helemaal gek geworden? Nog een keer trouwen, ik denk er niet aan.'

'Dat zei je ook toen m'n vader was gestorven.'

'Dat heb ik toen niet gezegd.'

'Dat heb je wel gezegd, maar dat geeft niet, kom binnen, wat wil je? Een kopje koffie?'

'In een thermosfles heb ik m'n eigen koffie meegebracht. Ik wil je niet tot last zijn.'

Dus zat ze even later haar eigen koffie te drinken die ze inschonk in een eveneens door haarzelf meegebrachte beker. En ze pakte een ingewikkeld haakwerkje uit haar tas, en ging aan de slag.

'Dat ziet er mooi uit,' zei ik, 'voor wie is dat bedoeld?'

'Da's enkel maar bedoeld om wat omhanden te hebben,' zei ze, 'als het klaar is, trek ik het weer uit en begin ik overnieuw. Lees je nog altijd zoveel?'

'Ja, maar ik heb de laatste jaren wat moeite om boeiende boeken te vinden.'

'Dat komt omdat je onderdehand alles al gehad hebt.'

'Nou, er is anders nog aardig wat over, en er komen ook steeds nieuwe boeken bij.'

'Maar niet in het tempo waarin jij ze leest, dus er is nooit genoeg.'

We zetten die absurde conversatie nog een poosje voort tot ze opeens overschakelde op een ander onderwerp.

'Heb je nog gehoord over dat vliegtuigongeluk in China, twee weken geleden? Zowat iedereen in dat vliegtuig was dood, meer dan 250 mensen. Snap jij nou dat mensen nog in een vliegtuig stappen?'

'Geen veiliger vervoermiddel dan het vliegtuig.'

'O ja? Ze vallen als rijpe pruimen uit de lucht. In dat vliegtuig dat twee jaar geleden in Portugal is verongelukt zat een meisje uit Maassluis. Ze had nog nooit gevlogen, het was de eerste keer dat ze in een vliegtuig stapte. Ze was nogal bang, dus iedereen zei tegen haar: "Meid, waar maak je je druk om, niks veiliger dan een vliegtuig", nou, daar ging ze, en van dat meisje is helemaal niks teruggevonden, foetsie was ze, nog geen armbandje of ringetje of haarspeld, helemaal niks. Vlieg je niet, dan overkomt je dat niet.'

'Zou 't geholpen hebben als er nog een haarspeld was gevonden?'

'Dan hadden haar vader en moeder nog een aandenken gehad.'

'Allicht hebben die nog wel andere aandenkens.'

'Tuurlijk, maar niks wat het arme schaap aanhad of omhad toen ze uit de lucht viel. Nog geen schoenveter.'

'De meeste vrouwen dragen tegenwoordig schoenen zonder veters,' zei ik.

Mijn moeder antwoordde niet, maar hief een voet omhoog met een zwarte schoen eraan, waarin duidelijk een schoenveter schemerde.

'Vrouwen die schoenen dragen met schoenveters,' zei ik, 'stappen niet in een vliegtuig.'

Hoe eigenaardig toch dat de gesprekken met mijn moeder altijd van die wonderlijke wendingen namen. Ik stond op, ik zei: 'Ik ga buiten aan de slag.'

'Schoffelen?' vroeg mijn moeder hoopvol.

'Schoffelen,' zei ik plechtig.

'Mooi zo,' zei ze, 'dan lopen we straks, als je klaar bent, een rondje door je tuin.'

'Als je maar niet denkt dat al het onkruid dan weg is.'

'Bij mijn vader zou al het vuil weg zijn,' zei ze koppig, 'daar durfde het vuil amper op te komen.'

Toen we een poosje later gearmd door de tuin liepen, zei ze: 'Ik kan er niks van zien dat je geschoffeld hebt, wat een vuil, wat een vuil.'

Voor ik daarop kon antwoorden, verstijfde ze.

'Wat is er aan de hand?' vroeg ik.

'Wat zit daar?' vroeg ze met een trillende stem.

'Waar? Je bedoelt daar in dat abri'tje? Dat is een pauw, een vrouwtjespauw. Die komt uit Maasland, dus waarom zou je daar bang voor zijn? In Maasland wonen in de Duifpolder vrienden bij wie een pauw is komen aanlopen. Ze hebben haar liefderijk opgenomen, maar ze ging hun rieten dak op en woelde tussen de stengels, op zoek naar beestjes. En daardoor ging de dakbedekking eraan. Dus ze hebben haar met pijn in hun hart weggedaan en ze hebben haar aan mij gegeven. Van oude ramen heb ik een abri voor haar gemaakt zodat ze kan schuilen als het regent, maar daar staat ze, ook als het droog is, vrijwel de hele dag onder. Soms zeg ik tegen haar: busje komt zo, en dan knikt ze vriendelijk. Ach, 't is een schat van een beest, daar hoef je nou echt niet bang voor te zijn.'

'Het beest komt achter ons aan.'

'Welnee, ze is een beetje nieuwsgierig, dus ze denkt: wie is die oude dame die daar op ouderwetse zwarte veterschoenen in zo'n mooie ouderwetse zomerjurk aan komt stappen, dus daarom is ze nou uit haar abri'tje gekomen.'

'Zo meteen pikt ze.'

'Ze heeft nog nooit iemand gepikt.'

'Eén keer is de eerste keer. Mij moeten ze altijd hebben, die rotbeesten, altijd.'

'Kijk, ze gaat alweer terug, haar abri'tje in, echt hoor, ze staat de hele dag in haar abri te wachten. Waarop? Ik weet het niet. Een mannetje misschien. Ach, 't is zo'n leuk beest.'

'Ik wil weer naar binnen.'

'Dan gaan we weer naar binnen.'

'Maar dan moeten we langs die pauw.'

'Welnee, we kunnen omlopen, maak je nou toch niet dik, die pauw doet echt niks.'

'Ze komt weer uit dat hokje.'

'Nou en, ze zal heus niet...'

'Ze komt achter ons aan, jaag dat snertbeest weg. Als ik geweten had dat je hier zo'n snertbeest had zitten, was ik niet gekomen, vort, vort met dat beest, jaag 't weg, alsjeblieft, jaag 't weg.'

'Kom nou maar, we lopen hier de nauwe doorgang in, en dan zijn we al zowat bij de keuken.'

'Jaag dat beest nou alsjeblieft weg, ik besterf het zowat.'

'Goed, maar loop jij dan snel door, dan loop ik even terug en jaag ik haar weg.'

Mijn moeder probeerde een sukkeldrafje, terwijl ik even terugliep en de pauw begeleidde naar haar abri'tje. Spijtig genoeg vond de vogel het nodig een ijselijke schreeuw te produceren. Dus toen ik weer teruggedraafd was naar mijn moeder lag ze met haar gezicht naar de grond gewend in het gras, bevend over al haar leden. Ik trok haar overeind, tilde haar op en droeg haar naar de keukendeur.

'Neem een slokje water voor de schrik,' zei ik, toen ik haar met vrij veel moeite uiteindelijk op een keukenstoel had weten te zetten.

Toen ze weer enigszins was bijgekomen, zei ze: 'Ik ga naar huis. Straks komt dat beest nog naar binnen zetten.'

'Welnee,' zei ik, 'we gaan weer naar de kamer en daar vertel je me waarom je bent gekomen. Ik kan niet geloven dat je zomaar een dagje uit wou, naar mij toe. D'r is iets aan de hand, dus voor de draad ermee.'

'Ik heb een brief gekregen van oom Nico, een vreselijke brief, daar kreeg ik kouwe rillingen van, en daar wou ik 't met je over hebben.'

‘Heb je die brief bij je?’

‘Geef me m’n tas eens aan.’

Ik pakte haar grote boodschappentas waarin ze haar thermoskan, koffiebeker en netjes verpakte, nog onaangeroerde boterhammen had vervoerd. Ze rommelde in haar tas en haalde er een envelop uit.

‘Hier istie,’ zei ze.

Ik trok het schrijven uit de envelop, vouwde het blaadje open en las:

Ermelo, 30 april 1994

Beste Zuster Lena,

Lang heb ik geaarzeld alvorens ik mij ertoe zette je deze brief te schrijven. Inmiddels ben ik echter 86 jaar oud, dus het zal niet lang meer duren eer de Heere, zo het Hem behaagt, mij roept naar het vaderhuis. Zowel mijn helaas al ruim twintig jaar geleden overleden broer Paulus als jij hebben een zwaar kruis te dragen: de geloofsafval van jullie oudste zoon Maarten. En erger nog dan dat hij de Heere en zijn Dienst de rug heeft toegekeerd, is het feit dat hij een verbond met de Satan heeft gesloten. Met die Vorst der Duisternis probeert hij ook anderen ertoe te bewegen om de Heere te loochenen.

Dit nu – ik zeg het met schroom, maar gezegd moet het toch worden – is jouw gerechte straf voor jouw drijven mijn broer Pau die net als ik in de oorlogsjaren hartelijk de zaak der vrijmaking was toegedaan, ja, die onder de bezwaarden in Maassluis een vooraanstaande plaats innam, onder het synodale juk te houden toen de Heere ons uit het diensthuis van de Gereformeerde Kerk heeft geleid. Waren Pau en jij destijds meegegaan met de vrijmaking, dan zou jouw zoon zijn opgegroeid binnen een kerkverband waar nog herderlijke tucht heerste, waar het catechetisch onderricht nog op de leest der vaderen geschoeid was en is en waar broederlijke vermaning hem op het rechte pad had kunnen houden. In Leiden zou hij als student dan lid zijn geworden van de vrijgemaakt-gereformeerde studentenvereniging Gomarus, terwijl hij nu, als student biologie, rond heeft gedobberd tussen goddelozen die de Duivelse evolutietheorie aanhingen. Als lid van Gomarus zou hij door genade dan bij de genade zijn bewaard.

Pau en jij hebben bij de doop van je zoon beloofd dat je hem voor zou gaan op de weg des levens en hem zou onderwijzen en doen onderwijzen in de enige en waarachtige en volkomen leer der zaligheid. Waren Pau en jij die belofte echt nagekomen, dan ware het ondenkbaar zijn geweest dat je zoon zijn eigen nest zo gruwelijk had bevuild.

Zuster, zuster, besef welke zware schuld op je drukt, breng je schuld voor de Heere, verootmoedig je, smeek om vergeving, kruip op je knieën naar de troon der genade. Werp alsnog het synodale juk van je af, treed toe tot de Nederlands Gereformeerde Kerk, want alleen daar is de gemeenschap der heiligen te vinden. Bekeer je, zuster, bekeer je, verbrijzel de synodale ketenen. Keer weder, keer weder, en de Heere zal het je vergelden.

Met broederlijke groeten, Nico

'Zo, zo,' zei ik, 'dat is krachtige taal. Maar er klopt niks van, want duizenden gereformeerde jongens van mijn leeftijd van wie de ouders niet zijn meegegaan met de vrijmaking zijn gelovig gebleven. En omgekeerd ken ik een paar vrijgemaakte jongens die ongelovig zijn geworden. Maar is het waar, wou m'n vader de kerk uit en heb je dat toen tegengehouden? Ik heb 't er wel eens met hem over gehad. Volgens mij wou hij, al was hij bezwaard, toch de kerk niet uit.'

'Ik wou de kerk ook niet uit. Ik snapte niet waar het over ging. Ze konden het me niet uitleggen.'

'Het ging er onder meer over dat een dopeling verondersteld wordt wedergeboren te zijn, tenzij later, zoals bij mij duidelijk het geval is, het tegendeel blijkt. Echt zo'n mooie vondst van Abraham Kuyper, de veronderstelde wedergeboorte, maar totaal on-Bijbels. En daarom zeiden de bezwaarden: die visie strookt niet met Gods beloften. Als je het probeert uit te leggen aan mensen die niks van de Bijbel weten, kom je niet ver. En zelfs gelovigen snappen er doorgaans niks van, de relativiteitstheorie is makkelijker te begrijpen dan dat leergeschil. Maar één ding staat als een paal boven water: de bezwaarden hadden schoon gelijk.'

'Dus we hadden toch de kerk moeten uit gaan. Maar 't was maar een klein frutje wat eruit wou, en dat waren allemaal schooiers.'

'Als je met die schooiers was meegegaan, was je in een kerk terechtgekomen waar ze mekaar in de jaren zestig opnieuw voor oud vuil zijn gaan uitmaken. De binnenverbanders tegen de buitenverbanders. Mensenlief, de buitenverbandouderlingen schroefden de wieldoppen van de auto's van hun binnenverbanddominees. Moord en doodslag was het, want waar liefde woont, gebiedt de Heer zijn zegen.'

'Ik zou niet weten waar ik in Maasland heen zou moeten als ik me bij de Nederlands Gereformeerde Kerk zou willen aansluiten.'

'Ik denk dat je in Maasland geen gemeente hebt. Dan moet je weer naar Maassluis.'

'Toch heb ik er pijn aan, aan die brief, veel pijn. En misschien is het wel waar. In jouw klas zat je achterneef Simon Voogt. Diens ouders zijn wel vrijgemaakt geworden en Simon is nu ouderling. Jij was misschien ook wel ouderling...'

'O nee, geen denken aan, dat zou niks voor mij zijn, ook al was ik nog zo gelovig.'

'Ik snap maar niet waarom je bent afgevallen. Zo moeilijk is het toch niet om te geloven?'

'Het is nou Hemelvaartsdag,' zei ik, 'en we herdenken dus dat Jezus ten hemel is gevaren. Hoe moet je je dat nou voorstellen, een hemelvaart?'

'Da's nou zo makkelijk. Hij stond tussen zijn discipelen en ging toen opeens omhoog.'

'En waar ging hij heen dan?'

'Naar de hemel.'

'Maar als je recht omhooggaat, kom je in steeds ijlere luchtlagen terecht, eerst na pakweg vijftien kilometer in de stratosfeer, en dan op vijftig kilometer hoogte, in de thermosfeer, en ten slotte ben je dampkring helemaal uit en dan kom je in het heelal terecht, en daar kun je vierhonderdduizend jaar lang omhooggaan, zonder ook maar ergens te terecht te komen.'

'Elia vaart anders ook ten hemel, 't staat in de Bijbel.'

'Nou en, er staat zoveel in de Bijbel.'

'Hoor eens, Elia is ten hemel gevaren in een wagen met vurige paarden.'

'Zodra je van de grond komt, ontvalt je elk houvast, dus paarden en wielen...'

'Hoor nou eens, Elisa stond er met z'n neus bovenop, die heeft het zien gebeuren, die kreeg de profetenmantel van Elia nog toegeworpen. Het staat er zo duidelijk, waarom zou je dat nou niet geloven?'

'Omdat 't volslagen bezopen is te denken dat zoiets kan gebeuren, met paard-en-wagen de lucht in.'

'Nou ben je zo knap, en toch ben je niet knap genoeg om dat te geloven.'

'Dat zal het wezen. Maar komt nou nooit de gedachte bij je op dat zo'n verhaal wel eens verzonnen zou kunnen zijn door een of andere luchtfietser? Het is zo makkelijk om een verhaal te verzinnen, heus, daar is niks voor nodig, want laten we het nou eens omdraaien, je stijgt niet op naar de hemel, maar je komt uit de hemel omlaag vallen. M'n vader vertelde een keer, toen ik bij hem in het baarhuisje zat, dat jouw vader... Nee, laat ik bij het begin beginnen, pa zei dat hij me iets zou vertellen wat ik nooit aan iemand anders mocht doorvertellen, 't was strikt geheim en moest strikt geheim blijven. En toen hij dat had gezegd, deed hij eerst de deur van het baarhuisje dicht en toen zat hij een poosje stil voor zich uit te kijken, en toen zei hij dat jouw vader op 10 mei 1940 's morgens vroeg tierend en schreeuwend met een riek naar buiten is gerend toen er een parachutist uit de hemel kwam neerdalen, een verdwaalde parachutist die een beetje uit de koers was geraakt, eentje die bij Waalhaven had moeten neerkomen of bij Ypenburg of bij het Staelduinse Bos. En jouw vader, die nog bij de huzaren en grenadiers heeft gediend en vast en zeker geleerd heeft om met een bajonet te vechten, jouw vader dus heeft die parachutist opgevangen op zijn riek – ik zie het voor me, riek als een bajonet ferm omhoog, en daar komt die Duitser, en je vader hoeft die riek alleen maar met al z'n kracht omhoog te houden zodat die Duitser in volle vaart in de tanden ervan tuimelt. En dan trekt je vader die riek uit die kermende, bloedende mof en steekt nogmaals toe, maar nu in zijn nek of in zijn borst, of zowel in zijn nek en zijn borst en waar hij hem verder maar steken en raken kan, en die parachutist, die mof is al gauw morsdood, en je vader stroopt de parachute van z'n lijf af, en je vader haalt een schop en delft een graf bij de composthoop, en als hij die parachutist erin heeft gelegd, schept hij alle compost over dat graf heen zodat niemand meer ziet dat daar een graf is gegraven. En met die parachute, met dat valscherm, stapt jouw vader jullie huis binnen en van de stof van die parachute, een enorme lap stof moet dat geweest zijn, en een mooie lap ook nog, misschien wel een lap van zijde, wie zal het zeggen, heb jij toen rokken voor jezelf en voor je zussen genaaid.'

'Heeft je vader je dat verteld?'

'Dat heeft m'n vader me verteld toen we in dat stikdonkere baarhuisje zaten.'

'Ik sta perplex.'

'Precies, je staat perplex, maar 't is wel een prachtig verhaal, en je ziet het voor je, en jouw vader was kwaadaardig genoeg, die had zoiets makkelijk kunnen doen, die heeft zelfs ouderlingen het huis uit geranseld, en is op de veiling in Maasland klasgenoten van mij die daar maar wat rondschooierden met een fietspomp te lijf gegaan, dus zo onwaarschijnlijk is dat verhaal niet. Van oom Leen heb ik een keer gehoord dat je vader op 10 mei 's morgens vroeg met een riek in zijn handen naar buiten is gerend, roepend: "Ik steek ze allemaal dood." En dat heeft m'n vader natuurlijk ook een keer gehoord, en die heeft toen dat verhaal nog wat mooier gemaakt, want zo gaat dat, de verteller grijpt een kern van waarheid en verzint er altijd iets bij of omheen.'

'Een lap parachutestof waarvan ik rokken... Hoe komt je vader erbij?'

'Vurige wagens en vurige paarden, hoe komt die Bijbelschrijver erbij?'

We zaten elkaar een poosje aan te kijken. Het bleef altijd mogelijk dat het verhaal van mijn vader waar was, en dat mijn moeder inderdaad rokjes had genaaid van de parachute. Maar vooralsnog leek het er niet op. Mijn moeder zat wat glazig naar mij te turen, haar wangen hoogrood, haar vingers nerveus bewegend.

'Had je zo'n mooie lap parachutestof echt in handen gehad,' zei ik, 'dan zou je daar toch nog niet zomaar rokken van hebben gemaakt, want dat was knap link geweest. Dan had op enig moment een Duitser op de Herenlaan voorbij kunnen komen en gezegd kunnen hebben: "Hé, wat is dat nou? Die rok daar... dat lijkt wel stof van een parachute." '

'Je zag nooit Duitsers op de Herenlaan, en in de Westgaag ook niet."

'O, dus je had best van die parachute wat rokken kunnen naaien?'

'Dat had makkelijk gekund. En je had die lap ook best kunnen verven, dan zou... dan had zo'n mof... Maar die vurige wagens en vurige paarden, dat staat in de Bijbel, dus dat is heel anders, daarvan weten we zeker dat het waargebeurd is.'

'Hoe weten we dat zeker?'

'De Heilige Geest heeft ervoor gezorgd dat er alleen maar ware verhalen in de Bijbel terecht zijn gekomen.'

'Dus al wat erin staat moet je geloven: de sprekende slang, de drijvende bijl, een muur van water, een kruikje dat nooit leegraakt, raven die je ontbijt brengen, een pratende ezel, water dat zomaar opeens in wijn veranderd blijkt, klokken die achteruit lopen, de zon en de maan die stilstaan, Jona drie dagen in de ingewanden van een walvis, de godganse dierenwereld in stapelhokjes in een notendop-arkje, en nog een paar honderd van dat soort zaken meer, is het niet wat veel gevraagd om dat allemaal maar te geloven? Eigenlijk natuurlijk niet, want als één sprekende slang mogelijk is, is alles mogelijk, dan is het hek compleet van de dam, dan kun je alles wel geloven.'

'Ik geloof alles ook, het staat in de Bijbel.'

'Ik geloof niks, helemaal niks, ik denk dat 't allemaal verzonnen verhalen zijn, inclusief al wat er in de evangeliën over Jezus verteld wordt. Ik denk zelfs dat Jezus nooit heeft bestaan, net zomin als Elia en Elisa en Abraham en Izaäk en Jakob en Jozef en Mozes en Aäron, ja, het zijn stuk voor stuk, behalve misschien de verhalen over die ongelofelijke ellendeling, die voorhuidenverzamelaar, die koning David, allemaal verzonnen verhalen, net als dat verhaal van mijn vader over jouw vader.'

'Als ik zo'n mooie lap stof in handen had gehad, zou ik er geen rok, maar een jurk van hebben genaaid.'

'Stond die goed, die jurk?'

'Wat zeg je nou?'

'Ik vraag je of die jurk goed stond.'

'Ik had de *Marion* toen nog niet, dus hoe had ik aan een leuk patroontje moeten komen?'

'Maar je naaide voor de oorlog toch ook al jurken voor je moeder en voor jezelf en voor je twee zusjes?'

'Tuurlijk.'

'Nou, waar haalde je daarvoor dan het patroon vandaan?'

'Je deed maar wat, je probeerde maar wat, ik had op school wel goed naaien geleerd, dus... Ja, dat ging wel, ik kon ook zonder patroon wel een jurkje in elkaar zetten.'

'Kijk aan, dus van die parachute kon je best een jurkje naaien, sterker, heb je een jurkje genaaid of misschien zelfs een paar jurkjes.'

'Wat probeer je me nou te laten zeggen? Waar ben je op uit? Wat wou je nou horen, m'n vader heeft... m'n vader... Nee, nee, nee, zet Heer, een wacht voor mijne lippen, behoed de deuren van mijn mond, opdat er mij op gene stond iets onbedachtzaams moog' ontglippen, kom, ik ga maar weer eens op huis aan. M'n dag hier is toch nogal aardig gedraaid. Maar wat moet ik Nico nou terugschrijven?'

'Waarom zou je die brief van Nico beantwoorden?'

'Ik vind dat ik hem een brief moet terugschrijven.'

'Zal ík hem een brief terugschrijven?'

'Wil je dat doen?'

'Ja, daar heb ik wel zin in.'

'En wat schrijf je dan?'

'Dat ik, als pa en jij vrijgemaakt waren geworden, net zo goed aan 't twijfelen zou zijn geraakt, want dat die twijfel al heel vroeg is begonnen, om precies te zijn met de ark van Noach, en dat ik, al lezend, en vooral lezend over het ontstaan van het christendom, steeds meer tot de overtuiging ben gekomen dat er alleen al over het vroegste christendom zoveel onduidelijkheden en ongerijmdheden zijn dat het onwaarschijnlijk is dat er ook maar iets klopt van al datgene wat er in het Nieuwe Testament staat. En dat er daarom dus geen sprake van is dat het jouw schuld zou zijn of kunnen zijn dat ik ongelovig ben geworden.'

'Schrijf hem dan ook dat ik er niet over denk om de Gereformeerde Kerk uit te gaan.'

'Dat zal ik hem schrijven.'

'Mooi zo, want geen haar op m'n hoofd die daarover denkt.'

'En daar heb je groot gelijk in.'

Aan de broer van mijn vader schreef ik nog diezelfde dag:

Beste Oom Nico,

Namens mijn moeder beantwoord ik de brief die u haar op Koninginnedag hebt geschreven. U verwijt mijn moeder dat ze mijn vader ervan heeft weerhouden de kerk uit te gaan. Met mijn vader heb ik uiteraard de vrijmaking herhaaldelijk besproken en daardoor weet ik dat hij er echter, al behoorde hij in Maassluis tot de bezwaardste bezwaarden, zelf voor koos om in de Gereformeerde Kerk (synodaal) te blijven. Daarbij speelde vooral een rol dat dominee Rietberg, ook een bezwaarde van het eerste uur, er uiteindelijk toch van afzag om met de vrijmaking mee te gaan. Zijn traktement vond hij belangrijker dan de waarheid. Omdat Rietberg niet meeging, scheurde in Maassluis de kerk niet. Goed, er was een klein groepje bezwaarden en die hebben ook vrij snel een gemeente gevormd, maar die gemeente bestond uit een handvol mensen zonder herder. Daardoor was het weinig aantrekkelijk om in Maassluis met de vrijmaking mee te gaan. Mijn moeder treft in dit opzicht geen blaam. Dus mijn afval kan geen straf zijn voor het feit dat zij mijn vader belet zou hebben zich aan te sluiten bij de Gereformeerde Kerk onderhoudende artikel 31. Mij lijkt het overigens, als mijn ouders wel vrijgemaakt waren geworden, toch uiterst onwaarschijnlijk dat ik gelovig zou zijn gebleven. Bij mij is de twijfel al vroeg begonnen. Omdat ik op woensdag doorgaans alle op zaterdag uit de Gereformeerde Evangelisatiebibliotheek geleende boeken al uit had en dus op donderdag en vrijdag greep naar het enige boek dat wij in huis hadden, de Bijbel, om iets te lezen te hebben, heb ik al in mijn jeugdjaren de Schrift grondig leren kennen. En ik stuitte daarbij als kind op tal van tegenstrijdigheden. In het boek Jona las ik dat God berouw had en in het boek Numeri las ik dat God geen mens was en dus geen berouw kon hebben. In de Handelingen der Apostelen las ik eerst dat de mannen die met Paulus op weg waren naar Damascus wel een stem hoorden maar geen licht zagen, terwijl in hoofdstuk 22 van diezelfde Handelingen Paulus vertelt dat die mannen geen stem hoorden, maar wel licht zagen. In het evangelie van Johannes las ik in het eerste hoofdstuk dat niemand ooit God gezien had, maar Abraham krijgt God op bezoek en bakt pannekoeken voor Hem, dus heeft Hem wel degelijk gezien, en hetzelfde geldt ook voor Henoch die met Hem wandelde en voor Mozes die Hem op de berg Sinaï zag. Het woord van God was onfeilbaar, kreeg ik altijd te horen, maar intussen stuitte ik op de ene tegenstrijdigheid na de andere. Stelde je daarover vragen op catechisatie, dan keek de dominee je aan alsof je een misdadiger was. Niemand ging ooit serieus op mijn bedenkingen in. Zei ik er iets over tegen mijn moeder, dan riep ze: 'Je gaat m'n vader achterna, die tobde ook altijd zo vreselijk over het geloof.' Blijkbaar was en is het de bedoeling dat je domweg alles klakkeloos aanvaardt, zonder je ooit iets af te vragen of ergens over na te denken.

Hoe dan ook, het is waar, ik tobde, maar het tobben begon pas goed dankzij Albert Schweitzer. Mijn vader dweepte met Schweitzer, mijn vader vond hem een modelchristen, mijn vader hoopte dat ik net als Schweitzer arts zou worden en dan ook, zoals hij zei 'zwartjes in het oerwoud zou gaan genezen'. Daar taalde ik niet naar, maar toen ik bij boekhandel Lampusiak in Rotterdam op een tweedehands exemplaar stuitte van de *Geschichte der Leben-Jesu-Forschung*, heb ik dat voor weinig geld aangeschaft en verslonden. Een nieuwe wereld ging voor mij open. Je kon dus ook totaal anders tegen Jezus aankijken dan mij altijd was voorgehouden. Via Schweitzer kwam ik toen terecht bij een rijke literatuur over de oorsprong van het christendom. Het meest verbaasd was ik indertijd toen ik er dankzij mijn lectuur achter kwam dat er, in Egypte en in Klein-Azië, al heel vroeg christelijke gemeentes waren, zo vroeg zelfs dat ze reeds lang voor Jezus' kruisdood ontstaan moesten zijn. Alsof er al sterrenstelsels waren voor de oerknal. Ondenkbaar toch? Maar even ondenkbaar lijkt dat er al christelijke gemeentes waren eer Jezus aan het kruis stierf, gemeentes waar ook al Avondmaal gevierd werd, terwijl dat Avondmaal nog door Jezus ingesteld moest worden. Toch bestonden zulke pre-oerknalgemeenten. Welk evangelie werd daar dan gepredikt? Maar ja, die evangeliën waren er ook nog niet, die zijn pas veertig jaar, of in geval van het evangelie van Johannes, tachtig jaar na de kruisdood ontstaan. Omdat ze zo laat ontstaan zijn, zijn het dus geen ooggetuigenverslagen. Het zijn legendes, fabels, mooie verhalen. Van veel van de gelijkenissen die Jezus vertelt kan worden aangetoond dat zij uit allerlei oude boekrollen overgenomen zijn. Het verhaal over de zendingsreizen van Paulus is een typisch verhaal uit die tijd, met alle ingrediënten erin die toen gangbaar waren, schipbreuk, stranding op een eilandje enz. Het Nieuwe Testament is vooral fictie.

Mijn ongeloof is de vrucht van heel veel studie. Mijn arme ouders valt dus niets te verwijten. Mogelijk zouden zij mijn afval hebben kunnen voorkomen door een leesverbod. Mij verbaast het intussen dat het bij mij zo lang geduurd heeft en dat er zoveel boeken voor nodig waren om mij de ogen te openen. Mijn vriend Floor, ook Gereformeerd synodaal van huis uit, vertelde mij een keer dat hij, een jaar of acht oud, het verhaal hoorde over de Israëlieten die langs een muur van water droogvoets door de Schelfzee werden geleid. Toen dacht hij: een muur van water, dat kan helemaal niet, en z'n geloof was weg, helemaal weg. Kijk, daar ben ik jaloers op. Dat je het maar zo van je af kunt schudden, zoals een hond druppels water van zijn vacht afschudt. Ik heb er twintig jaar over gedaan voor ik het uit mijn systeem had en nog kan mij overkomen dat ik, in de tuin werkend, mijzelf erop betrap dat ik zachtjes een psalm zing: 'Och, schonkt Gij mij de hulp van Uwen geest, mocht die mij op mijn paân ten leidsman strekken.'

Met hartelijke groeten, Maarten

PS Van mijn moeder moet ik u nog zeggen dat geen haar op haar hoofd erover denkt de Gereformeerde Kerk uit te gaan.

De grommende muis

Mijn broer belde mij op in 2010. 'Kunnen muizen grommen?' vroeg hij.

'Er zijn ruim tienduizend soorten,' zei ik, 'dus mogelijk is er eentje bij die gromt, maar Nederlandse muizen grommen niet.'

'Toch zegt mevrouw Lock dat ze last heeft van een grommende muis.'

'Misschien dat haar oude ijskast, als hij aanslaat, begint te brommen.'

'Zou kunnen, ik zal hem nakijken, maar of dat helpen zal... Ik denk dat ze begint te alzheimeren, ze is in paniek, ze zegt dat ze belaagd wordt door een grommende muis. 's Nachts klimt hij op haar bed. En ik waarschuw je maar alvast: ze wil je bellen, jij moet haar helpen.'

'Ik? Kun jij haar dan niet bijstaan?'

'Ze denkt dat ik niet mans genoeg ben om hem de baas te kunnen. En jij hebt ervoor doorgeleerd, zegt ze.'

Mij leek het verstandig direct maar de grommende koe bij de horens te vatten, dus ik draaide het nummer van mijn moeder.

'Met mevrouw Lock,' zei mijn moeder.

Hoe eigenaardig toch dat het pijn blijft doen als je moeder zichzelf meldt met de achternaam van wijlen je stiefvader. Dus ik zei nadrukkelijk: 'Met meneer 't Hart.'

'Goed zo,' zei mijn moeder, 'jou wou ik nou net eens even spreken.'

'Arie zei dat je last hebt van een grommende muis.'

'Precies,' zei ze, ''t is een kreng, een mispunt. Hij gromt niet alleen, maar hij gaat ook als een kangoeroe rechtop staan en kijkt je dan aan met die kraaloogjes alsof hij je wil opvreten.'

'Daar is hij niet groot genoeg voor.'

'Ik ben er anders niet gerust op,' zei mijn moeder, 'telkens staat hij maar met die enge, lange staart te zwiepen. Ik wil dolgraag van die muis af, maar Arie kan 'm niet aan, dus jij moet me helpen, jij hebt ervoor gestudeerd.'

'Zodra ik tijd heb, kom ik naar je toe fietsen,' zei ik, 'ik kan zondag komen.'

'Nee, niet op zondag,' zei mijn moeder, 'dat wil de Heere niet.'

'Op de universiteit heb ik anders te horen gekregen: geen betere dag om grommende muizen te lijf te gaan dan zondag.'

'Op zondag is hij er nooit,' zei mijn moeder.

'Omdat hij dan in Gods huis vertoeft,' zei ik, 'muizen zijn trouwe kerkgangers. Maar wanneer is hij er wel?'

'Op zaterdagmiddag en maandagmorgen, en bijna elke avond.'

'Dan kom ik zaterdagmiddag,' zei ik.

Aangezien ik het telefoongesprek met mevrouw Lock op dinsdagavond voerde, had ik drie dagen om mij voor te bereiden. Op mijn zolder zette ik klapvallen met kokosbrood als lokaas. Op het kokosbrood smeerde ik pindakaas. De combinatie kokosbrood en pindakaas blijkt onweerstaanbaar. Een bezwaar ervan is echter dat met name huismuizen – slimmere organismen heeft de evolutie vooralsnog niet gecreëerd – in staat zijn het kokosbrood en de pindakaas te verorberen zonder dat de val dichtslaat. In plaats van kokosbrood kun je ook een pompoenpit in de klapval klemmen, die is moeilijker te verwijderen. Maar pompoenpitten zijn minder gewild dan kokosbrood. Overigens kun je je natuurlijk – en daar hoef je niet eens lid voor te zijn van de Partij voor de Dieren – afvragen of het moreel verantwoord is muizen met klapvallen te vangen. Ongetwijfeld is het wreed, maar vergif strooien is ook wreed, en met lokdoosjes vang je hoogstens verdwaalde bromvliegen. Je kunt de huismuis ongemoeid zijn gang laten gaan, maar het probleem is: ze knagen. Niet alleen aan voedsel, maar ook aan snoeren, en daardoor behoort kortsluiting tot de mogelijkheden, kortsluiting die weer kan uitmonden in een grote brand.

Met de klapvallen ving ik veldmuizen. Mij leken die, omdat hun staarten erg kort zijn, minder geschikt voor mijn masterplan. Hoe aan een echte, stevige huismuis te komen? Zo'n prachtbeestje met grote, doorschijnende, roze oorschelpjes en een staart zo lang als een leeslint? Vang ze maar eens! Ze zijn zo gewiekst, zelfs de bruine of zwarte rat kan qua uitgekooktheid niet tegen de huismuis op. Ze zijn overal, maar je vangt ze zelden. Een eerste vereiste om een huismuis met een klapval te vangen, is dat je een splinternieuwe val gebruikt. Oude vallen blijven, hoe grondig je ze ook uitkookt, geuren naar muizenangstzweet, naar muizenbloed, naar muizenharen. En daar trapt de huismuis niet in. Dus ik ging eropuit om nieuwe vallen aan te schaffen. Kostbaar zijn ze, een euro kosten ze, en je kunt ze kopen in diervriendelijke winkels waar ze Whiskas en Bonzo en zangzaad verkopen alsmede goudvissenkommen, kwinkelerende kanaries en luierbroekjes voor honden.

Door het hele huis heen zette ik mijn nieuwe vallen uit. Soms hoorde ik ze, terwijl ik na het uitzetten wegliep, al dichtklappen. Weer een domme veldmuis, wist ik. Ik ving er tien achter elkaar, en tweemaal ving ik zelfs een spitsmuis.

Uiteindelijk, in de nacht van vrijdag op zaterdag, klapte op zolder met veel bombarie een val dicht waarin, toen het licht werd, zowaar een huismuis bleek te zijn omgekomen. Het was een prachtexemplaar, een zwanger vrouwtje met mooie roze tepeltjes en een staart als een rijzweep. Toch dacht ik: akkoord, deze muis is bruikbaar, maar laat ik voor de zekerheid ook een jonge rat meenemen. Die is wat groter, dus wellicht nog bruikbaarder.

Voor de jonge rat vervoegde ik mij bij mijn buren. Ze drijven een paardenpension en in de stallen zie je, als je er binnenvalt, zelfs overdag de ratten aan alle kanten in allerijl wegschieten. Niettemin zegt de buurman altijd: ik heb geen ratten, als er hier al eentje rondloopt is dat een overloper uit jouw kippenhok vandaan, en ik spreek hem niet tegen, want het is waar: wie kippen houdt, heeft ratten. Een klapval hoefde ik niet te zetten. In de stallen jagen diverse katers op de ratten die volgens de buurman schitteren door afwezigheid. De katers zijn weldoorvoed, ze vreten de ratten niet op, ze deponeren hun prooien tussen de strobalen. Ik schoof een paar balen opzij en vond een mooie, jonge bruine rat. Een gaaf exemplaar. Liever had ik een jonge zwarte rat bemachtigd, want hun staart is veel langer, en ze ogen ook luisterrijker. Maar de zwarte rat is door de bruine rat uit Nederland verdreven, dus daar kun je niet aankomen. Wel duiken er de laatste tijd steeds berichten op dat ze vanuit havens Nederland toch langzaam weer invaderen. Her en der worden vanuit graanpakhuizen weer meldingen gemaakt van flinke, doorgaans op zolder bivakkerende kolonies waarop nauwelijks vat te krijgen is.

Op zaterdagmiddag deponeerde ik de huismuis en de jonge bruine rat alsmede een speldenkussen in de zadeltas van mijn racefiets. Uit de schuur haalde ik de vervaarlijke, voorhistorische pook die ik van mijn vriendin Marjolijn heb gekregen, en die bevestigde ik onder mijn snelbinders. Hij stak tamelijk ver naar achteren uit, zo lang was hij. Met de wind in de rug overbrugde ik de afstand van mijn woning naar het huis van mijn moeder – precies vijftig kilometer – in anderhalf uur. Maarten van Buuren, de auteur van *Kikker gaat fietsen*, zou erom lachen, maar ik kan eenvoudig niet sneller, en misschien hoeft dat ook niet, gelet op mijn leeftijd. Vroeger reed ik onbekommerd ook weer terug, maar sinds je voor slechts zes euro in de trein je fiets kunt meenemen, maak ik vaak gebruik van de sprinter. Onderweg heen bedacht ik koosnaampjes die ik de ondieren zou kunnen toebedelen.

Mijn moeder begroette me, zoals ik al eerder meldde, altijd met een soortement scheldwoord dat ze liefkozend uitsprak. 'Zo, varkenbeest, ben je daar?' was haar meest favoriete uitdrukking. Vaak kwam ook het woord 'smeerpoets' langs of 'ondeugd'. Als ze het woord 'varkenbeest' gebruikte was ze in een goed humeur.

Die keer zei ze echter, toen ik mijn fiets in haar halletje zette: 'Wat ben ik blij dat je er bent', en daaruit leidde ik af dat de grommende muis haar bestaan flink ontregeld had.

'Geef me een kopje thee,' zei ik, 'en dan ga ik hem meteen te lijf.'

'Weet je dan waar hij zit?' vroeg ze.

'Vast en zeker achter die mooie warmteregelaar naast je schuifpui. Daar heeft hij de ruimte, daar is het altijd lekker warm, en van daaruit kan hij langs de plinten achter je kasten en achter de bank de kamer doorkruisen zonder gezien te worden. Hij zal nu nog wel slapen, denk ik, of heb je hem vandaag al horen grommen?'

'Nee, vandaag heb ik nog geen centje last van hem gehad.'

Mijn moeder verdween naar de keuken om thee te zetten. Daar deed ze doorgaans vrij lang over, dus ik had tijd om het volgende onderdeel van mijn masterplan uit te voeren. Uit de zadeltas van mijn fiets haalde ik de huismuis, de jonge rat en het speldenkussen. Voorzichtig schoof ik de warmteregelaar iets opzij, drapeerde speldenkussen, huismuis en jonge rat tegen de plint aan en schoof de warmteregelaar terug. Marjolijns pook legde ik op tafel.

We dronken twee koppen thee. Ik zei: 'En nu gaat het gebeuren. Zo meteen schuif ik zo voorzichtig mogelijk die warmteregelaar een stukje naar voren. Als het addergebroed daarachter zit, en niet wakker wordt, sla ik hem met mijn pook meteen de hersens in.'

'Ik bibbert en beeft,' zei mijn moeder, die dat soort werkwoorden in benarde omstandigheden altijd vervoegde alsof het de derde persoon enkelvoud betrof.

'Dat is niet nodig,' zei ik, 'mits hij niet wakker wordt. En als hij dat wel wordt, is hij toch nog slaapdronken, dus dan moet het wel gek gaan wil ik hem niet kunnen raken voor hij ervandoor gaat. Weet je nog, die spin op zolder in de Patijnestraat die altijd zo gluiperig naar je zat te knipogen als je daar de was ophing?'

'En of ik dat nog weet.'

'En die pissebedden onder het aanrecht?'

'Ik wil d'r niet aan herinnerd worden.'

'En die zwarte hond in de Damstraat?'

'Hou op, sla die muis voor me dood.'

'En die rode kater van Van Baalen?'

'O, dat kreng, die stak de straat over en glipte naar binnen als je de voordeur opendeed, sprong op het aanrecht, en griste het soepvlees zo uit de pan.'

'Precies,' zei ik, 'en wie heeft die spin en die pissebedden en die hond en die kater mores geleerd?'

'Je broer Arie,' zei mijn moeder.

'Niks hoor,' zei ik, 'ik heb ze op hun falie gegeven. En nou ga ik die muis op z'n falie geven.'

Uiterst voorzichtig schoof ik de warmteregelaar opzij. Schrik veinzend deinsde ik terug.

'Godallemachtig,' fluisterde ik, 'd'r liggen er twee te pitten.' Met Marjolijns voorhistorische pook sloeg ik op het speldenkussen, uitroepend: 'Rochelend, roofzuchtig, ruftend rioolrapalje, durven jullie wel, krijsende karpatenkoppen, m'n oude moeder van negentig sarren, haar laatste levensdagen verzuren met jullie tenenkrommend gegrom.'

Met mijn pook ranselde ik het speldenkussen. Natuurlijk had ik mij ook op rat en muis kunnen uitleven, maar die zouden dan zo zwaar beschadigd zijn dat mijn moeder ze wellicht niet meer herkend zou hebben.

'Nifterende netenvreters,' riep ik, 'gruwelgeteisem, rondsluipende serpenten, hier, ik sla je ruggenwervels tot moes, en je poten aan barrels, ellendelingen, misbaksels, ik laat niks van je heel. O ja, had je nog praatjes? Hoe durf je! Zo, zo, wou je je nog verzetten, valse lamstraal, nee, gekonfijte krokodillenkop, het is te laat, haal je begrafenispolis maar uit de kast, zoek het telefoonnummer van de lijkbezorger maar op, 't is voorbij, 't is afgelopen, 't is over.'

'O, o,' zei mijn moeder, 'wees toch voorzichtig, straks piest en poept ik nog in mijn broek.'

'Niet meer nodig,' zei ik, 'volgens mij zijn ze allebei morsdood. Waar moet ik de stoffelijke overschotten laten?'

'Gooi ze maar in de vuilnisbak op het plaatsje,' zei mijn moeder.

'Dat vind ik te veel eer voor ze, ik neem ze mee. Onderweg smijt ik ze bij Leidschendam in een gierput.'

'Zoals je tekeerging,' zei mijn moeder, 'je lijkt toch als twee druppels water op m'n vader, die kon ook zo vreselijk tekeergaan, ik zie nog voor me hoe hij twee ouderlingen die op huisbezoek waren het huis uit ranselde. Hinkend strompelden ze over de Herenlaan naar de Westgaag.'

'Dus ze leefden nog,' zei ik.

'Nog net,' zei mijn moeder, 'maar ze hadden 't Spaans benauwd gehad, m'n vader sloeg erop los, ook met een pook, geloof ik, of nee... nee, met een fietspomp.'

'Kijk,' zei ik, en ik haalde de jonge rat achter de warmteregelaar vandaan en hief hem aan zijn staart omhoog.

'Doe dat monster weg,' gilde mijn moeder, 'ik wil het niet zien, in bed droomt ik de hele godganse nacht van wilde beesten.'

'Zo meteen leg ik hem buiten neer,' zei ik, 'en straks neem ik hem mee, maar eerst die andere fielt nog.'

Ik tilde de huismuis aan zijn staart op en liet hem even boven de warmteregelaar bungelen.

'Doe dat vreselijke beest toch weg,' zei mijn moeder.

'Ik doe hem weg,' zei ik, 'maar ik wil graag dat je goed ziet en, nog belangrijker, onthoudt dat ík hem te grazen heb genomen.'

'Ik heb het gezien,' zei mijn moeder, 'en doe hem nou alsjeblieft weg, Arie.'

Iedere keer als ik een bijzondere prestatie verrichtte, raakte mijn moeder enigszins de kluts kwijt. Het leek dan alsof ze dacht dat ze niet mij, maar mijn broer voor zich had. Want hoe moet ik anders interpreteren dat ze mij dan opeens aansprak met de naam van mijn broer?

Elk jaar vulde ik haar belastingaangifte in. De laatste keer dat ik dat gedaan heb, zei ze, toen ik gereed was: 'Arie, dank je wel', en nog waren die woorden niet verklonken of mijn broer stond op de stoep, en verschafte zich met zijn duplicaatsleutel toegang. Toen zei ze tegen hem: 'Hier, vijftig gulden omdat je m'n belastingaangifte hebt ingevuld.'

En minzaam grijnzend nam mijn broer een briefje van vijftig euro in ontvangst. (Voor de duidelijkheid: mijn moeder zei nog altijd vijftig gulden als ze vijftig euro bedoelde.)

Merkwaardig toch dat mijn moeder, in geval van verdiensten mijnerzijds, deze terstond aan mijn broer toeschreef, en mij bij wijze van beloning voor verrichte werkzaamheden opeens als Arie aanduidde. En toch was ze, al vermoedden mijn broer en mijn zus dat ze enigszins begon te dementeren, volgens mij toen nog goed bij haar verstand. Wel zag ze meestal na verloop van tijd in dat ze, als ze mij Arie noemde, zich vergiste, en dan zei ze: 'O nee, ik zeg de hele tijd Arie, maar ik bedoel natuurlijk jou.'

Hoe dan ook, de geënsceneerde moord op het rioolrapalje werd – en daar was ik tevreden over, want het betekende dat ze mijn prestaties waardeerde – zoals gebruikelijk toegeschreven aan mijn broer. Op enig moment werd hij daar ongetwijfeld ook passend voor beloond. Mij deerde dat niet, sterker, ik gunde het hem, want voor mijn moeder liep hij het vuur uit zijn sloffen.

Rat en muis legde ik buiten in het voortuintje. Ik ging weer naar binnen, zei tegen mijn moeder: 'Geef me een vaatdoekje, ik wil even het bloed wegvegen.'

Ze overhandigde me een vaatdoekje. Achter de warmteregelaar streek ik ermee over de houten vloer. En passant wikkelde ik het deerlijk gehavende speldenkussen erin.

'Kun je dat vaatdoekje missen?'

'Ja, varkenbeest,' zei mijn moeder.

'Dan neem ik het mee,' zei ik.

Terwijl ik vaatdoek en speldenkussen in mijn zadeltas stopte, schonk mijn moeder nog een kop thee voor mij in.

'Dat heb je wel verdiend,' zei ze, en toen zei ze, veel zachter: 'Nou je zo je best voor me gedaan hebt, wil ik je eens iets vertellen. Behalve aan de dominee heb ik dat nog nooit aan iemand anders verteld, maar nu wil ik het toch een keertje aan m'n oudste zoon kwijt. Bij Leny en Arie hoef ik er niet mee aan te komen, die willen geen kwaad woord over hun vader horen, dus moet ik het wel aan jou vertellen.'

'Je vader...' zei mijn moeder. Toen zweeg ze en staarde voor zich uit.

Juist, dacht ik, daar komt weer een verhaal over mijn vader, een verhaal waarin hij, ofschoon hij al zevenendertig jaar geleden is overleden, zwarter gemaakt zal worden dan de slang in het paradijs. Ik zette mij schrap. Vaak al had mijn moeder de vreselijkste dingen over mijn vader verteld, maar nog altijd was ik niet gehard. Slechts zevenenvijftig was hij geworden, en al was hij dan zevenendertig jaar geleden gestorven, geen dag was er sindsdien voorbij gegaan dat ik niet aan hem gedacht en om hem getreurd had. Over mijn vader wilde ik simpelweg geen kwaad woord horen, maar een oude, broze, aan de ziekte van Parkinson lijdende moeder die, om wat voor reden dan ook, haar hart wilde luchten kon je moeilijk bits toevoegen: hou in godsnaam je mond over mijn vader. Dus daar kwam het verhaal, en ik hield mijn mond, en luisterde deemoedig.

'Het was in de voorzomer,' zei mijn moeder. 'Ik ging je vader koffie brengen,' zei ze, 'het was prachtig weer, ik stekkerde door de Van der Horststraat, hees mezelf bij de molen de dijktrap op, dat kon ik toen nog, nou zou dat niet meer vleugen, ik liep over de Prinses Julianalaan, en al die vogeltjes maar kwinkeleren, het hoogste lied, het is of ik ze nog steeds hoor, ze hadden zo'n praats, en hoe dichter ik bij het graf kwam, hoe meer vogeltjes ik hoorde, een mens snapt toch niet waarom er zoveel vogeltjes zijn, vooral op begraafplaatsen, met de helft minder waren we al goed af geweest.

Toen ik bij 't graf aankwam, om een uur of tien was dat, ben ik eerst maar eens langs het hek gelopen. Eens koekeloeren, dacht ik, of d'r geen vreemde snoeshanen op 't graf rondlopen. Vaak had je vader zulke rare kerels op bezoek. Ze wouen d'r eigen van kant maken en kwamen alvast kijken waar ze dan kwamen te liggen. Maar toen, die keer, zag ik geen mens op 't graf. Zelfs je vader zag ik niet, dus ik dacht: die zal wel weer in het baarhuisje bivakkeren. Maar toen ik het kleine hekje door was, kwam hij bij de kapel opeens aanzetten. Ik weet nog dat ik zei: "Wat heb je een rood gezicht", en hij zei: "O ja, is dat zo rood, dat komt dan van de zon", en toen wou hij per se bij het rododendronperkje naast de tweede klas huurgraven gaan zitten. Daar zocht ik verder niks achter, want 't was en is een fijn plekje.'

'Zeker,' zei ik, 'dat was daar een van de mooiste plekjes.'

'Precies, maar nou begrijp ik pas goed waarom je vader juist daar altijd wou zitten.'

'Nou ja, zo vreemd is dat niet, er stond daar een bank.'

'Zat je daar midden op, dan keek je, als 't een uur of tien was, altijd tegen de zon in, dus dan zag je bijna niks.'

'Niet altijd schijnt de zon,' zei ik.

'Toen scheen hij voor twee, toen scheen hij net zo fel als de vlam van Pernis, en ik zag niks, en je vader zei: "Als jij nou alvast koffie inschenkt, loop ik nog eventjes naar de derde klas om te kijken of het luik wel goed ligt op het graf dat ik zonet gegraven heb." '

Dus ik schonk de koffie in, en ik weet nog dat ik er eerst niks achter zocht, dat ik eerst nog dacht: wat een man toch, dat hij nog even wil kijken of dat luik goed ligt, en dat ik toen pas dacht: maar waarom? Al zou dat luik een beetje scheef liggen, wat kan dat nou schelen, niemand die het ziet. En eer dat er begraven wordt, heb je nog alle tijd om dat luik goed te leggen.'

'Luik goed leggen? Als er begraven wordt, gaat het luik eraf.'

'Val me nou niet in de rede, daar kan m'n arme, oude hoofd niet tegen, als ik precies wil vertellen wat er gebeurde, moet ik m'n gedachten er goed bij houden.'

Ze zat een poosje voor zich uit te kijken, schudde haar hoofd alsof ze daarmee haar gedachten kon ordenen, zei toen: 'Opeens begon ik te bibberen en te beven, en ik keek tegen die zon in, en al zag ik dan bijna niks, ik zag toch dat je vader op de derde klas tussen de stenen door naar dat nieuwe graf liep en daar toen neerhurkte en het luik op dat graf eventjes optilde. Hij hurkte met z'n rug naar me toe, maar ik kon toch zien dat hij iets prevelde, dat zag ik omdat z'n hoofd een beetje bewoog, hij prevelde iets, en schoof toen dat luik weer op z'n plek. Nou, wat denk je?'

Mij was duidelijk wat mijn moeder veronderstelde. Vele varianten van het verhaal dat ze mij vertelde had ik al mogen aanhoren, maar deze bizarre, kennelijk eerder reeds aan de dominee opgedrongen versie was nieuw voor mij.

'Nou, wat denk je?'

'Wat ik denk? Ik denk niks, maar ik weet heus wel wat jij toen dacht.'

'Nou, wat dan?'

'Dat hij daar in dat graf een vrouw had verstopt.'

'Een vrouw? Een vrouw,' stoof mijn moeder op, 'niks geen vrouw, hij had daar zolang een mokkel gestald.'

'In een nieuw graf? Met het luik erop?'

'Honderd procent zeker. Onderin bivakkeerde daar een mokkel. Want toen hij dat luik had teruggelegd, kwam hij teruglopen en dronken we koffie, en na het eerste bakje moest hij weer zo nodig naar dat graf toe, en weer lichtte hij dat luik een beetje op – ik snap best waarom. Hij moest dat mokkel een beetje geruststellen, je zal daar zolang in een graf gestald worden, daar ben je echt niet blij mee.'

'Denk je nou heus dat mijn vader in dat graf een vrouw...'

'Een mokkel,' zei mijn moeder streng.

'Goed... een mokkel had verstopt. Zoveel prachtige plekjes daar waar je iemand kon verstoppen.'

'D'r zat een mokkel in dat graf,' zei mijn moeder met stemverheffing.

Iedere keer dat mijn moeder mij had verteld over een door mijn vader verstopte vrouw, was er ook sprake geweest van een verstopte fiets, dus ik vroeg:

'En waar was haar fiets dan?'

'Die hadden ze ook in dat graf laten zakken. Je vader is, toen we daar bij de rododendrons koffiedronken, drie keer bij dat graf geweest, en elke keer als hij dat luik optilde, zag ik de fietsbel glinsteren.'

Onweerlegbaar bewijs, dacht ik, en ik slurpte van mijn thee en ik vroeg: 'Wat zei die dominee toen je hem dit verhaal vertelde?'

'Die stond perplex, die stond helemaal perplex, die zei: 'Mevrouw Lock, laatst heb ik mijn veertigjarig ambtsjubileum gevierd, dus dan kunt u zelf wel uitrekenen hoe lang ik dankzij Gods goedertieren genade al dominee heb mogen zijn, en in al die jaren heb ik al veel huwelijksellende aangehoord, heel veel, maar dit... zoiets als dit... zoiets verschrikkelijks... Mevrouw Lock, ik zal vanavond voor u bidden, wat hebt u in een hel geleefd.'

Rozenburg

Heb je een stokoude moeder, dan spreekt het vanzelf dat je haar regelmatig bezoekt. Mijn broer ging er elke dag langs, mijn zus een keer of drie in de week. Dus ik kon niet achterblijven, maar het lukte mij toch niet haar vaker te bezoeken dan eenmaal per maand. Daar waren allerlei redenen voor. Ten eerste was het voor mij, anders dan voor mijn broer en zus, die allebei over een auto beschikken, niet zo eenvoudig om mij naar mijn moeder te begeven. Mijn broer woonde drie en mijn zus woonde vijf kilometer bij haar vandaan, maar de kilometerteller op mijn racefiets gaf onveranderlijk aan dat ik vijftig kilometer had gereden als ik mij van mijn huis naar haar huis had verplaatst. Heen en terug was het dus honderd kilometer, en honderd kilometer op een racefiets met heen wind tegen, terug wind mee, of omgekeerd, bleek keer op keer net te veel voor mijn delicate gestel.

Openbaar vervoer derhalve. Op de fiets van Warmond naar Leiden. Trein van Leiden naar Delft. Bus van Delft naar Maasland. Op zich goed te doen, ware het niet dat met name de bus van Delft naar Maasland totaal niet aansluit op de trein. Je moet altijd minstens een halfuur in Delft wachten.

Alternatieve mogelijkheid. Trein van Leiden naar Maassluis, en daarvandaan de bus naar Maasland. Maar dan moet je overstappen op station Schiedam voor de boemel naar Maassluis, en ook daarbij verlies je veel tijd omdat de boemel de macabere gewoonte heeft in beweging te komen op het moment dat jouw trein vanuit Leiden het even lugubere als winderige station Schiedam binnenrijdt. Dus die boemel zou je net kunnen halen als hij een minuut later vertrok (want je hoeft alleen het perron maar over te steken), maar de dienstregeling van de NS is duidelijk niet gemaakt door iemand die in Maasland zijn oude moeder wil bezoeken. Kom je, als je desondanks voor deze mogelijkheid kiest, in Maassluis aan, dan zie je daar op het altijd doodstille Stationsplein de bus naar Maasland vredig in de zon of triest in de regen staan, en die zou je kunnen halen, maar je moet wachten voor spoorbomen, want eerst moet de trein waarin je gekomen bent, nog doorrijden naar Hoek van Holland voor je het station kunt verlaten. En terwijl je achter die spoorbomen wacht, kun je aanschouwen hoe de deur van de bus tergend langzaam dichtzwaait, en hoe die bus zich tergend langzaam in beweging zet.

Geen nood, andere mogelijkheden in overvloed. Trein van Leiden naar Delft en daar een ov-fiets scoren. Met als bijzondere bonus dat je in Delft, althans in de tijd voor alles daar op de schop ging vanwege de verplaatsing van het spoor naar een ondergrondse tunnel, op twee locaties vlak bij het station een ov-fiets kon bemachtigen. Kom daar eens om in andere steden! Helaas, hoe uitgebalanceerd het ov-fietssysteem ook is, er zijn toch enkele kleine ergernissen. Alle ov-fietsen zijn simpele uniseksfietsen met eenvoudige terugtrapremmen. Bij tegenwind moet je dus stevig op de pedalen gaan staan, en heb je wind mee dan kun je daar niet optimaal van profiteren. Bij vrijwel alle ov-fietsen staat het zadel te laag, dus dat moet je omhoogkrikken voor je kunt gaan rijden. Ook zijn de banden doorgaans veel te zacht, dus moet je pompen voor je vertrekt.

Rijd je op een ov-fiets van Delft naar Maasland, dan doorkruis je oneindig laagland met ijle populieren. Weilanden links en rechts van de weg, en een weergaloos breed fietspad van het plaatsje Den Hoorn tot Maasland toe dat aangelegd is over de oude baan van de Westlandse Stoomtram. De afstand van Delft naar Maasland is een kilometer of zestien. Goed te doen op een vertrouwde fiets met versnellingen, maar een flinke opgave op zo'n ov-fiets waar je niet aan gewend bent. De wind waait, als gevolg van dat oneindige laagland, onbelemmerd in je gezicht. Van enige bescherming of beschutting is nergens sprake. Vooral het gedeelte vanaf Schipluiden naar Maasland kan zich ingeval van tegenwind ontpoppen als een kwelling. En om de een of andere reden regent het haast altijd als je daar fietst. Ook lijkt het wel of de satan daar met valwinden strooit.

Wat je ook kunt doen: trein van Leiden naar Maassluis, en daar een ov-fiets scoren. Afstand vandaar tot het huis van mijn moeder: slechts vier kilometer. Plus dat je dan zomaar op de fiets door Maassluis kunt rijden, en wie wil er nou niet op de fiets door Maassluis rijden? Stationsweg uit, de Haven langs, de Wip af, het Marktplein over, afslaan naar de Wegt langs de Noordvliet, met op enig moment de mooie bungalow van Ruijsbroek aan je linkerhand, en dan Maasland in, en kruip door, sluip door naar de 's-Prinsensingel. Twee bezwaren. Ten eerste die boemel in Schiedam die je altijd mist. Ten tweede: de onzekerheid in Maassluis. Is de fietsenstalling wel open? Kun je wel een ov-fiets krijgen? Typisch Maassluis natuurlijk, alles is daar altijd hoogst onzeker behalve de tijdstippen waarop de vele kerkdiensten op zondag beginnen. Op de fietsenstalling heb ik vaak een briefje aangetroffen: wegens ziekte gesloten.

Toen mijn moeder op de 's-Prinsensingel in Maasland was gaan wonen, begreep ik al snel dat er weinig anders op zat dan maar een rijbewijs te halen, wilde ik mij soepel naar Maasland kunnen verplaatsen. Zeker, Zorgvlied was nog hopelozer geweest, maar daar mocht ik aanvankelijk niet komen, en mij heugde nog hoe makkelijk het was geweest haar te bezoeken toen ze nog in de Prins Mauritsstraat te Maassluis woonde. Trein naar Maassluis en een wandelingetje van amper vijf minuten van het station naar de Prins Mauritsstraat.

Vanwege mijn moeder probeerde ik dus begin jaren negentig een rijbewijs te halen. Helaas, het bemachtigen van het begeerde roze papiertje bleek een heksentoer. Bij het schriftelijke examen had ik nul fouten, maar toen ik de eerste keer afreed, zakte ik, en de tweede keer zakte ik weer. En toen had ik er zo schoon genoeg van dat ik er, zesduizend gulden armer, mee ophield. Het liefst had ik het hoofdgebouw van het CBR te Rijswijk opgeblazen, en ik stel mij nog steeds elke week een keer voor dat ik mijn twee rijexaminatoren ombreng, maar tussen droom en daad staan wetten in de weg en praktische bezwaren. Ik dacht: als ik doorga zal ik uiteindelijk wel een keer slagen, maar dat kan nog lang duren, en tegen die tijd is mijn moeder waarschijnlijk al dood.

Dus toen bedacht ik een listig plan. Als ik mijn broer nu eens inschakelde. Bij gunstige wind vanuit het zuidwesten (en in Nederland waait het haast altijd vanuit het zuidwesten) zou hij met zijn auto mijn racefiets en mij kunnen ophalen. Racefiets achterin, ik voorin, en terug zou ik dan met de wind mee naar huis kunnen suizen. Dat was een ijzersterk idee, met één beperking: de auto van mijn broer was te klein. De racefiets paste er niet in. Geen nood, dacht ik, dan geef ik mijn broer toch een grotere auto. Dus ik gaf mijn broer een Toyota Prius (gek genoeg was hij daar nog blij mee ook!) en de racefiets bleek daar makkelijk in te kunnen.

Helaas, toch ook in dit geval complicaties. Door de week was er op de A4 en A44 zoveel verkeer dat we samen haast altijd in een file terechtkwamen, terwijl mijn broer op de heenweg in zijn eentje ook al in de file had gestaan. Dit was te ondervangen door de tocht op zondag te maken. Met name 's morgens vroeg: doodstille wegen. Het zou een gouden greep zijn geweest, ware het niet dat mijn moeder bezwaar maakte tegen de zondag als bezoekdag. 'Het doet,' zei zij, 'de Heere zo'n zeer als die lieve jongen op zondag met de auto naar jou toe moet rijden en weer terug moet rijden en als jij, varkenbeest, dan op de fiets naar huis gaat. Ach, dat doet de Heere zo'n zeer.'

Denk een ogenblik aan het heelal waarin we leven. Een duizelingwekkende ruimte, gevuld met ontelbare melkwegen, miljarden sterrenstelsels, en per sterrenstelsel weer miljarden sterren. Bij al die miljarden maal miljarden maal miljarden sterren ongetwijfeld miljoenen, zo niet miljarden planeten waar leven mogelijk is. En zelfs als onze aarde de enige planeet in het heelal is waarop leven ontstond (maar dat lijkt mij uiterst onwaarschijnlijk), dan nog is dat heelal met al die sterren en wolken en donkere materie en zwarte gaten en quasars erin zo duizelingwekkend groot en groots dat het elke menselijke maat oneindig ver te boven gaat. Als er al een opperwezen rondwaart dat dit heelal, met al wat daarin is, geschapen heeft, dan gaat dat opperwezen niet alleen qua unieke vermogens al onze verbeeldingskracht hopeloos ver te boven, maar kunnen wij ons überhaupt geen voorstelling maken van zo'n wezen. Ooit zongen we, oude berijming, psalm 147:

Hij telt het groot getal der starren
die 't scherpst gezicht op aard' verwarren.
Hij roept dat talloos heir tezamen
en noemt die allen bij haar namen.

En zo'n wezen, zo'n opperwezen, dat overzicht heeft over al die sterren en ze bij naam kent, zo'n onvoorstelbaar grote computer (want iets anders kan het moeilijk zijn), zou er aanstoot aan kunnen nemen dat ik op zondag per fiets mijn oude moeder wil bezoeken? Druk bezig met het tellen van al die sterren en het bijeenroepen van de melkwegstelsels, heeft Hij desondanks ook nog tijd om zich op te winden over een fietstochtje op zondag? (Terwijl Hij dan tegelijkertijd – en stel je toch voor wat een immense beproeving dat moet zijn – naar dat ijselijke geleuter in de vorm van gebeden moet luisteren dat alleen al in Nederland uit tienduizenden kerkgebouwen naar Hem opklimt.) Wat voor kleinschalig godsbeeld heb je als je zoiets gelooft? Maar ja, al die gelovigen zijn onvoorstelbaar hoogmoedig. Stuk voor stuk denken ze dat God hoogstpersoonlijk de hele dag door met hen bezig is. Mijn schoonzus bijvoorbeeld denkt dat de Here God, als ze haar huissleutel kwijt is, meteen paraat staat om haar te helpen zoeken.

Dus dat het de Heere zeer doet als ik op zondag na een bezoek aan mijn moeder terugfiets, lijkt niet waarschijnlijk. Maar ja, ook al doet het de Heere geen zeer, het deed mijn moeder zeer, en daarom was het geen optie. Slechts op tweede kerstdag, tweede paasdag, tweede pinksterdag en Hemelvaartsdag konden mijn broer en ik profiteren van de stilte op de Nederlandse wegen.

Uiteraard heb ik haar op tweede pinksterdag van het jaar 2012 bezocht. Ik maakte mij toen grote zorgen. Het was duidelijk dat ze binnen afzienbare tijd niet meer op zichzelf kon blijven wonen. Als ze het gas openzette, vergat ze er een lucifer bij te houden, dus mijn broer heeft haar in de laatste maanden herhaaldelijk aangetroffen in een aardgaswolk.

'Pas toch op,' aldus mijn broer tegen haar, 'de hele zaak kan zo ontploffen.'

'Geeft niet,' zei ze dan, 'oud worden is verschrikkelijk. Overdag ben je alleen maar aan het uitrusten van de zware, slapeloze nacht die je achter de rug hebt, dus als ik in de lucht vlieg ben ik verlost uit mijn lijden.'

'Ja, maar dan vliegen de buurhuizen misschien ook de lucht in, en daarin wonen kleine kinderen.'

Mijn broer sloot het gas af. Ze kon voor zichzelf niets meer opzetten. Mijn broer kocht een elektrisch kookplaatje. Ze prutste eraan, en het werkte niet meer. Dus restte niets anders dan haar maar eten te brengen dat ze dan in de magnetron kon opwarmen.

Mijn broer reed in die laatste maanden dagelijks een paar keer op en neer om haar bij te staan. 'Ik kan de tv niet meer aankrijgen.' En dan ging mijn broer maar weer op pad om de tv met de afstandsbediening in te schakelen.

Doodvermoeid besloot hij uiteindelijk een paar dagen met vakantie te gaan. Mijn zus zou alle zorgtaken waarnemen. Maar ik wist dat mijn moeder, als mijn broer op stap was, in permanente staat van paniek verkeerde, dus ik ging erheen op een zondag begin juli. Ik dacht: als ze zover heen is dat ze het gas wel openzet, maar niet aansteekt, neemt ze er misschien geen aanstoot meer aan dat ik op zondag verschijn.

Het was bloedwarm op die julizondag. In Schiedam had ik geluk, de boemel naar Maassluis was vertraagd, dus die haalde ik. (Ik heb al veel treinen in mijn leven gehaald dankzij vertragingen, dus ik begrijp niet waarom reizigersvereniging Rover er zo op hamert dat de treinen op tijd moeten rijden.) In Maassluis, zo had ik mij voorgenomen, zou ik een ov-fiets nemen. Mooi voornemen, maar de fietsenstalling was uiteraard hermetisch gesloten en er hing zelfs niet eens briefje waarop de reden van die sluiting was vermeld. Daar stond ik, op dat doodstille Stationsplein. De klok van de Groote Kerk beierde, de klok van de Immanuëlkerk beierde, de klok van de Christelijk Gereformeerde Kerk beierde, en ik hoorde ook nog allerhande ander gebeier. Ik meende zelfs schel, pedofiel paaps gebeier waar te nemen.

In andere steden dan Maassluis wachten taxi's op het stationsplein. Maar daar is in Maassluis geen sprake van. Daar rijden op zondag geen taxi's. Dat doet aldaar de Heere te veel zeer.

Dus wat te doen? Lopen naar Maasland? Een mogelijkheid, maar wel een pittige afstand, goed voor een wandeling van een uur.

Wonderlijk genoeg had ik het mobieltje van Hanneke meegenomen. Weliswaar kon ik het niet bedienen, maar het leek toch een verstandig idee maar eens wat te proberen. Hier en daar drukte ik een toets in. Ik merkte dat je, als je een nummer intoetste, dat te zien kreeg op een schermpje. Dus ik toetste het nummer van mijn zus in. Over de vervolgstap verkeerde ik in grote onzekerheid, maar de Heere – hij nam duidelijk geen aanstoot aan mijn schennis van de zondag – hielp mij, want per ongeluk drukte ik een groen knopje in en kreeg toen even later mijn zwager Jan aan de telefoon.

'Met Jan de Haan.'

'Jan, ik sta hier in Maassluis op het Stationsplein. Ik kan geen ov-fiets krijgen, de stalling is dicht. Zou je me willen ophalen en naar mijn moeder willen brengen?'

'Ik kom eraan,' zei Jan, 'maar weet wel dat wij straks naar Overijssel gaan, dus als je terug wilt moet je of al na een uurtje terug, dan kan ik je weer op het station afleveren, of je moet op eigen kracht terug.'

'Haal me na een uurtje weer op. Veel langer houd ik het, vanwege alle lasterpraat over mijn arme vader, toch niet uit.'

Dankzij Jan was ik even na tien uur bij mijn moeder. Ik verwachtte een tirade omdat ik de zondag ontheiligde, maar die bleef uit. Daaruit maakte ik op dat ze tamelijk ver heen was.

'Ik ben helemaal niks meer waard,' zei ze, 'echt helemaal niks meer. Het is helemaal op. Ik hoop maar dat de Heere me gauw thuishaalt.'

'Ik maak me zorgen,' zei ik, 'Arie vertelde over het gas.'

'Dat heeft hij afgesloten. Daar was ik blij mee.'

'Ja, maar je kon niet overweg met dat elektrische kookplaatje, dus wat nu?'

'In ieder geval niet naar een verzorgingstehuis. Dat nooit. En wat eten betreft, ik heb toch niks meer nodig, ik kan bijna niks meer binnenhouden, ik spuug driekwart er meteen weer uit. Het is echt helemaal op. Ik zal het niet lang meer maken, en daar ben ik blij om, want mijn leven was ondraaglijk en...'

'Zo erg was het toch niet?'

'O nee? Bij ons thuis aan de Herenlaan zaten we maar altijd over de bodem te krabbelen. Straatarm waren we. Nieuwe kleren kon je niet kopen, je kreeg afdragertjes van familie.'

'Later naaide je toch alles zelf?'

'Is dat zo mooi, dat je maar alles zelf moet naaien omdat je nooit eens een mooi japonnetje kan kopen?'

'Je kon anders naaien als de beste.'

'Ja, mijn handen stonden nergens verkeerd voor. Maar moet je nu eens zien. Ik bibber zo verschrikkelijk dat ik zowat niet eens meer een kopje thee voor mezelf kan zetten. Ik ben echt helemaal niks meer waard.'

Ze staarde een poosje voor zich uit, zei: 'Je moet zelf maar een kopje thee maken, ik kan het niet meer.'

'Da's goed,' zei ik.

'Dat leven van mij...' zei ze, 'eerst armoede thuis, toen armoede in de Patijnestraat...'

'Ho, ho,' zei ik, 'je bent erg ondankbaar als je zegt dat je een ondraaglijk leven achter de rug hebt. Je bent tweeënnegentig jaar lang nooit ziek geweest. Dat alleen al.'

'Wel waar, ik heb tb gehad.'

'Maar dat ging over omdat je petroleum dronk.'

'Ja, peterolie, dat hielp geweldig, toen was ik er zo vanaf.'

'Nou, kijk aan.'

'Én ik heb ook kanker aan mijn hoofd gehad.'

'Zeker, net als ik later, en op precies hetzelfde plekje, dus ik weet er alles van. Het werd zo, hupsakee, weggesneden. Nou, als dat alles is in tweeënnegentig jaar.'

'Maar ik heb...'

'Wacht nou even, moet je nou toch nagaan, je hebt nooit aan sport gedaan, je hebt zelfs nooit geschaatst of gezwommen.'

'Nee, dat moest er nog bij komen, ik in een badpak... vreselijk, vreselijk, dat er toch vrouwen zijn die zoiets aantrekken, verschrikkelijk, en al die mannen maar koekeloeren.'

'Dus je hebt nooit aan sport gedaan en je hebt geen enkel advies om gezond te blijven of om gezond te eten ooit opgevolgd en alle griepprikken resoluut geweigerd, en alle preventieve onderzoekingen meteen van de hand gewezen. Dokters ben je altijd zo veel en zo ver mogelijk uit de weg gegaan. En toch tweeënnegentig jaar geworden.'

'Maar ik was met een beest getrouwd.'
'Nee, nee,' zei ik, 'dat mag je niet zeggen, mijn vader was geen beest.'
'O nee? Altijd alleen maar oog voor andere vrouwen. Verschrikkelijk. Wat een leven had ik, de dominee is het met me eens, heeft het vreselijk met me te doen, het was erger dan de hel. En dan mag ik er ook nog eens een keer niks over zeggen, over die vader van je, Leny en Arie worden spinnijdig als ik over je vader begin, die willen geen kwaad woord over hem horen, terwijl hij mijn leven verpest en verziekt en vergald heeft. Altijd alleen maar oog voor andere vrouwen, het laatste beeld wat ik van hem heb is dat hij in dat Holy Ziekenhuis helemaal hoteldebotel is van zo'n schriel verpleegstertje. Moet je nagaan, hij is al zowat dood, hij had op dat moment geen tien uur meer te leven, maar met zijn ogen vreet hij dat mokkel met huid en haar op. Wat een leven! En 't ging altijd alleen maar over dood en dood, over begraven en lijken en grafstenen en ruimen, dood, dood, dood.'
'O, daar heb ik nooit last van gehad.'
'Nee, jij hebt nooit ergens last van. Als jij maar een leesboek hebt ben je al in folio, niet te geloven, zo'n kind. Geef hem een boek, 't geeft niet welk boek, en hij zit te spinnen als een katje bij de warme kachel. Wat dat betreft heb ik wel een beetje geboft, toen je kon lezen had ik geen kind meer aan je, maar daarvoor was je een doerak.'
'Je bent nou tweeënnegentig. Tweeëndertig jaar ben je met m'n vader getrouwd geweest, dus zestig jaar lang had je geen last van hem. En je bent acht jaar met Jaap getrouwd geweest, dus al met al heb je tweeënvijftig jaar lang alleen geleefd, nou, dan ik, ik ben al vijfenveertig jaar getrouwd, dus ik lig al vijf jaar op je voor, en ik heb maar tweeëntwintig jaar alleen geleefd.'
'Vijfenveertig jaar getrouwd, nou, ik begrijp niet hoe Hanneke het met je uithoudt. Arm schaap.'
'Kom, kom.'
'Niks kom, kom, dat arme kind zit altijd maar in de kou, want een kachel, daar wil meneer niet aan. Da's hem te duur.'
'D'r wordt heus wel gestookt in Warmond.'
'Dat hoop ik dan maar voor dat arme schaap. Maar wat zei je

daarnet nou? Dat ik maar tweeëndertig jaar last van je vader heb gehad? Tel je de verlovingstijd niet mee? Ik zal je eens wat vertellen, daar zul je van opkijken. Toen ik verkering kreeg met je vader had hij ook een lieffie op Rozenburg. Ik was maar tweede keus, ik was net goed genoeg om z'n bretelletjes te repareren en z'n sokken te stoppen, nee, dan dat meissie op Rozenburg. Maar ja, die moest hij met een andere vent delen, hij was niet de enige die gek was op dat meissie, en daarom liet hij me doodgewoon verkommeren, hij was maar altijd de hort op, naar Rozenburg, om die andere knul de loef af te steken.'

'Ik geloof er niks van. Hij was toen, met een weekloon van tien gulden in de week als tuindersknecht, veel te arm om elke keer met de veerboot over te kunnen varen.'

'Waar hij het geld vandaan haalde voor de veerboot, weet ik niet, maar zodra hij de kans kreeg, schoot hij naar Rozenburg.'

'Ik sta ervan te kijken dat je daar nou mee komt, Rozenburg, want je hebt het er nooit eerder over gehad.'

'Omdat het me te veel pijn deed. Altijd en altijd maar die andere vrouwen, ik kwam een keer met koffie bij hem en toen had hij een mokkel in een leeg graf verstopt.'

'Ja, dat heb je me al verteld, die keer dat ik die muis heb doodgeslagen.'

'Daar was ik je dankbaar voor. Van die muis heb ik nooit geen centje last meer gehad. O, dus dat heb ik je al verteld, van die keer met dat graf. Soms weet ik niet meer wat ik wel en wat ik niet verteld heb, dat arme oude hoofd van me is helemaal op. Ik ben echt niks meer waard. Maar ja, de Heere haalt me nog niet thuis en denk maar niet dat ik mijn broer nadoe. Dat vind ik toch zo erg, dat hij... hoe heet dat ook weer... ui... ui...'

'Euthanasie.'

'Ja, dat is het, dat is er gebeurd, nee Leen, nee lief broertje van me. Dat had je beslist niet mogen doen, dat wil de Heere per se niet hebben, de Heere is meer dan mans genoeg om er een einde aan te maken en daar moet je geduldig op wachten, als je 't niet doet, zondig je.'

Ze haalde even diep adem, zei vervolgens: 'Wat een grote, grote zondaars zijn we toch allemaal, je snapt niet dat de Heere ons niet allemaal verdrinkt, net als toen bij Noach, je snapt het niet.'

'Jij een groot zondaar?'

'Ja,' zei ze ongewoon fel, 'ik ben een groot zondaar.'

'Wat zondig je dan en wat heb je gezondigd?'

'Ik zondig nou haast niks meer, want ik kan haast niks meer, maar ik heb, net als ieder ander, mijn leven lang vreselijk gezondigd.'

'Werkelijk? Wat zondigde je dan? Heb je ooit gevloekt?'

'Nee, natuurlijk niet!'

'Heb je dan ooit gestolen?'

'Ik stelen, je weet wel beter.'

'Gelogen dan?'

'Ik heb heus wel eens een enkel keertje gelogen.'

'Maar toch niet vaak.'

'Nee, en niet zo gruwelijk erg als je vader.'

'Laat die er even buiten, we zijn nou bezig jouw zonden op te sporen. Heb je ooit de zondag ontheiligd?'

'Nee, daar ben ik altijd heel precies op geweest.'

'Dus gezondigd tegen dat gebod heb je nooit. Dan blijft er toch niet veel over. Want je hebt ook nooit een moord gepleegd, je hebt de ezel en de dienstmaagd van je naaste nooit begeerd, want in Maassluis waren geen naasten met dienstmaagden en ezels, en in Maasland ook niet.'

'Nee, stel je toch voor, een dienstmaagd, je vader zou er meteen bovenop zijn gesprongen, ik moet er niet aan denken.'

'Let nou op, we zijn er nog niet. Je hebt ook nooit gezondigd tegen het zevende gebod.'

'Nee, dat liet ik aan je vader over.'

'Dus we zijn eruit, we hebben alle geboden gehad, en nog geen enkele zonde opgespoord.'

'Je bent één gebod vergeten, da's nou toch wel apart, dat je een gebod vergeet. En dat is nou precies het gebod waar ik mijn leven lang tegen gezondigd heb.'

'Welk gebod dan?'

'Eer uw vader en uw moeder.'

'En daar heb je je leven lang tegen gezondigd?'

'Wat ik ook probeerde, het wou niet vleugen om van mijn vader te houden, dat was zo'n potentaat, ik was doodsbang voor hem, ik zat af en toe te beven als een juffershondje. Als ik op de Herenlaan in huis zat en hem hoorde aankomen, viel ik soms bijna flauw; als je erop betrapt werd dat je een boek las, werd je zowat doodgeslagen. Je moest altijd maar werken.'

'Het is toch geen zonde om bang voor iemand te zijn?'

'Ja, maar omdat ik zo bang was, eerde ik hem niet. En mijn moeder eerde ik ook niet, want die stak geen poot uit, ik moest toen ik van school kwam al het werk alleen opknappen, koken voor de hele mikmak, en van negen kinderen en van mijn vader en moeder de hele was doen, en alle boodschappen – ik stond er, vanaf dat ik een jaar of twaalf was, helemaal alleen voor, ik begrijp nog niet dat ik het gered heb, wat een leven heb ik gehad, want al kreeg ik het minder zwaar toen ik trouwde, toen had ik een man die achter andere mokkels aan vloog.'

'Ik heb er nooit iets van gemerkt dat je oma Van der Giessen niet eerde.'

'Je weet best dat ik, als ze bij ons over de vloer kwam, meteen naar de keuken verdween, want dat geratel van haar, ik kon er niet tegen, ik kreeg er hoofdpijn van tot in mijn tenen toe. Nee, mijn moeder... Da's toch wel de grootste, allergrootste zonde in mijn leven geweest, hoe ik mijn moeder behandelde. Als oud vuil.'

'Onzin.'

'Nooit heb ik een vriendelijk woord tegen haar...'

'Had je dat wel gedaan, ze zou er niets van gehoord en niets van gemerkt hebben, het zou volledig langs haar heen zijn gegaan, want ze ging zitten en ze praatte. Niemand luisterde, m'n vader las de krant, ik een boek, jij was in de keuken, Leny bij een vriendin, Arie in de schuur, en het deerde haar niet, ze praatte en praatte en praatte. Het kon haar niks schelen dat ze geen luisterend oor vond. Als je in Maasland bij haar kwam, was ze altijd verbazend aardig en hartelijk. En nou zeg je wel dat je niet goed geweest bent voor je moeder, maar van haar heb ik nooit een kwaad woord over je gehoord, terwijl ze over Jaap en Cor tekeerging. Dus het valt reuze mee.'

'Jaap en Cor, dat snap je toch wel, die waren bij de pinkstergemeente gegaan en hadden zich in Schiedam in het Sportfondsenbad over laten dopen, erger kon haast niet. Maar het valt helemaal niet mee, ik heb m'n leven lang gezondigd tegen het gebod "Eert uw vader en uw moeder". Ik moet m'n eigen kinderen nageven dat ze wat dat betreft niet op me lijken, al zou je best eens wat vaker kunnen komen, m'n lieve jongen komt hier na z'n werk elke dag wel even langs, och, wat zou ik toch moeten beginnen als ik die lieve jongen niet meer had, want je zus... ach, heus, 't is een beste meid, maar... nee, Arie, dat is m'n steun en toeverlaat. Maar ja, nu is hij weg, nu ben ik onthand, 't komt door die vrouw van hem, die wil alsmaar de hort op, en dan moet dat arme schaap wel mee, en dan zit ik zonder m'n lieve, lieve jongen.'

'Volgende week is hij alweer terug.'

'Gelukkig wel... Maar er is nog iets, wacht, ja, ik weet het weer, ik wou je nog iets vertellen over pa, want Leny en Arie willen het niet horen, dus ik moet het wel aan jou kwijt. We kwamen een keer, je vader en ik, op zondag uit de Noorderkerk, we waren toen al getrouwd, en de kerk stond al op de nominatie om te verdwijnen, ik geloof dat hij een week later al foetsie was, al weggebombardeerd, dus wij kwamen uit de kerk en we lopen op huis aan, en op de markt kwamen er opeens drie jonge grieten achter ons aan lopen, en giechelen en doen, en ze begonnen te roepen: "Hé Pau, ken je ons nog, of wil je ons nou niet meer kennen, nou je getrouwd bent, wanneer kom je weer mee naar de Maaskant, hé Pau, lekkere knul, waarom heb je ons nou in de steek gelaten, al ben je nou getrouwd, dan hoef je ons toch niet in de steek te laten, het een bijt het ander toch niet." Dus ik vraag aan je vader: "Ken jij die grieten?" "Nee," liegt hij, "die ken ik niet", want wat liegen betreft was je vader een ster, je hebt het van geen vreemde, en die meiden maar roepen en giechelen, en eentje stapte nog wat naar voren en gaf je vader een por, en je vader draaide zich om, maar zei niks. Akelig was het, vreselijk akelig, en 't was maar al te duidelijk dat het drie grieten waren die hij heel goed kende, stuk voor stuk was hij ermee naar de Maaskant geweest, en heus niet nog voor hij met mij verloofd was, maar daarna, en misschien ook nog wel toen we al getrouwd waren, want zo'n man was je vader, vreselijk, vreselijk, waar ben ik toch aan begonnen, waar...'

'Als je niet met hem getrouwd was, was ik er niet, was Leny er niet, en was je nou onthand, want zat je nou zonder die lieve jongen.'

'Dat zit ik nou toch ook, want hij is de hort op.'

'Volgende week is hij terug. Sta er nou maar eens bij stil dat je ons niet had gehad als je niet met m'n vader was getrouwd.'

'Als ik met een ander was getrouwd, had ik nou andere kinderen.'

'Wie weet, maar niet zulke lieve kinderen als je nu hebt.'

'Ja, maar 't zijn wel kinderen die niet meer geloven, dus straks sta ik in de hemel voor Gods troon te juichen en zijn mijn kinderen daar niet. Denk je dat ik daar dan nog kan staan juichen?'

'Arie is volgens mij nog wel gelovig.'

'Arie? Als z'n vrouw 's zondags naar de kerk gaat, gaat hij naar het strand. Het is een lieve jongen, maar dat strand, op zondag, verschrikkelijk is het.'

'Dat heb ik je al eerder horen zeggen, maar ik denk niet dat de Heere daar zo zwaar aan tilt. En als 't wel zo is, heb je daar toch één troost, straks in de hemel, al zijn wij er niet, pa is er wel.'

'Zo'n zondaar, zo'n echtbreker?'

'Hoor nou eens, je weet net als ik dat je nog zo vreselijk kan zondigen, maar als je gelooft dat de Here Jezus voor al die zonden geboet heeft, worden ze je vergeven en kom je in de hemel, en wat je ook van m'n vader kan zeggen... aan geloof schortte het niet bij hem, dus hij is behouden.'

'Hij behouden? Ik geloof er niks van, want je vader was een verschrikking. Ik kan het Leny en Arie maar niet aan hun verstand peuteren, maar hij was een monster. We waren nog maar pas getrouwd, en als hij dan thuiskwam van z'n werk, en we hadden gegeten, trok hij z'n goeie goed aan. Ik hoor hem nog zingen, zo was hij in z'n element. En als hij dan z'n goeie goed aanhad, ging hij zogenaamd dammen in de Tuinstraat, maar in werkelijkheid zaten daar twee meiden op hem te wachten.'

'Was ik er toen al?'

'Nee, jij was er nog niet.'

'Dus dit verhaal speelt in de oorlog. Hoe laat kwam hij dan thuis?'

'Je mocht blij zijn als hij om tien uur weer boven water kwam, meest was 't half elf, elf uur.'

'Maar dat is dan wel raar, want dat betekent dat hij ver na spertijd nog over straat zwalkte.'

Bij een vorige gelegenheid had mijn moeder, toen de spertijd ter sprake kwam bij een vergelijkbaar verhaal, nog even geaarzeld, maar nu was er van aarzeling geen sprake meer.

'Dacht je dat dat je vader ook maar een lor kon schelen? Die was nergens bang voor, die stapte bij die snertmeiden vandaan net zo rustig de straat op als wanneer de zon scheen.'

Voor het grote raam verscheen opeens mijn zwager Jan.

'O, Jan komt me ophalen,' zei ik.

'Nou al?'

'Ja, ze moeten weg, dus hij kan me later op de dag niet ophalen.'

'Maar je wou toch niet zeggen dat je nu al weggaat?'

'Ik zal wel moeten, hoe kom ik anders bij het station?'

'Je bent hier nog maar een groot uur, je kan nou nog niet weggaan?'

'Ik ga altijd al na een uur weg, dat weet je toch? Ik heb niet het geduld om ergens lang te blijven.'

'Net als je vader, nou als je maar weet dat ik het niet accepteer, je bent hier nog maar net en nu alweer weg.'

'Ik kom zo gauw mogelijk weer.'

'Je mag nou nog niet weg, en weet je waarom? Ik zal het je zeggen: dit is de laatste keer dat je me ziet, de laatste keer.'

'Je bent niet ziek, alles werkt nog naar behoren, dus wat een onzin dat dit de laatste keer zou zijn.'

'Heus, dit is de laatste keer dat je me ziet, dus blijf nou nog eventjes.'

'Hoe kom ik dan bij het station? Op zondag rijden er hier geen bussen.'

'Dan neem je een taxi.'

'Op zondag? Dan moet er iemand voor je werken, dat gaat toch niet.'

'Nee, dat gaat niet, dan ga je straks maar lopen naar de trein, blijf nou nog eventjes.'

'Ik ga nu echt met Jan weg, het is hard, ik weet het, en ik beloof dat ik zo gauw mogelijk weer kom.'

'Je moet het zelf maar weten, maar ik zeg je één ding: dit is de laatste keer dat je me ziet, de laatste keer.'

Het einde

Bij mij bleven haar woorden 'Dit is de laatste keer dat je me ziet' door het hoofd gonzen. Nooit eerder had ze dat gezegd. Er was maar één manier om ze te falsifiëren: haar zo snel mogelijk opnieuw bezoeken. Maar de zondag daarop was Hanneke jarig, dus verschoof ik mijn volgende bezoek naar zondag 22 juli. In dat weekend stond er echter een straffe noordoostenwind. Zou mijn broer mij op zondagmorgen halen, dan zou ik tegen de wind in moeten terugfietsen. Bovendien was het tropisch warm, en hitte verdraag ik slecht. Van mijn broer hoorde ik dat het iets beter ging. Mijn zus en hij brachten magnetronmaaltijden. Vooralsnog leken de problemen, zij het waarschijnlijk kortstondig, opgelost.

Ik nam mij voor mijn moeder op zondag 29 juli te bezoeken.

Op zondag 22 juli zat ik, hoe ongebruikelijk in mijn geval, de halve dag voor de televisie. Beelden uit Noorwegen, waar herdacht werd dat Breivik een jaar eerder tweeënzeventig mensen had omgebracht.

Het is een tragedie waar weinig van te begrijpen valt. Hoe is het mogelijk dat een eenling zo krankzinnig veel kunstmest kan aanschaffen zonder dat er alarmbellen gaan rinkelen? Wie laat zoveel jong volk zonder bewaking op zo'n klein eilandje bivakkeren? Hoe is het mogelijk dat de politie pas ruim een uur na het begin van de schietpartij ter plaatse was? Hoe moet je begrijpen dat twee agenten die iets eerder op het eiland arriveerden dan de rest van het arrestatieteam hebben gewacht op hun collega's? Waarom grepen die twee niet terstond in?

Het is niet eenvoudig om, al is het maar op de buis, zoveel tranen onaangedaan te aanschouwen. Ik zat derhalve ook de halve dag met vochtige ogen naar uitingen van onmetelijk veel verdriet te turen.

Als je er al zo kapot van bent als je hondje sterft, en mijn hondje Roef was twee maanden eerder, op 23 mei, heengegaan, hoeveel verdriet heb je dan wel niet als een kind sterft? Op 23 mei, maar dan een jaar eerder, is ook Tonio van der Heijden aangereden en gestorven, en je hoeft dat superieure boek van Adri maar te lezen om te weten dat er niets ergers is dan het verlies van een kind. Dus al die Noorse ouders, hoe verwerken die hun verlies? Een verlies dat zo mogelijk nog moeilijker te dragen is als een gek je kind heeft doodgeschoten. Waarschijnlijk verwerk je het niet, waarschijnlijk moet je verder leven met het besef dat je vermorzeld bent.

'''s Avonds, even na zeven uur, ging de telefoon. Ik nam op, noemde mijn naam. Aan de andere kant van de lijn zei mijn zus plompverloren: 'Onze moeder is overleden.'

'Wat zeg je nou toch.'

'Moe is gestorven.'

'Zomaar opeens?'

'Dat denk ik wel ja, maar we weten het niet precies. Jan en ik waren de hele dag zeilen, eind van de middag kwamen we thuis. Toen heb ik moe gebeld om te zien of alles in orde is. Ze nam niet op. Ik dacht: ze zal misschien op de wc zitten, dus ik bel zo meteen nog een keer. Ik belde weer. Ze nam weer niet op. Ik zei tegen Jan: laten we even gaan kijken. We reden erheen. Ik keek door het raam en zag dat het bed was afgehaald en niet weer was opgemaakt. Foute boel, dacht ik. We gingen naar binnen. Ik zag moe niet, ik liep door naar de keuken en naar de wc, maar daar was ze niet. Toen zei Jan: ze ligt hier, naast de bank. En daar lag ze, in de kamer, naast de bank.'

'Weet je zeker dat ze dood is?'

'Ze is al helemaal koud.'

'Is er al een dokter bij geweest?'

'Die komt eraan, die heb ik net gebeld, voor ik jou belde.'

'Weet Arie het al?'

'Nee, die ga ik nu bellen.'

'Wat is er gebeurd? Hoelang lag ze daar al?'

'Ik denk vanaf vanmorgen. Ze heeft naar *Hour of Power* gekeken en een stukje kaas uit de ijskast gepakt. Ze zal zich een beetje flauw gevoeld hebben, en dan had ze behoefte aan iets hartigs. Dus ze heeft een stukje kaas gepakt, er is één hap van genomen, dat stukje kaas ligt nog op het kleine tafeltje. Toen is ze denk ik van de bank gegleden en op de grond terechtgekomen, en daar ligt ze nu nog steeds. Ik ga nu Arie bellen en de begrafenisondernemer.'

'Zal ik naar je toe komen?'

'Ik denk niet dat dat veel zin heeft. Zo meteen komt de dokter en Arie zal ook wel komen, en misschien de begrafenisondernemer ook, en dan heb je hier een huis vol mensen, wat schiet je ermee op als je daarbij bent. En eer dat je hier bent, op zondagavond, vanuit Warmond, zijn we anderhalf uur verder.'

'Bel me dan straks als de dokter is geweest.'

'Da's goed, ik ga nu Arie bellen.'

Maar ze belde mij niet, mijn broer Arie belde: 'De begrafenisondernemer is hier, meneer Den Hollander, en hij heeft twee man meegebracht. Die masseren haar nu, want ze is erg krom, en ze kan pas op een brancard gelegd worden als ze recht is.'

'Masseren?'

'Ja, zo noem ik het maar, ze doen dat heel handig, ze strekken haar heel behoedzaam, terwijl ze haar armen en benen op en neer bewegen.'

'Is de dokter al geweest?'

'Ja, die is alweer weg.'

'Wat zei hij?'

'Zij zei dat ze waarschijnlijk een beroerte heeft gehad. Of misschien zelfs dat niet eens, misschien was opeens alles op. Volgens die dokter heeft ze er niets van gemerkt.'

'Dat zeggen ze altijd tegen de nabestaanden. Nee, ze heeft niet geleden, het ging zo snel. Maar niemand weet in zo'n geval wat er door iemand heen gaat die getroffen wordt door een hartstilstand of wat het dan ook geweest moge zijn, want niemand vertelt het ooit na. We weten niet wat er gebeurd is. Als de wind zuidwest was geweest, zou ik erbij zijn geweest.'

'Had je dat gewild.'

'Natuurlijk.'

'Maar nu heeft het geen zin dat je komt. Het is hier behoorlijk druk, en zo meteen wordt ze in een ambulance naar Rotterdam gebracht. Daar wordt ze in een vriescel opgeborgen. Kan niet anders vanwege het zeer warme weer. Thuis opbaren zou betekenen dat ze al snel enorm gaat stinken. Dus dit lijkt ons beter.'

Ik had er veel moeite mee om dat te verwerken. Mijn moeder zou, anders dan mijn vader, niet opgebaard worden in haar eigen huis, en dat betekende dat ik ook niet meer af en toe langs de kist zou kunnen lopen en door het glazen deksel heen een blik op haar zou kunnen werpen.

'Morgenochtend komt de dominee om te overleggen over de rouwdienst. Wil je daarbij zijn?'

'Graag.'

'Dan haal ik je morgenochtend op. Moet je toch terugfietsen, tegen de wind in.'

'Geeft niet.'

Van slapen kwam die nacht uiteraard niets terecht. Het was juist gebleken: dit is de laatste keer dat je me ziet. Ik had het niet serieus genomen, ik was opgestapt. Net als indertijd bij mijn vader. Twee keer had hij gezegd: 'Blijf nou nog eventjes' en ik was niet gebleven. En mijn moeder had hetzelfde gezegd: 'blijf nou nog eventjes', maar dan negenendertig jaar later. Natuurlijk, er waren verzachtende omstandigheden. Mijn moeder had mijn vader, van wie ik net als mijn zus en mijn broer zielsveel had gehouden, in de negenendertig jaar na zijn dood onophoudelijk zwartgemaakt en belasterd en beschuldigd. Net als mijn broer en mijn zus had ik dat maar moeilijk kunnen verdragen. Toch had ik, anders dan zij, zo goed en zo kwaad als het ging geduldig haar verhalen aangehoord, omdat ik dacht: het is goed dat ze het eruit gooit, ooit zal de dag komen dat ze niets meer toevoegen kan aan haar curieuze verdachtmakingen. Maar dat dulden had niets uitgehaald, het was alleen maar erger, bizarder, krankzinniger geworden, en de verhalen waren steeds absurder uitgepakt, met als onbetwist hoogtepunt het verhaal over het mokkel dat mijn vader, samen met haar fiets, in een leeg graf zou hebben verstopt. Ze had kunnen bogen op een unieke verbeeldingskracht. In weerwil van het feit dat het mijn vader betrof, was het toch onweerstaanbaar fascinerend geweest. Maar als ik eraan dacht hoezeer mijn vader eronder geleden moest hebben, maakte de fascinatie plaats voor een geheimzinnig soort schaamte. Want zoals een ouder zich kan schamen voor een kind dat niet deugt, zo kan een kind zich schamen voor een ouder die de weg kwijt is. En daarbij komt dan nog dat een mens geen kwaad woord wil horen over zijn moeder. Die is immers heilig. Maar die heilige had in ons geval mijn vader vrijwel dagelijks bespioneerd. Elke dag bracht ze koffie naar de begraafplaats, als dekmantel voor spionage. Honderden keren was ze later op de dag nog maar weer eens langs de begraafplaats geslopen om door het gazen hek te loeren. Liepen er soms mokkels tussen de grafstenen? Hoe vaak was het niet voorgekomen dat zij eind van de middag in de grauwe wintermaanden, als het al wat donker werd, opeens haastig haar lange grijze mantel had aangeschoten en schichtig had gezegd: "Nog even een boodschap doen." En dan was ze het huis uit gesneld, richting begraafplaats. De hoofdpersoon uit dat unieke meesterwerk van Trollope huurt een detective in om zijn vrouw te bespioneren, de ex-politieman Bozzle – ik hoef de naam niet eens na te kijken, zo verdomd kundig is dat shabby personage neergezet door Trollope. Dat had mijn moeder nooit gedaan, iemand inhuren om mijn vader in de gaten te houden. Ze had haar twee zoons, wier gezelschap ze altijd maar weer aan mijn vader opdrong. Voor het overige had ze de honneurs zelf waargenomen. Ach, het was niet zo moeilijk geweest, een tochtje vanuit de Patijnestraat was een peulenschil. En later was het nog makkelijker geworden, kon je desgewenst vanuit het huis aan de Prins Mauritsstraat met een verrekijker de begraafplaats bespieden. Twee stappen vanuit huis en je was bij het hek. Wat haar verspiedersactiviteiten ook zo fascinerend had gemaakt, was het feit dat ze er zelf onophoudelijk van overtuigd was geweest dat ze bespioneerd werd. In de Patijnestraat klaagde ze steen en been over buurvrouw Koek, die volgens haar door een spleet in de schutting heen al haar activiteiten beloerde. Met al dat gefoeter, bracht ze buurvrouw Koek, die via omwegen te horen kreeg waarvan ze beschuldigd werd, op een idee. Die sloop steeds vaker, zoals ik menigmaal vanuit mijn zolderkamerraam heb mogen aanschouwen, naar een spleet in de schutting, en wrong haar oog erin. Eén keer kwam haar neus daarbij klem te zitten in een spleet tussen de schuttingplanken. Ze had hem er, denk ik, met enige kracht wel weer uit kunnen trekken, maar ze verkoos te schreeuwen om hulp. Haar dochter Toos kwam aangesneld, en samen brachten zij de neus van vrouw Koek weer in veiligheid. Zo er al bewijs nodig was voor spionage, dan was dat nu wel geleverd, met die neus klemvast in een smalle spleet tussen twee planken en hulpgeroep, dat begeleid werd door gedempt getjilp van angstige kanaries in de volière van buurman Koek.

Mijn ouders waren nog niet naar de Prins Mauritsstraat verhuisd of ook daar manifesteerde zich een gluurder die de hele dag vanuit een kamertje op de eerste verdieping aan de overkant van de straat, achter een gordijntje dat telkens even opzij werd geschoven, al mijn moeders verrichtingen nauwlettend in de gaten hield. Mijn moeder heeft nimmer een bioscoop betreden en nimmer een film gezien, maar had ze ooit *Rear Window* van Hitchcock aanschouwd, dan zou er sprake zijn geweest van een schok der herkenning.

Ook mijn moeders angst voor verspieders had steeds bizarder vormen aangenomen. Op de 's-Prinsensingel werd ze, zo deelde ze mij bij elk bezoek mee, vanuit een huis aan de overkant beloerd. Ze zag het flikkeren van de glazen van een verrekijker. Toen wij een buurman zover kregen dat hij zijn hoge bestelbus voor het raam van mijn moeder parkeerde zodat ze niet meer vanaf de overkant bekeken kon worden, zei ze dat de vrouw die haar bespiedde net zoiets had aangeschaft als wat ze in onderzeeboten gebruikten, een periscoop waarmee je om een hoek kon kijken. Inventiviteit, verbeeldingskracht kon haar bepaald niet ontzegd worden.

Onuitgeslapen zat ik de volgende morgen naast mijn broer in zijn Toyota Prius.

'Je hebt vast niet geslapen,' zei ik tegen hem.

'Nee, ik kon niet slapen, ik heb haar zaterdagavond nog aan de telefoon gehad, toen klonk ze heel normaal. Vaak ga ik op zondag wel even kijken, maar het was bloedheet gisteren...'

'Aha, en toen ben je op de dag des Heren onder kerktijd op het strand gaan liggen bakken!'

'Ik wou dat ik even was gaan kijken.'

'Als de wind zuidwest was geweest, had ik haar bezocht en was ik erbij geweest toen ze dat stukje kaas pakte.'

'Gek genoeg ben ik vooral opgelucht. De toestand was toch eigenlijk onhoudbaar, maar een verpleeghuis was onbespreekbaar.'

‘Dus je bent niet bedroefd?’

‘Ik ben niet zozeer bedroefd als wel totaal uit het veld geslagen. En jij, heb jij verdriet?’

‘Ik geloof dat het nog niet goed tot me doorgedrongen is dat ze gestorven is. Jullie hebben haar gisteren gezien; ik niet, ik wou dat ze thuis opgebaard was.’

‘Dat kon echt niet.’

‘Toch erg jammer. Indertijd ben ik toen pa in zijn kist lag om het halfuur even naar hem gaan kijken. Hij lag er vredig bij. Het hielp een beetje om de klap te verwerken. Maar ja, toen was ik negenentwintig, nu ben ik zesenzestig, wat een verschil. Toen was ik onvoorbereid, nu konden we het zien aankomen, al is het toch onverwacht gekomen, ik dacht dat ze haar oom achterna zou gaan. Die is honderdacht jaar oud geworden, de oudste man van Rozenburg.’

‘Wil je mij waarschuwen als ik net als zij zo raar ga doen?’

‘Kom nou, dan kan ik nu meteen wel aan de slag.’

Daar moesten we allebei om lachen. Toen zei hij: ‘Het leek wel of ze echt gek aan ’t worden was.’

‘Welnee, al wat we de laatste tijd in uitvergrote vorm zagen, was altijd al aanwezig: die panische angst bespied te worden, die zekerheid dat pa vreemdging, en al die andere eigenaardigheden en benepenheden. Van dat laatste heb ik ook heel wat meegekregen, dus ik hoop dat je me ook waarschuwt als het te gek wordt.’

‘Maar vroeger beweerde ze toch nooit dat er mannen in witte pakken in de bomen voor het huis zaten?’

‘Dat heeft ze tegen jou en Leny gezegd, maar nooit tegen mij. Van dat soort gekte heb ik nooit iets gemerkt, het ging altijd alleen maar over mijn vaders ontrouw. Moet je toch nagaan, als er nou iemand was die… of heb jij wel eens gemerkt of gezien dat hij verkikkerd was op een ander?’

‘Nee, nooit.’

‘Vanwaar dan toch haar zekerheid dat hij om de haverklap vreemdging? Iets moet dat toch ooit getriggerd hebben? Zoiets kan toch niet zonder wat voor aanleiding dan ook uit de lucht komen vallen?’

‘Maar haar broer Cor had het ook. En broer Jaap eveneens.’

‘Dus het zit in de genen? Maar hoe zoiets nou in de genen zou kunnen zitten?’

‘Wat ik nou zo gek vond: ze was altijd woest op haar broer. Hoe krijgt hij het nou toch in zijn bolle kop om te denken dat Corrie het met anderen heeft gehouden, zei ze altijd. Haar broer hield haar als het ware een spiegel voor. Ze had toch kunnen denken: hoe krijg ik het zelf in mijn hoofd... Maar niks hoor, daar begrijp ik nou totaal niks van.’

‘Och, die arme vader van ons.’

‘Je merkte er toch niet veel van dat hij eronder leed.’

‘Dat is waar, maar ik weet nog dat de vrouw van broeder Koevoet was gestorven. Ach, ach, die Koevoet, die was na de watersnoodramp de kluts kwijt, want zijn unieke verzameling bijbels stond op de onderste plank in de boekenkast en die plank kwam onder water te staan, dus weg bijbels. Eigen schuld, had je je bijbels maar op de bovenste plank moeten zetten, heeft pa tegen hem gezegd, daar horen ze thuis. Maar dat hielp niks, Koevoet kon het niet verkroppen dat God zijn unieke, kostbare bijbels had verdronken, en is daardoor gaan twijfelen. Moest hij telkens naar Den Briel fietsen en daar de toren van de Catharijnekerk beklimmen. Want alleen daar lukte het hem zijn twijfel te overwinnen. “Daar ban ik de twijfel,” zei hij altijd tegen mij. En toen stierf ook nog eens een keer zijn vrouw. Hij kwam langs, hij had ontzaglijk veel verdriet, hij dacht, wat de dood betreft is mijn boezemvriend Pau ’t Hart een ervaringsdeskundige, dus die kan me helpen en troosten, en mijn vader... Tsjonge zeg, ik begreep er niks van, altijd had hij zijn woordje klaar, altijd wist hij wel iets te zeggen dat je opmonterde, zeker ook als iemand dood was gegaan, maar die ene keer zat hij met zijn mond vol tanden. Hij klampte zich vast aan zijn sjekkie alsof het een reddingsboei was. Ik keek hem aan, ik dacht: wat is er aan de hand? Hij keek zo raar, z’n ogen puilden uit, ik zag dat hij iets tegen Koevoet wou zeggen, maar het lukte hem niet om ook maar één woord uit te brengen. Vroeger zat hij, als hij er weer eens van beschuldigd werd dat hij in de kerk onder het bidden naar een andere vrouw had gekeken, met zijn vingers zo raar op de stoelleuning te trommelen, en dat deed hij die keer ook, met broeder Koevoet over de vloer, en ik dacht: al die keren dat hij op z'n donder kreeg omdat hij in de kerk naar een andere vrouw zou hebben geloerd, komen weer boven, en toen opeens wist ik wat eraan schortte. Hij was stikjaloers op Koevoet omdat diens vrouw was doodgegaan, en daarom kon hij geen woord uitbrengen. Daarom kon hij hem niet troosten, want hij dacht, o, als ik dit toch eens beleven mag, dat ze doodgaat, dat ik ervan verlost ben, o, wat een ongelofelijke bofkont, die Koevoet. Ongelofelijk schokkend was het om het te zien, en toentertijd was ik ook woedend en stomverbaasd, maar nu begrijp ik het wel. Maar wat ik niet begrijp is: wat heeft hij destijds in haar gezien dat hij werk van haar heeft gemaakt? Toen was ze toch ook al zo als ze nu was, ietsje minder erg misschien, maar toch... Ik begrijp er niks van. Had hij dan zo weinig mensenkennis? Of was ze zo mooi?'

'Ze zag er best leuk uit, dat is zeker, maar ik begrijp er ook niks van. Leny zegt dat ze zich over hem ontfermde omdat hij een verschoppeling was, thuis al ongewenst toen hij geboren werd. Voor hij geboren werd had opoe 't Hart immers steeds gezegd: "Ik kruip liever op mijn knieën naar Delft dan dat ik er nog eentje bij krijg", en toen kreeg ze toch pa nog, kun je nagaan hoe gewenst hij was. Daarom hebben ze hem zo snel mogelijk het huis uit gezet. Als jochie van elf werd hij al ondergebracht als boerenknechtje.'

'Zoiets moet het wel geweest zijn, maar onbegrijpelijk blijft het. Wat heeft hij in haar gezien? Och, wat erg, wat schandelijk om zo over je moeder te praten, terwijl ze nog maar net dood is, je zou toch diepbedroefd moeten zijn. Als iemand ons zou horen, zou hij denken dat het een vreselijk mens is geweest, maar dat is beslist niet waar. Ze was buitengewoon zachtmoedig en zachtaardig, ze was bescheiden, ze was ongelofelijk zorgzaam, ze stond altijd voor je klaar op ieder uur van de dag en de nacht, en ze was gespeend van welke vorm van ijdelheid dan ook. Maar ja, die gektes, die angsten – ach, uiteindelijk heeft ze daar zelf nog het meeste last van gehad, dat is ook zo tragisch.'

'Je zei daarnet dat pa als hij weer beschuldigd werd op de stoelleuning trommelde, maar wat ik me herinner is dat hij als ze op zondag uit de kerk kwamen, en hij weer te horen had gekregen dat hij onder het bidden naar een andere vrouw had geloerd, altijd zo eigenaardig liep te fluiten. En dat bleef hij dan de hele zondag doen, het was zo'n raar geluidje, alsof de wind door een gescheurde rietstengel z'n weg zocht, en als ik het hoorde kreeg ik het Spaans benauwd, dan was de sfeer in huis om te snijden.'

'Dat je nou uitgerekend een uitdrukking van moe in de mond neemt, "Ik kreeg het Spaans benauwd", hoe vaak ik haar dat wel niet heb horen zeggen. Maar goed, de vraag hier is natuurlijk: hoeveel zondagen in onze jeugd heeft zich dat voorgedaan?'

'Ongelofelijk vaak,' zei mijn broer met een diepe zucht.

We reden de 's-Prinsensingel op. Niets leek daar veranderd. Een waterpartij in het midden van de Singel, een grote treurwilg met kleine blaadjes aan omlaaghangende takken die altijd maar heen en weer waaiden in de wind, schuin voor het huis van mijn moeder.

Mijn zus was er al. We grepen elkaar vast. Toen toch tranen.

Wat wil je, het is toch je moeder. Ik vroeg mijn zus of ze precies wou aanwijzen en uitleggen hoe mijn moeder erbij lag toen ze haar vond, en dat deed ze voortreffelijk. Niettemin kon ik mij er geen goede voorstelling van maken. Ook mijn broer legde het uit, maar dat hielp evenmin; ik zie nog steeds niet duidelijk voor me hoe ze erbij gelegen heeft, en daarom is het doodjammer dat ik dat zelf niet aanschouwd heb.

'Zo meteen komt de dominee,' zei mijn zus.

'Ik heb een lijstje gemaakt van de psalmen die we bij de rouwdienst zouden moeten zingen, psalm 84 natuurlijk, want dat was haar lievelingspsalm, en psalm 43, dat was ook een favoriet, en psalm 42, en we moeten er bij die dominee stevig op aandringen dat we oude berijming zingen,' zei ik.

'O, maar dat lijstje is helemaal niet nodig, ze heeft zelf al een lijstje gemaakt, dat lag hier in de kast.'

'Mag ik dat lijstje eens zien?'

Mijn zus overhandigde mij een gelinieerd velletje papier. Daarop stond:

Boven aan de rouwkaart deze regels

'k Zal zijn lof zelfs in de nacht
zingen daar ik Hem verwacht,
en mijn hart wat mij moog treffen,
tot de God mijns levens heffen.
Ps 42: 5 2de gedeelte.

Dienst van Woord en Gebed in de aula begraafplaats te
~~Maassluis~~. Maasland.

Zingen psalm 42
Zingen psalm 42 de verzen 1 en 5
Zingen psalm 43 de verzen 3 en 4
Zingen psalm 84 de verzen 4 en 6
Allemaal de oude berijming
Moet er nog een bij dan psalm 89 vers 7
ook oude berijming.

'Dat briefje heeft ze al lang geleden gemaakt,' zei ik, 'want ze schreef nog met vaste hand. Later heeft ze Maassluis doorgestreept en door Maasland vervangen. En dat is nog niet zo lang geleden, want haar vaste hand is weg, de letters bibberen.' Wat mij in dat lijstje van mijn moeder enorm verbaasde, was de vermelding van psalm 89 vers 7. Dat was de lievelingspsalm van mijn vader geweest. Was er dan toch sprake van een gebaar? Werd er bij haar eigen begrafenis naar hem verwezen? Moest dan toch al haar wrok en woede en haat in een ander licht worden gezien? Was het in feite minder hevig geweest dan wij dachten? Maar waarom had ze mijn vader bij mijn laatste bezoek dan een beest genoemd? Van een beest laat je toch niet diens lievelingspsalm bij jouw begrafenis zingen? Het monterde me, alle verdriet om haar dood ten spijt, enorm op dat mijn vader via een achterdeur blijkbaar weer binnen mocht komen. Mijn jonggestorven vader, m'n arme, geplaagde, geteisterde vader. Toch nog iets van eerherstel, psalm 89 vers 7, hoe zalig is het volk dat naar uw klanken hoort.

De dominee belde aan. Het was een vrij stevige, vrij forse man. Hij was niet de wijkdominee, die was op vakantie. Deze invaller had furore gemaakt met een rondschrijven aan alle gemeenteleden. Kort samengevat luidde zijn boodschap: 'Ik ben homo en woon met een vriend samen, maar we doen het niet met elkaar.' Zo'n brief vind ik, als je bedenkt wat voor barbaarse oergereformeerden er in de grazige weiden rondom Maasland wonen (tijdens de godsdiensttwisten in het bestand van de Tachtigjarige Oorlog was Maasland een der eerste gemeenten die de kant van de Gomaristen koos), ongelofelijk moedig. Ik was ten volle bereid hem daarom het voordeel van de twijfel te gunnen. Hij zei dat het hem speet dat hij mijn moeder niet had gekend en dat het hem daarom moeilijk zou vallen iets persoonlijks over haar te zeggen. Maar misschien konden wij hem vertellen wat voor iemand mevrouw Lock was geweest, zodat hij in zijn preek toch iets over haarzelf naar voren zou kunnen brengen.

Er viel een stilte.

We keken elkaar aan, mijn broer, mijn zus en ik. Hoe konden wij, als wij iets over haar zouden vertellen, al die heikele onderwerpen vermijden, en dan vooral de voortwoekerende vete met mijn al zo lang geleden overleden vader.

De dominee zat ons verbaasd aan te kijken. Na een poosje zei hij: 'Hoe was haar geloofsleven, is daar iets over te zeggen?'

'Ze praatte er nooit over,' zei mijn zus.

'Ze zong de hele dag door heel zachtjes psalmen,' zei ik, 'ze zong al toen ik nog in de baarmoeder zat en toen heb ik ook mijn eerste biologielessen al gekregen, over de mus die een huis vindt en de zwaluw die z'n jongen legt bij het altaar. Ze kende vrijwel alle psalmen uit haar hoofd, uiteraard in de oude berijming. Geen groter klap in haar geloofsleven dan de invoering van de nieuwe berijming, dat heeft haar gefnuikt, gebroken, haar plezier in de kerkgang verwoest en vergald, haar kortom een kolossale dreun gegeven die ze nooit meer te boven is gekomen.'

'De invoering daarvan was voor mijn tijd,' zei de dominee.

'Ik stel u er ook niet verantwoordelijk voor. Maar ik vind wel dat degenen die die nieuwe berijming hebben ingevoerd beter hadden moeten beseffen wat ze bezig waren aan te richten. Zoals mijn moeder het heeft ondergaan, zo hebben tienduizenden het ondergaan. Die psalmregels die ze als kind allemaal braaf hadden geleerd vormden de ruggengraat van hun geloofsleven, en die ruggengraat werd gebroken.'

'Maar uw moeder heeft toch niet alleen maar gezongen, ze zal toch ook over haar geloofsleven hebben gepraat. En wat zei ze dan?'

'Ze praatte er niet over,' zei mijn broer, 'echt niet, het enige wat ze altijd zei was: "Je moet geloven als een kind."'

'Dat zei ze toen ik nog op de lagere school zat ook altijd tegen mij,' zei ik, 'je moet geloven als een kind, en dan zei ik: ik ben een kind, maar ik geloof niet, en dan zei ze: dat komt later wel als je ouder bent, hoe ouder je bent hoe makkelijker het wordt om te geloven als een kind.'

'Ik heb wel eens geprobeerd,' zei mijn schoonzus Tine, 'om met haar over het geloof te praten, maar ze wou niks kwijt, ze zei er niks over.'

'Maar wat moet ik dan in mijn preek zeggen?' vroeg de dominee nogal knorrig, bij mij daarmee terstond het verlangen wakker roepend hem een beetje te jennen. Dus ik zei: 'Mij schiet nog iets te binnen over haar geloofsleven. Ze had een vreselijke hekel aan het Heilig Avondmaal. Omdat haar rechterhand zo vreselijk beefde, kon ze bij het avondmaal het wijnglas niet meer oppakken zonder te morsen. Eén keer is ze nog naar het Avondmaal voor gehandicapten geweest, maar daarna is ze nooit meer geweest, ze was blij dat het beven haar een excuus leverde om nooit meer te hoeven gaan.'

Mijn zus viel me bij. 'Ja, dat klopt, ze zei altijd dat het nergens voor nodig was dat er vier keer per jaar in de kerk Heilig Avondmaal gevierd werd. Eén keer per jaar was meer dan genoeg, zei ze altijd. En naar dat bibberavondmaal wou ze niet, want dat vond ze vernederend.'

'Mijn vader haatte het Heilig Avondmaal ook,' zei ik, nog wat extra zout strooiend in de wond die reeds was aangebracht. Het lag op mijn tong om te zeggen: 'Begrijpelijk, want wat er door de gereformeerden van gebrouwen is, is wel de meest potsierlijke, de meest knotsgekke vertoning die zich denken laat', maar ik hield me in.

De klap was stevig aangekomen; innig bedroefd keek de dominee ons een voor een aan.

'Nou ja,' zei ik, 'die haat tegen het Avondmaal, daar kunt u natuurlijk moeilijk over beginnen, al zou u daarmee uw gemeenteleden wel een hart onder de riem steken, want reken maar dat ze allemaal ook stuk voor stuk dat Avondmaal verfoeien, maar zegt u dan iets over haar zorgzaamheid, want geen enkele moeite was haar te veel om ons te vertroetelen. Ze stond altijd voor ons klaar, dag en nacht.'

'Ja,' viel mijn zus mij bij, dankbaar dat ze ook iets aardigs over onze moeder kon zeggen, 'ja, ze was de zorgzaamheid zelf.'

'Helemaal mee eens,' zei mijn broer.

'Nou, dan moet ik het daar maar over hebben,' zei de dominee ongemakkelijk. 'Het is toch erg lastig dat ik zuster Lock niet gekend heb, maar ik zal zien wat ik ervan maken kan, ik zal preken over psalm 42, want Leny heeft mij al doorgemaild dat die psalm gezongen moet worden, en psalm 43 en psalm 84.'

'Oude berijming graag.'

'Als dat de wens is van uw moeder, doen we dat,' zei de dominee.

'Goed zo,' zei ik, 'en als er nog ruimte is voor psalm 89 vers 7, dan die er graag ook nog bij.'

'Dat zal wel gaan,' zei de dominee, en ik dacht: m'n vader, m'n vader, o, m'n vader. Eigenaardig om weer te rouwen om je vader als je moeder gestorven is.

Toen de dominee weggegaan was, bekeek ik alle briefjes die in de kast tevoorschijn waren gekomen. Ze had ze nog niet zo lang geleden geschreven, want ze waren nagenoeg onleesbaar vanwege het bibberende handschrift. Nooit was de naam ziekte van Parkinson hardop genoemd, maar haar rechterhand beefde en trilde al sinds de dood van haar tweede man onophoudelijk. Een handtekening zetten onder haar belastingformulier was eigenlijk al jaren nagenoeg onmogelijk. Je herkende de naam niet meer in die vreemde, grillige tekentjes. Wat ze had opgeschreven kon ik desondanks vrij goed ontcijferen. Op een piepklein briefje had ze geschreven: geen bloemen.

Ik vouwde een ander briefje open. Daarop stond:

Geen bloemen. De kist gelijk dicht.
Niet condoleren, is bij Pa ook niet gedaan.
Jullie waren altijd schatten. Moe

Op het derde briefje dat ik bekeek stond:

Geen bloemen
Geen licht in de kist laten schijnen, alles half duister
geen naam Lena. Moe

De tocht terug

Schitterend weer. Overvloedig zonlicht. Een kraakheldere, strakblauwe hemel. Het was eigenlijk te warm om terug te fietsen, maar de tegenwind zorgde voor verkoeling. Daar ging ik weer, en het leek mij waarschijnlijk dat ik de grote tocht, de vijftigkilometertocht van het huis van mijn moeder naar mijn eigen huis, voor het laatst zou maken. Over die tocht droom ik vaak. Het is mijn tocht der tochten. Eerst dwars door het lege, stille Westland, over de voormalige baan van de stoomtram, zodat je Schipluiden min of meer links kunt laten liggen. Je moet helaas even door Delft heen, en in Delft is altijd alles opgebroken, en als je Delft uit bent en langs de Vliet rijdt, waarbij je altijd wordt ingehaald door de tram van Delft naar Den Haag, moet je met een smal fietspad genoegen nemen. Wat verderop kom je net als Vincent van Gogh in 1881 langs tuinen met theekoepels. In een brief aan zijn broer schrijft hij:

> Nu ik kwam te Voorburg en vandaar tot Leidschendam, Ge kent die natuur daar, superbe boomen vol majesteit en sereniteit, naast groene afschuwelijke speelgoeddooskoepeltjes en al wat de logge verbeeldingskracht der rentenierende Hollanders voor absurditeit weet te verzinnen in zake van bloemperkjes, prieeltjes, veranda's. De huizen meest heel leelijk, sommigen echter oud en deftig. Nu op dat moment kwam hoog over de weilanden, oneindig als de woestijn, 't ene wolkengevaarte na het andere aangestuwd, en de wind stuitte het allereerst tegen de rij buitens met hun geboomte aan de overkant van de vaart, waar de zware kolenweg langs loopt. Die boomen, ze waren superbe, er was een drama in elk figuur zou ik zeggen, maar ik bedoel in elken boom. Dan het geheel was bijna nog mooier dan

die geteisterde boomen op zichzelf beschouwd, juist omdat het moment zóó was dat zelfs die absurde koepeltjes een zonderling karakter kregen, nat geregend en verwaaid.

Die superbe bomen staan er nog altijd, en ze zullen allicht nog hoger zijn dan in 1881, maar de koepeltjes die er ook nog staan zijn waarschijnlijk niet erg veranderd, hoogstens af en toe wat opgelapt. Die koepeltjes zijn nu eerder rustiek dan absurd, ze herinneren aan lang vervlogen tijden toen er nog zulke speelgoeddoospriëlen gebouwd werden. Hoe het ook zij, langs de vaart waar Van Gogh het over heeft, en die thans de Vliet heet, kun je tot aan de Watertoren in Leiden blijven fietsen, met als luisterrijke finale de tocht vanaf Leidschendam over de smalle Oostvlietweg. Hij is nu geasfalteerd, maar eertijds was dat een trekkade. Doodstil is het daar, je hebt de hele wereld, inclusief het ruime hemelrond, voor jezelf alleen, al komt je ook een enkele keer een auto tegemoet of word je gepasseerd door zwetende, zwoegende wielrenners. Vaak zie je in de verte op de A4 honderden auto's die daar vaststaan in een lange file.

Toen ik daar eenmaal reed, moe al van de tocht van Maasland naar Delft, en van Delft naar Leidschendam, dwars tegen een straffe noordoostenwind in, en ik ook flink bezweet was geraakt, werd een soort vacuüm in mijn brein getrokken, zodat ruimte ontstond om te overdenken wat zich de afgelopen vierentwintig uur had afgespeeld. Mijn moeder was dood. Nooit zou ik nog nieuwe beschuldigingen aan het adres van mijn vader moeten aanhoren. Wat moest ik daar toch van denken? Waar was het vandaan gekomen? Een genfoutje? Moest het worden toegeschreven aan inteelt op de Zuid-Hollandse eilanden? De familie Van der Giessen kwam van Rozenburg, maar Rozenburg bestond twee eeuwen geleden niet eens, Rozenburg is een recent verschijnsel, en werd in de jaren vijftig door de sociaaldemocraten, zonder scrupules en zonder enig meegevoel met de bewoners, opgeofferd aan de vooruitgang, dat wil zeggen deskundig vergraven. Met bulldozers en draglines werd een onvergankelijk vogelreservaat, De Beer, midden in het broedseizoen verwoest en vernietigd. Weg westelijk Rozenburg; van inteelt zou daar nooit meer sprake zijn. Maar voor de Van der Giessens Rozenburg betraden, hadden ze wellicht al eeuwen van inteelt achter de rug op het eiland Oostvoorne. Want eilanders trouwden met eilanders, en bovendien met leden van hetzelfde kerkgenootschap, want twee geloven op een kussen, daar sliep de duivel tussen, dus de teeltkeus was tamelijk beperkt geweest. Vaak was het erop uitgedraaid dat neven en nichten met elkaar huwden – dan bleef je tenminste op vertrouwd terrein.

Goed, een genfoutje dus, niets aan te doen en niemand viel iets te verwijten. Maar kon een genfoutje dan zo'n verbijsterende vorm van paranoia veroorzaken? Was datzelfde genfoutje bij oom Cor ook verantwoordelijk geweest voor zijn waandenkbeelden? Maar bij hem leek toch waarschijnlijk dat hij mataglap uit Indonesië was teruggekeerd. Daar had hij gediend, en deelgenomen aan de politionele acties. Niets anders had hij er ooit over willen zeggen dan dat er daar sprake was geweest van vreselijke verwording, en daar kon je je van alles bij voorstellen, maar hij weigerde altijd weer om zelfs maar een tip van de sluier op te lichten. Drong je sterk aan, dan zei hij dat hij ver van het strijdgewoel gelegerd was geweest. Dat klonk weinig geloofwaardig.

Geen genfoutje, maar deelname aan gewelddadige acties, was dat de reden geweest waarom oom Cor zijn weerbarstige vrouw Corrie er maar van bleef beschuldigingen dat ze onophoudelijk vreemdging? Het meest verbazingwekkende verhaal over oom Cor is dat hij op kraambezoek ging bij zijn jongste zoon, die vernoemd was naar zijn grootvader, naar vader Arie. Arie was zo ver mogelijk bij zijn godsdienstwaanzinnige vader vandaan gevlucht; Arie was terechtgekomen in een gehucht in Texas, vlak bij de grens met Nieuw-Mexico. Alleen met behulp van een vergrootglas kun je het op de kaart vinden: Odessa. Stel je toch voor, oom Cor op reis. Eerst al een tocht van zo'n acht uur met een straalvliegtuig – dat is redelijk goed te doen. Maar dan? Een moeizame, langdurige tocht, dwars door de Verenigde Staten, naar die uithoek van Texas. Toen oom Cor daar eindelijk arriveerde, was de boreling al een paar dagen oud. Oom Cor boog zich... nee, eerst moet nog gezegd worden hoe mooi gebruind hij was en hoe blozend zijn wangen oogden... Goed, oom Cor boog zich over de wieg, keek naar het kind, snuffelde eraan en richtte zich toen weer op, en zijn gezicht was opeens bleker dan briefpapier.

'Die is niet van jou,' zei hij tegen zijn zoon.

Waarop de zoon in grote woede ontstak. Maar dat hielp niet, een lijkbleke oom Cor bleef maar herhalen: 'Die is niet van jou.' Om dat te kunnen constateren had hij zowat een reis om de wereld gemaakt. Zo'n wapenfeit viel over mijn moeder toch niet te melden. Wat ze ook tegen mijn vader had ingebracht, nooit had ze mij toegebeten dat mijn vader bij een andere vrouw een kind had, en dat er dus een halfbroer of halfzus van mij rondliep. Wacht even – nooit? En dat verhaal dan, in verschillende varianten opgediend, over de eerste oorlogsjaren?

Mijn moeder: 'Toen we nog maar net getrouwd waren, en jij nog moest komen, kwam je vader altijd laat thuis van zijn werk in de Westgaag op de tuin van vrouw Poot, en dan hoorde je hem al vaak vrolijk fluiten als hij de Patijnestraat in reed. Dan wist ik al: zo meteen gaat hij, als we gegeten hebben, ergens dammen. Ja, ja, dat zei hij altijd, dat hij ergens ging dammen, overal had hij zogenaamd vrienden zitten met wie hij damde, op het Stort, op het Stronikaadje, in 't Paard z'n Bek, op de Weverskade, in de Nauwe Koestraat, in de Lijndraaiersdwarssteeg. Als we gegeten hadden, dofte hij zich vreselijk op. Waarom moet je je opdoffen als je gaat dammen, zeg mij dat eens? Maar dat deed hij, en vrolijk dat hij dan was, en netjes als hij de deur uit ging. En als hij dan om een uur of elf terugkwam, en met zo'n glunderend gezicht vertelde dat hij gewonnen had, wist ik het al, dan had hij 't weer gedaan met een of andere jonge meid, want hij had ze overal zitten, door heel Maassluis heen – niks dammen, maar meiden, overal meiden, en er is d'r minstens eentje bij die van hem in de kraam is geraakt.'

'Dat was dus in de oorlog?' vroeg ik, 'want je bent getrouwd in 1941 en ik kwam in 1944.'

'Ja, hij damde de hele oorlog door, avond aan avond.'

'Maar hoor nou eens even, je zegt dat hij om een uur of elf terugkwam, maar je had toen toch spertijd?'

Even was er destijds, toen ze mij dat verhaal vertelde, bij mijn moeder sprake geweest van een aarzeling. Even leek het alsof ze zelf inzag dat het verhaal niet kloppen kon omdat je na achten niet meer over straat mocht, maar toen had mijn moeder zich herpakt.

'Spertijd? Ja, dat had je toen, maar dacht je dat dat je vader ook maar ene lor kon schelen? Die wist heus wel hoe je na achten via steegjes en achterommetjes weer naar huis terug moest sluipen. En je weet toch zelf dat je vader nergens bang voor was, die had lak aan die Duitsers, niks hoor, die spertijd kon hem geen lor schelen, daar liet hij al die meiden echt niet voor lopen. Moet je toch voorstellen, ben je net getrouwd, gaat je man elke avond de deur uit om het met een ander te houden. Zo'n man, o, o, o, dat ik daar toch aan begonnen ben, en jij bent al net zo, jij hebt een lieffie in Overschie.'

'Wat zeg je nou? Overschie? Indertijd, bij dat vennetje, weet je nog, zei je dat ik een lieffie had in Schiedam. Is dat lieffie dan naar Overschie verhuisd?'

'Niet dat ik weet, ik weet alleen dat ik gehoord heb dat je een lieffie hebt zitten in Overschie.'

'Daar heb ik anders nog nooit een lezing gegeven. Sterker nog, in mijn hele leven heb ik nog nooit ook maar één stap gezet in Overschie. Het enige wat ik van Overschie weet is dat Jules Deelder een keer vertelde dat hij na de dood van zijn vader langs spiritistische weg contact met hem kreeg. Hij zei: "Pa, waar zit je? Ik hoor zulke rare geluiden, het is net of je ergens aan zit te knabbelen of te knagen, wat is er aan de hand?" En z'n vader zei: "Ik eet een worteltje, ik zit in een konijnenhokje in Overschie."'

'Ja, steek er maar weer de draak mee, als je maar niet denkt dat je me daarmee van m'n à propos krijgt, jij hebt een lieffie in Overschie. Dat je daar nooit geweest bent, hoeft helemaal niet te betekenen dat je daar geen lieffie hebt zitten.'

'Hoe kan ik dat lieffie dan ooit zien?'

'Jij hoeft daar niet heen te gaan, ze kan ook naar jou toe komen.'

'Is het weer een sloerie, net als dat lieffie uit Schiedam?'

'Nou en of.'

Ik probeerde mij, dwars tegen de straffe wind voortfietsend op de Oostvliegweg, die sloerie in Overschie voor te stellen. Vast en zeker een smakelijke Rotterdamse del uit de onderste heffe des volks, met alles erop en eraan wat vulgair oogt, enorme oorbellen, krullende kunstwimpers, krankzinnig lange nagels, laarzen met torenhoge hakken. Maar ja, hoe mooi dat allemaal ook is, tegenwoordig zijn zulke superdellen ook altijd voorzien van tatoeages op de armen, de benen, de schouderbladen en rondom de navel, en bij de kleinste tatoeage overvalt mij al een immense weerzin, zelfs al is het een miniportretje van Bach.

Op de Oostvlietweg was in ieder geval geen mens te zien, laat staan een del. Ik dacht: ik moet verder terug in de tijd, ik moet naar het eerste begin, de vier jaar voor ik naar de bewaarschool ging, toen mijn moeder nog mijn steun en toeverlaat was, mijn beschermengel, want mijn vader had weinig geduld gehad met de ADHD-peuter die ik waarschijnlijk geweest ben. Vanaf de eerste dag op de bewaarschool waar ik niet heen gebracht wou worden heb ik, zoals eerder gezegd, herinneringen die met elkaar samenhangen, die een doorlopend verhaal vormen. Van al wat daarvoor gebeurde bleven slechts losse fragmenten in mijn geheugen bewaard, steevast tamelijk traumatiserende ervaringen. Bijvoorbeeld alle keren dat ik, nadat ik weer joelend het kleed met kopjes erop onverhoeds van tafel had getrokken zodat het serviesgoed in scherven op de vloer uiteenspatte, door mijn vader over de knie was gelegd. 'Maar dat hielp niks,' had mijn moeder altijd verontwaardigd gezegd, 'een uur later deed je het weer. En schateren dat je dan deed, je schaterde soms zelfs nog door als je vader om de tafel heen achter je aan zat.' Klappen had ik ook steevast geïncasseerd als ik de kippen weer eens met klompen had bestookt. 'We hebben de kippen weg moeten doen,' aldus mijn moeder, 'je mikte zorgvuldig, en de haan kreeg dan een klomp op z'n kam. En dan schaterde je het ook uit. Vaak heb ik je vader bij je weg moeten trekken, want hij sloeg er als een dolleman op los. Maar ja, je was ook een vreselijke doerak.'

Aan de hand van mijn moeder was ik elke dag de straat overgestoken om bij buurman Van Baalen een 'kop karemelk' te halen. Van Baalen offreerde mij af en toe een stukje kaas. Als hij op dat punt in gebreke bleef, vroeg ik erom. Mijn moeder bezwoer me derhalve om nooit meer om kaas te vragen, dus bij het eerstvolgende bezoek aan Van Baalen deelde ik de hoogbejaarde melkboer vertrouwelijk mee: 'Maarten mag niet om kaas vragen, nee, Maarten mag niet om kaas vragen.'

Uit die voortijd, die eerste vier jaar, beklijven nog twee zeer pijnlijke herinneringen. Steeds als de olieman aan de deur verscheen en ons kannetje petroleum bijvulde, raakte mijn moeder verhit en de olieman eveneens. Spoot mijn moeder op zo'n moment juist de stoep schoon, dan richtte zij de waterstraal op de olieman, en de olieman probeerde haar dan de slang te ontfutselen en richtte vervolgens die waterstraal op mijn moeder. Die rende dan, op haar beurt schaterend, de straat uit, richting Damplein. Veel heb ik niet van het leven geleerd, maar één ding weet ik tamelijk zeker: als meisjes of vrouwen met water naar mannen gaan gooien, respectievelijk een waterstraal op hem richten, of anderszins water gebruiken om een man daarmee te bestoken of zelfs maar te besprenkelen, kun je er donder op zeggen dat zo'n meisje of vrouw een oogje op het besprenkelde heerschap heeft. Tot mijn grote verdriet werd dat spuitritueel keer op keer herhaald, en daar mijn moeder wist hoe laat de olieman aan zou bellen, kon zij daarop anticiperen met haar boenwerkzaamheden.

Hoe jong ik toen ook was, heftige, felle, scherpe pijn was mijn deel als zich het spuitritueel weer voltrok. Nooit in mijn leven heb ik iemand heviger gehaat dan de olieman. Zelfs nu nog word ik bijna onpasselijk van de geur van petroleum.

Het leek haast, daar op die doodstille Oostvlietweg, of ik mij de verstikkende stank van petroleum te binnen kon brengen, terwijl het toch verbazend lastig is je een geur voor de geest te halen zoals je je een gezicht voor de geest haalt. Vreemd toch, een melodie kun je moeiteloos oproepen en nafluiten, maar geuren laten zich niet naruiken.

De andere pijnlijke herinnering – ik heb er al eerder over geschreven – betreft de klaprozen. Ze groeiden in overvloed in de brede bermen van de Nieuwe Weg, vlak bij huis, daar waar nu de Laan 1940-1945 is. Ik plukte een ruiker, droeg hem trots naar huis, zei opgetogen tegen mijn moeder: 'Ik heb klaprozen voor je geplukt.' Even was ze sprakeloos, toen riep ze: 'Vort, vort, vort ermee, dat zijn vergiftige bloemen, weg met die lorren, stop ze in de put.' Schreiend heb ik ze een voor een door de gaten van het rooster heen in de straatput gestopt. Terwijl ik daarmee bezig was, begon het te regenen en kwam in die put het ootmoedige, droefgeestige gegorgel van erin stromend water op gang. Omdat er vanuit de hemel tranen vielen, hoefde ik niet meer te snikken. Het geluid van het stromende water, de put in, troostte mij. Weinig geluiden zijn me sindsdien zo dierbaar als dat vredige, rustige gorgelen van het water, al vormde het destijds de basso continuo van mijn laatste gesmoorde snikjes. Later op de avond volgden in bed nog wat gesmoorde snikjes en toen werden die snikjes begeleid door het zachte gerommel van de dakpannen waar de opstekende wind onderdoor waaide. O, die twee geluiden, het gegorgel van water in een straatput en het doffe gerommel van dakpannen – het is net alsof dat de geluiden zijn die je nog na je dood zult horen om je eraan te herinneren hoe het leven werkelijk in elkaar stak.

Aan gene zijde van de Vliet kwam een eenzaam roodbakstenen huis in zicht. Verderop fonkelde het glas van bouwsels die het midden hielden tussen kassen en warenhuizen. Ik wist: zo dadelijk verschijnt rechts het half verzakte, moeilijk leesbare bordje: VERSE EIEREN TE KOOP. Vaak was ik er, met de wind in de rug, voorbij gereden, omdat het kleine eierenhuisje nogal onopvallend iets van de weg af lag. Dan keerde ik altijd terug, want een paar doosjes kakelverse eieren moet je natuurlijk nooit laten lopen. Waarbij komt dat ze aldaar één euro vijftig per doosje kosten (geen geld dus), heel groot zijn, en doorgaans erg vers. Je moet de eieren zelf pakken en het geld in een ijzeren kistje stoppen dat voorzien is van een smalle gleuf en met een ketting is verankerd. Zelden zie je de leverancier. Heb je het geld niet gepast, dan ontstaat er een probleem. Meestal is het oplosbaar: dan neem ik drie dozen mee en prop ik een biljet van vijf euro in het kistje.

Afslaan, afstappen, drie dozen eieren pakken, vijf euro betalen, het was in een oogwenk gebeurd, en ik fietste alweer, dwars tegen de straffe, warme zomerwind in. Ik dacht: toch ben ik, haar wanen ten spijt, vrijwel nooit boos geweest op mijn moeder. Het woord 'onthutst' drong zich op, dat was ik wel vaak geweest: onthutst. Bijvoorbeeld die keer dat ze, toen wij op een namiddag samen in de woonkamer zaten, in tranen uitbarstte bij het langzame deel van Mozarts zeventiende pianoconcert, KV 453. In de radiogids had ik de aankondiging van de uitzending ervan met een rood potlood aangestreept. Ik wilde dat werk zo graag horen. Zeker, ik wist dat mijn moeder walgde van klassieke muziek, net als mijn vader, maar een klein beetje Mozart, was dat nu zoveel gevraagd? Meestal verbande ze mij, als ik iets had aangestreept en het wilde horen, met het radiotoestel naar de keuken en kwam ze dan telkens vragen of het nog wat zachter kon, maar die keer had ze grootmoedig gezegd dat het toestel wel in de woonkamer mocht blijven. Tijdens deel een had ze verbeten achter haar ratelende naaimachine gezeten, zodat ik van het allegro nauwelijks iets opving. Maar tijdens deel twee viel er blijkbaar niets meer te naaien, dus moest ze het wel aanhoren. En toen barstte ze na een paar maten in snikken uit. Bij Mozart! Als het nou nog Sjostakovitsj of Skrjabin of Ives of Mahler was geweest, had ik het wellicht kunnen begrijpen. Maar bij Mozart, en niet zomaar Mozart, doch bij een van z'n mooiste langzame delen. Lieflijker muziek is toch nauwelijks denkbaar? En daarbij barst je dan in snikken uit alsof je iets verschrikkelijks wordt aangedaan. Ongelofelijk, wat een tranenvloed kwam er tevoorschijn! Het leek wel of ze net gehoord had dat Geert Veerhoek dood was. Wat moet je dan als prille Mozart-aanbidder? Mij restte niets anders dan het toestel maar uit te schakelen. In de stilte die volgde, riep ik verbolgen uit: 'Dat was Mozart, en Karl Barth heeft geschreven dat de engelen in de hemel voor God Bach, maar onder elkaar Mozart spelen.'

Waarop mijn moeder zei: 'In de hemel spelen de engelen hemelse muziek, daar spelen ze geen Bach, daar spelen ze geen Mozart, want al wat door mensenhanden is gemaakt, is bevlekt met zonde, is doortrokken van de zonde, is besmeurd door de zonde, gebrandmerkt door zonde. Ook de muziek van Bach en Mozart, het is doortrokken van zonde, gehavend door zonde.'

'Als ze in de hemel geen Bach en Mozart spelen,' zei ik, 'dan wil ik daar niet heen.'

'Zeg toch niet altijd zulke vreselijke dingen,' riep mijn moeder, en daar verscheen de tweede aflevering van de tranenvloed. Maar daar trok ik mij weinig van aan, want haar boude bewering dat de muziek van Bach en Mozart doortrokken was van de zonde, stond volstrekt haaks op mijn perceptie van de composities van deze twee componisten, die nu eenmaal met kop en schouders boven al hun collega's uitsteken. Was hun muziek gebrandmerkt door zonde? Wat moest je je daarbij voorstellen? Een paar weken voor die verbazingwekkende mededeling van mijn moeder had ik voor het eerst het vioolconcert in E van Bach gehoord (BWV 1042). Twee weken lang had ik met vochtige ogen rondgelopen, telkens maar weer al die wonderbaarlijke passages eruit neuriënd, vooral die ene frase – dolce schrijft Bach daar voor – uit het langzame deel waarin de viool domweg een toonladder omhoogspeelt. En ook die muziek zou bevlekt zijn met zonde? Maar in welke noten van het werk hield de zonde zich dan schuil? Mij leek dat alle verhoudingen compleet zoek waren als je beweerde dat zelfs de muziek van Bach en Mozart doortrokken was van de zonde. Natuurlijk, dacht je als een calvinist, dan kon je alleen maar beamen wat mijn moeder naar voren had gebracht. En daaruit viel maar één conclusie te trekken: het calvinisme was een abjecte, bizarre, gruwelijke vorm van christendom. Was je er, zowat vanaf de windselen, mee geïndoctrineerd, dan produceerde je brein zulke morbide waandenkbeelden. Het kon mijn moeder niet aangerekend worden, ze trok de uiterste consequentie uit iets dat haar steeds weer was voorgehouden. (Denk niet dat alleen mijn moeder zo dacht. Toen ik in het eerste jaar van mijn studie in Leiderdorp bij mijn tante Anna woonde, en oom Piet en tante Anna op een avond naar een verjaardag waren, legde ik op hun draaitafel de *Unvollendete* van Schubert. Onverwacht kwamen ze, halverwege het tweede deel, de woonkamer binnen. Grote ontsteltenis was hun deel. Wat klonk er nu toch op uit hun op de pick-up aangesloten radio? 'Zulke zondige muziek,' aldus mijn tante, 'mag hier in huis niet gedraaid worden.' En mijn oom voegde eraan toe: 'Zulke muziek komt rechtstreeks van de duivel.')

Op de Oostvlietweg kwam het Pannenhuis in zicht. Onlangs was het te koop aangeboden en ondanks de crisis op de woningmarkt vrij snel van de hand gegaan. Men was nu bezig het op te knappen, want huizen worden, de crisis ten spijt, tegenwoordig eerst volledig gerenoveerd en herbouwd voor zij betrokken worden. Mijn hemel, ik zou nu ook het huis van mijn moeder te koop moeten zetten. Of zou ik het – in 1993, toen mijn stiefvader stierf, heb ik het van mijn stiefbroer en stiefzussen voor haar gekocht en werd zij mijn huurster; ze betaalde de huur overigens vaak niet, ze zei steeds: waarom zou ik m'n zoon huur betalen, die heeft geld zat, dat is water naar zee dragen – aanhouden als tweede huis? Dan kon ik er overdag heen fietsen en 's avonds in Maassluis over de Haven naar het Hoofd slenteren, en er overnachten en de volgende dag weer terugfietsen.

Ik schakelde naar een lager verzet. Ik was zo langzamerhand doodmoe. Eerst gisterenavond zo'n daverende slag, dan een slapeloze nacht, vervolgens een goedhartige dominee, maar ja, hoe goedhartig dominees ook zijn, het blijven colporteurs van bizarre lulkoek, en ten slotte de straffe noordoostenwind waar ik tegenin moest rijden. Ik dacht opeens aan mijn hondje dat twee maanden eerder was doodgegaan. Kwam mijn moeder op bezoek, dan moest dat hondje dat in de achttien jaar van zijn lange leven nooit iemand gebeten heeft, zo ver mogelijk bij haar uit de buurt gehouden worden. Zat ze in de woonkamer en werd mijn hondje daar, om ervoor te zorgen dat ze niet kwispelend naar mijn moeder zou lopen, door mijn zus aan de lijn gehouden (stel je toch voor, een hondje aan de lijn in de woonkamer, maar dat eiste mijn moeder), dan zat mijn moeder onophoudelijk met grote paniekogen naar mijn hondje te gluren.

'Hij kijkt me aan met die felle oogjes,' riep ze dan angstig, 'doe hem toch weg, bah, dat vieze, vieze beest, kijk nou toch hoe die naar me zit te loeren.'

Wat wil je? Zo'n hondje dat kwispelend, als de kamer zich vult met familieleden, van de ene naar de andere bezoeker drentelt om elkeen voorkomend te begroeten, begrijpt er niks van dat er één bezoekster is die van een begroeting niets weten wil, dus dat hondje heeft het gevoel dat ze in gebreke blijft en wil niets liever dan het verzuim goedmaken. Dus ze blijft dan, steeds kwispelend, die eigenaardige bezoekster maar aankijken. Hoe vaak ik het mijn moeder evenwel ook uitgelegd heb, ze wou het niet begrijpen, wou er niets van weten dat het hondje ook maar bij haar in de buurt zou komen.

'Moet je nou toch zien, die vurige oogjes, hij vreet me meteen helemaal op als je hem loslaat.'

Wat eigenaardig toch, die diepe afkeer van honden, maar ook van katten, sterker, van alle dieren. Nooit in haar leven had ze een dier gestreeld, maar ook nooit een vlieg doodgeslagen. Maar ja, er was zoveel wat ze nooit gedaan had. Ze had nooit in een vliegtuig gezeten. Ze had nooit op zee gevaren, nooit een verre reis gemaakt. (Wel is ze warempel een keer een paar dagen met mijn broer in Engeland geweest!) Ze had nooit gedanst of gezwommen of geschaatst. Sport? Geen denken aan, maar toch tweeënnegentig geworden! (Had ze als kind ooit touwtje gesprongen? Nooit zou ik het haar meer kunnen vragen, schoot als een pijnscheut door me heen.) Ze was nooit in een boom geklommen. Ze was nooit naar een concert geweest. Ze had nooit gedamd of geschaakt. Ze had nooit een stap gezet in een museum of een bioscoop. (Maar in haar latere jaren had ze wel vaak naar de televisie gekeken, zelfs naar voetbalwedstrijden. 'Voetbal, daar geniet ik altijd nogal van, al zet ik wel altijd het geluid af, want die harde stemmen, daar kan m'n arme, oude hoofd niet tegen, maar zonder geluid zie je het beter. Watervlug hollen ze in hun onderbroeken de ene kant op, en bij toverslag draait het om, en hollen ze in hun onderbroeken de andere kant op, en de hele tijd door liggen ze met veel misbaar op de grond, en vaak komt er dan iemand van opzij aanrennen met een spons en een zeem, en wordt het hoofd van zo'n onderbroekenjochie onder handen genomen als een voorkamerraam, maar dat helpt lang niet altijd, en net als je dan denkt, sjonge, er is er een dood, springt zo'n lijk weer overeind en rent weer als een mier in het rond, en diegenen die 't vaakst op de grond hebben gelegen, winnen de wedstrijd, moet je maar eens opletten.) Ze had nooit in een draaimolen of zweefmolen of reuzenrad gezeten. Ze had nooit een muziekinstrument aangeraakt, behalve het harmonium, om het af te stoffen. Ze was nooit lid geweest van enige vereniging, club of wat dan ook waarvoor contributie betaald moet worden, behalve de EO. Ze had nooit een boek gekocht, behalve *Hoe vertellen wij het onze kinderen* van prof. dr. J. Waterink. Ze had nooit geprobeerd iemand aan het lachen te maken. Ze had een enkele keer wel gelachen, maar nooit geschaterd. Ze had nooit op een bromfiets gezeten, laat staan achter het stuur van een auto. Ze had nooit bier gedronken of whisky of jenever of wodka. Ze had nooit knoflook gegeten. Ze had nooit haar tanden gepoetst. Ze had nooit enige make-up gebruikt. Ze had zichzelf nooit met welgevallen in de spiegel bekeken. Ze had nooit een broek gedragen, behalve als het heel koud was, en alleen maar onderweg op de fiets naar een verjaarsfeest, en onder haar jurk. Ze had nooit gevloekt of gelogen. Ze had nooit in een kookboek gekeken, ze had nooit eten bij de chinees gehaald of waar dan ook. Ze had nooit, ofschoon ze sterk misantropische en zeer sterk misogyne trekken had, enig mens kwaad gedaan of leed berokkend. (Nou ja, behoudens dan datgene wat ze had aangericht met haar paranoia.) Maar ze had ook nooit enig geld aan een goed doel gegeven, behalve opeens in haar laatste levensjaren. Ze had nooit met iets of iemand gedweept, behalve aan het einde van haar leven met Jan Peter Balkenende. ('Ach, dat mannetje, dat wil ik nou toch zo graag, dat je daarop stemt. Wat? Wil je dat niet? Zo'n lief mannetje, ach, doe me nou een lol, stem daar nou op, dat mannetje, dat mannetje, dat mannetje.') Ze had nooit met stemverheffing gesproken, nooit gescholden, behalve toen haar vader in 1962 aan kanker stierf en diens zoon Cor en diens zoon Jaap hadden gezegd dat vader Arie niet zou zijn gestorven als hij zich had bekeerd tot de pinkstergemeente, omdat hij dan via gebedsgenezing van zijn maagkanker zou zijn verlost. Toen mijn ooms dat vlak na de begrafenis naar voren brachten, was ze woedend geworden. 'Schoften,' had ze geroepen, 'jullie zijn schoften', zoals ik al eerder verteld heb. Ongelofelijk was dat geweest, en daarom kan het niet vaak genoeg gememoreerd worden. Zelfs tijdens de avondboterham had ze alsmaar tandenknarsend herhaald: 'Schoften, schoften, schoften.' Goed zo, dacht ik, daar op de Oostvlietweg, goed zo, moedertje van me, schoften waren het, wedergeboren christenen, dus tuig van de richel.

Mij viel opeens in hoe ik, onder net zo'n strakblauwe hemel, en met zo'n zelfde straffe wind als er nu woei, op een zaterdagmorgen in 1963 van Leiden naar Maassluis was gefietst. Direct na het zaterdagmorgencollege Dierfysiologie was ik om elf uur opgestapt. Reeds om half een reed ik, anderhalf uur lang voortgestuwd door de noordoostenwind, de Patijnestraat binnen. Met mijn loper opende ik de voordeur. Toen al, terwijl ik nog niemand had gezien, wist ik dat zich een catastrofe had voltrokken. Behoedzaam opende ik de deur naar de woonkamer. Daar zaten mijn moeder, mijn broer en mijn zus om de tafel. Mijn moeder schepte rijstebrij in diepe borden. We aten dat soms op zaterdag, ter afwisseling van twee gangen soep. Rijst gekookt in veel melk, zodat er een soort papperige substantie ontstond. Je strooide er flink wat suiker overheen, en ziedaar: het warme middagmaal. Dat er ook andere mogelijkheden bestonden om rijst klaar te maken heeft mijn moeder nooit geweten.

Doodse stilte in de kamer. 'Waar is pa?' fluisterde ik.

'Heeft een begrafenis,' zei mijn moeder.

'O.'

Ik schoof aan, kreeg een bord, en mijn moeder vulde dat met dampende rijstebrij. Het leek net of het nog witter oogde dan op andere zaterdagen; het leek alsof mijn moeder er blauwsel aan had toegevoegd, het blauwsel dat op maandag altijd aan de witte was werd toegevoegd om die nog witter te maken, dat eigenaardige blauwsel dat zo sterk geurde naar vers sperma.

Voorzichtig keek ik van de een naar de ander. Wat was er gebeurd? Had mijn vader voorafgaande aan de begrafenis naar een mokkel geloerd? Maar daar zouden mijn broer en zus dan toch niet zo van streek van zijn, en die oogden nu allebei alsof de dag des oordeels in zicht was. Mijn moeder zag eruit alsof ze urenlang achter haar Singer-naaimachine had gezeten.

Pas veel later op de middag, toen iedereen, behalve mijn zus en ik, de kamer uit was, vroeg ik voorzichtig: 'Wat is er gebeurd?'

'Arie is vanmorgen,' zei ze, 'toen moe zich in de teil waste, per ongeluk de keuken in gelopen. Hij moest hoognodig en wou naar achteren.'

'Was hij dan niet geweest voor ze in de teil ging?'

'Vast wel. Ik ben ook geweest.'

'Dus Arie liep opeens de keuken in. En toen?'

'Ze gilde het uit. Arie kwam meteen teruggerend, maar ja, hij had haar toch zien zitten.'

Sinds die zwarte zaterdag had mijn moeder, als ze zich opmaakte om in de teil af te dalen, altijd de keukendeur gebarricadeerd. En niet slechts met een stoel tegen de deur, maar met allerhande materialen. Met stokken en bezems en pannen die tussen de teil en deur werden geklemd, zodat je een en ander, had je de deur willen openen, slechts met grof geweld opzij had kunnen duwen. Een schuifje of een haakje aan de binnenkant van de keukendeur zou een voor de hand liggende oplossing zijn geweest, maar ja, zo'n schuifje of haakje zou dan ook bij andere gelegenheden gebruikt kunnen worden. Je zou je dan als kind aan bestraffing kunnen onttrekken door jezelf in de keuken op te sluiten. Dus haakjes of schuifjes kwamen niet in aanmerking. Nee, met vernuft en allerhande materialen perfectioneerde mijn moeder het barricaderen van de keukendeur, want stel je toch voor dat een van je kinderen zomaar onverhoeds de keuken in zou lopen en je in je blootje in het door zeep vertroebelde waswater zou zien zitten. Aangezien ons huis zo was gebouwd dat je, wilde je naar de wc, door de keuken moest, hield de zaterdagse wasbeurt in dat je een en ander enige tijd moest ophouden. Vanuit onze woonkamer kon je overigens door het woonkamerraam en het keukenraam heen in de keuken kijken, dus voor dat keukenraam werd, als mijn moeder zich terugtrok in de teil, zorgvuldig het gebloemde keukengordijntje dichtgeschoven. (Dit verhaal heeft nog een komisch vervolg. Mijn broer was blijkbaar zo onder de indruk van datgene wat hij had aanschouwd toen hij per ongeluk de keuken in was gegaan dat hij moeder daarna smeekte om er een keer bij te mogen zijn als zij in de teil ging. Na lang aandringen, mocht uiteindelijk 'haar lieve jongen' een keer inderdaad een en ander bijwonen, met dien verstande dat hij daarbij wel een reusachtige handdoek over zijn hoofd heen moest draperen.)

Toch was ze niet altijd zo preuts geweest. Tot mijn allervroegste herinneringen behoren beelden van taferelen in de ochtendstond. In de duistere woonkamer maakte ze de kolenkachel aan, en als die eenmaal brandde, verlichtte het aanvankelijk flakkerende, later gestadige vuur achter de mica raampjes al haar handelingen. Ze had zich dan nog niet aangekleed, liep nog in een lang nachtgewaad. Mijn vader voorzag ze van thee en brood, en die vertrok al spoedig naar de tuin in de Westgaag, dus dan bleef ik alleen met haar achter, want mijn broer was toen nog niet geboren en mijn zus evenmin, of die lag nog in de wieg. Kennelijk ging ze er destijds van uit dat een kind dat nog amper praten kan, niet kan bevatten wat het te zien krijgt. Ze begon altijd met haar haar. Het was toen nog erg lang en ze kamde het uiterst zorgvuldig, en ik zat daar maar en ik zag dat, en ik kon er niet genoeg van krijgen. O, dat vrij trage kammen van dat lange haar. Ik heb het beschreven in *Een vlucht regenwulpen*. Als ze het uitgekamd had en het dikke zwarte haar enigszins golvend omlaaghing, werd het opgerold rondom een dikke ronde zwarte rol. Langzaam kwam dan haar nek tevoorschijn en met spelden werden haar en rol vastgezet bij haar achterhoofd. Had dat dan z'n beslag gekregen, dan trok ze haar nachtgewaad uit. Daaronder had ze niets anders aan dan een witte onderbroek. Vervolgens hees ze zichzelf in een korset. Ze was mooi en slank, dus er was geen enkele reden voor, maar het dragen van een korset was toen kennelijk nog gebruikelijk. Met rijgveters werd het korset door haarzelf op haar rug strak getrokken, en uiteindelijk werden in al die veters strikken gelegd. Dan gingen de dikke nylonkousen aan. Omdat ze snel ladderden en je die ladders dan weer moest laten ophalen bij schoenmaker Booster op de hoek van de Pieter Schimstraat (en dat kostte geld, en geld ontbrak), werden de nylonkousen met de uiterste voorzichtigheid aangetrokken. Dus in een wonderbaarlijke slow motion, iets dat in feite strijdig was met de natuur van mijn moeder, want ze deed alles razendsnel, iets dat ik als karaktertrek van haar geërfd heb, met dien verstande dat mijn moeder, hoe snel ze ook handelde, toch altijd uiterst trefzeker te werk ging, wat ik helaas van mijzelf niet altijd zeggen kan. Maar goed, hoe vlug ze alles ook deed, het aantrekken van haar nylons geschiedde noodgedwongen opmerkelijk traag, en juist die traagheid, in combinatie met het vlammenspel achter de mica ruitjes, zorgde ervoor dat ik mijn ogen uitkeek. Waren de kousen langs het been omhooggeschoven, dan werden ze vervolgens met tegen de witte onderbroek duidelijk afstekende roze jarretels vastgemaakt, waarbij de dikke donkerbruine boorden van de kousen altijd weer vastberaden, en voorzien van een eigen wil, leken tegen te stribbelen. Maar ten slotte zat dan toch alles vast, al gebeurde het maar al te vaak dat zo'n jarretel weer losschoot, en dus de hele procedure over moest, want de zware nylonkous met dikke boord donderde dan langs het been omlaag. Hoe het ook zij, zaten de kousen echt vast, dan trok ze een zogenaamde borstrok aan over haar korset heen, en daar weer overheen uiteraard een van haar schaarse, door mijn moeder altoos zelf genaaide jurken.

Honderden keren heb ik dat alles aanschouwd, zwijgend, turend, aan mijn stoel vastgekluisterd. Nooit heeft ze geprotesteerd tegen mijn aandachtig voyeurisme. Ze zal zich er niet van bewust zijn geweest wat ze aanrichtte, ze zal nooit op het idee zijn gekomen dat ze mij daardoor behepte met het eigenaardige verlangen om een en ander altijd maar weer terug te willen zien, liefst in een ruimte met open vuur, zodat vlammen een vrouw verlichten die zich aankleedt in plaats van uitkleedt, een vrouw die zichzelf met behulp van rijgveters in een korset opsluit, en die vervolgens haar jarretels vastmaakt in plaats van losmaakt.

De Lange Taam

Mijn vader werd begraven op een van de kilste, grauwste winterdagen in december van het jaar 1973. Het vroor niet, maar het was waterkoud, de temperatuur kwam maar net boven nul uit, en er viel een druilerig, troosteloos regentje. Mijn moeder werd negenendertig jaar later begraven op de warmste dag in de zomer van 2012. Zo warm was het dat de dominee mijn zus permissie vroeg om de dienst in de Gereformeerde Kerk te Maasland te mogen leiden in zijn hemdsmouwen. Dat is goed, zei mijn zus. Toch vond ik dat ik als dienstdoende organist een colbert moest dragen. Dat zou mijn moeder op prijs gesteld hebben, dat wist ik zeker. Voor ik echter via een tamelijk bizar wenteltrapje naar de orgelgaanderij kon klimmen, mocht ik nog eenmaal een blik op mijn moeder werpen. Voor in de kerk stond haar kist. Een assistent van de begrafenisbedienaar maakte het deksel los, schoof het opzij, en ik keek. Mijn eerste impuls was om verontwaardigd uit te roepen: 'Maar dat is mijn moeder helemaal niet.' De verschrompelde, gnoomachtige verschijning die ik daar in die kist zag liggen, leek totaal niet op mijn moeder. Het kan zijn dat ik mijn moeder aanvankelijk niet herkende omdat ze haar bril niet droeg, en een van de eigenaardigheden van mijn moeder was altijd geweest dat ze nimmer haar bril afzette. Ze zette hem op als ze uit bed stapte, en in de loop van de dag werd hij niet meer afgezet. Als ik haar 's morgens vroeg zag, had ze haar bril altijd al op, slapend heb ik haar nooit gezien, noch ook ooit, voor zover ik mij kan herinneren, zonder haar bril op, hoe onwaarschijnlijk dat ook lijkt. Af en toe werd haar oude bril vervangen door een nieuw exemplaar met een ander montuur, en dan duurde het soms wel een week voor ik aan het ongewone gezicht van mijn moeder gewend was. Met een nieuwe bril op leek ze haast iemand anders. Dus de vrouw in de kist, zonder bril, herkende ik niet als mijn moeder. Pas toen ik mij over haar heen boog en wat aandachtiger de trekken bestudeerde van degeen die daar doodstil in de kist lag, zag ik dat zij toch mijn moeder was. Het was of mij een mokerslag werd toegediend. Mijn vader had ik zien sterven, mijn vader had ik direct na zijn verscheiden zien liggen, en vervolgens de dagen daarna vele malen aanschouwd in zijn kist, en al die tijd had het geleken alsof hij sliep. Maar mijn moeder, daar was geen twijfel over mogelijk, mijn moeder was dood, morsdood, en ze leek oneindig ver weg, voorgoed en definitief onbereikbaar. En haar handen waren opeens zo klein geworden, zo verbijsterend klein, en toen ik haar voorzichtig over haar wang streelde, leek het alsof ik een ijsblok aanraakte.

De kist ging weer dicht, ik beklom de wenteltrap, en ik zat achter het orgel en ik speelde, voorafgaande aan de rouwdienst, zo langzaam mogelijk *Von Gott will ich nicht lassen* (BWV 658), en bij elke maat moest ik mijzelf ertoe dwingen mijn vingers op de juiste toetsen neer te zetten. Het onbuigzame, strenge stuk van Bach in f-klein met al die haast monotone herhalingen van die zestienden en tweeëndertigsten hield me overeind, en bij de voorlaatste maten kon ik via een handigheidje weer terugkeren naar het begin en het stuk nog een keer spelen, en dat herhaalde ik, zombie-organist, domweg tot de dienst begon.

Zo'n dienst – het is verpletterend vertrouwd, en alleen al dat votum roept duizend herinneringen op aan al die diensten in mijn jeugd die uiteraard ook altijd begonnen met de beproefde formule: 'Onze hulp is in de naam des Heren die hemel en aarde gemaakt heeft.' Sommige dominees maakten ervan: 'Onze hulp staat in de naam des Heren', en dat 'staat' ervoer je dan altijd als een statement. Maar dominee Jonker gebruikte het woord staat niet, en zijn groet, uiteraard gebracht met een hand omhoog, was de bekende groet van altijd: 'Genade zij u en vrede van God onze Vader en van onze Here Jezus Christus in de gemeenschap van de Heilige Geest, amen.'

Na een voorspel dat ik zo kort mogelijk hield (mijn moeder had zich altijd fel uitgelaten over lange voorspelen, die waren uiteraard 'nergens voor nodig') zongen we de lievelingspsalm van mijn vader. Toen volgde, na uiteraard een gebed – je zult toch God zijn en naar al die miserabele gebeden moeten luisteren die en masse opstijgen uit al die kerkgebouwen! Heb je een beetje fatsoen, dan val je een ander, in dit geval Ander, toch niet onophoudelijk lastig met zulk doorgaans omslachtig en zeikerig geformuleerd gezeur – de schriftlezing. Psalm 42. En na die lezing zongen we twee coupletten van die psalm, en toen volgde de overdenking over die psalm. Wat jammer toch dat zulke overdenkingen – hier was dat ook weer het geval, hier vertelde de dominee in zijn eigen woorden, onder toevoeging van wat meanderende uitweidingen, nog maar eens na wat er in die psalm stond – nooit echt de tekst behandelen. De wijze waarop ook deze dominee te werk ging is al prachtig beschreven door Constantijn Huygens: 'De meesten zwerven zomaar rond, en, als waren zij hun roer kwijt, dobberen zij op goed geluk rond op de golven hunner opkomende gedachten, zodat zij zelf, naar ik meen, niet gemakkelijk kunnen bepalen, waarmee ze begonnen zijn en hoe ze zullen eindigen.' In dit geval dobberde dominee Jonker rond op een tekst die naadloos doorloopt in psalm 43. Duidelijk is dat hier sprake is van één gedicht. Er is geen reden om in dit geval twee losse psalmen te onderscheiden.

Van wie is de tekst afkomstig? Ook zo'n vraag die zelden aan bod komt. Koning David? Is het denkbaar dat iemand wiens liefste tijdverdrijf was om zo veel mogelijk voorhuiden van Filistijnen te verzamelen, ook psalmen dichtte? Lijkt mij reuze onwaarschijnlijk. Dus wie dichtte die teksten dan? En waarom wordt altijd maar weer verkondigd dat die psalmen uitingen van grote vroomheid demonstreren, terwijl het stuk voor stuk krijgsliederen zijn? Het is ophitsende oorlogstaal. Het gaat steevast over vijanden die verbrijzeld, vernietigd, verscheurd en vermorzeld moeten worden. Als de tegenstanders een beetje geluk hebben, blijft het bij verjagen, maar meestal loopt het veel slechter met ze af. Uiteraard maken ze ook in psalm 42 hun opwachting. Ze nopen de dichter om 'in het zwart te gaan vanwege des vijands onderdrukking' en ze hebben hem 'een doodsteek' toegediend 'in zijn beenderen'. En daarom vraagt de dichter in psalm 43 aan God hem te bevrijden van 'het ongoedertieren volk'. In deze psalm valt het dus nog mee, meestal krijgen de vijanden er erger van langs. In psalm 118 bijvoorbeeld worden ze met Gods hulp in stukken gehouwen. Omdat het ongelofelijk lastig is, ook al beschik je over vlijmscherpe zwaarden, een medemens in stukken te houwen, vraag je je af wat er nu eigenlijk met dat soort opmerkelijk agressieve formuleringen bedoeld wordt. Maar in de prediking hoor je daar nooit iets over.

Na de overdenking en het zingen van psalm 43 kreeg mijn zus het woord.

'Onze moeder werd op 30 mei 1920 in Poeldijk geboren. Daar speelden de eerste jaren van haar leven zich af. Ze had daar een fijne tijd. Ze had daar een leuke vriendin en kon zich nog goed herinneren dat ze samen met een pop op de stoep in de zon zaten en om beurten de schaar zetten in de kleren van die pop. Later is ze zuiniger omgegaan met scharen. Ze knipte kragen af om ze te hergebruiken.

Toen ze zes was, verhuisde ze naar Maasland. Daar ging ze naar de lagere school. Daar liep ze heen, een tocht van zo'n vier kilometer, dwars door weilanden, grasland, en over sloten en greppels. Omdat onze moeder de op een na oudste was, moest ze tijdens de tocht ook op haar jongere broers en zussen passen. Die kleintjes kregen in de winter, vooral als het vroor, koude handen en die warmde onze moeder dan weer op. Na schooltijd moest ze thuis altijd helpen in de huishouding. Toen ze twaalf was, en van school ging, moest ze thuis voor haar zes broers en twee zussen zorgen, want oma kon niet veel meer.

Als ze 's avonds al eens de deur uit ging, kwamen er jongens achter haar aan. Een van hen beviel haar, maar toen haar vader daar lucht van kreeg, waarschuwde hij haar daar niet op in te gaan. Het was een achterneef, en met familie moest je niet trouwen, dan kreeg je ongezonde kinderen. Dus de omgang werd gestopt.

Toen ze negentien was, ontmoette ze pa. Ze werden verliefd en trouwden.'

Ik hoorde dat aan, daar boven op de orgelgaanderij, en dacht: Zou ze ooit verliefd zijn geweest op mijn vader? Het enige wat ik er dienomtrent bij haar uit had kunnen krijgen, was dat ze indertijd, als hij een enkele keer met haar broers na de dagelijkse tocht naar de veiling meekwam naar de Herenlaan, 'het met hem te doen had'. Daarom had ze zijn kapotte bretels gerepareerd, en aldus waren mijn zus, broer en ik ontstaan als bijproduct van brieke bretels. Op uitingen van genegenheid voor mijn vader had ik haar nooit kunnen betrappen. Niets wou ze ooit kwijt over die jaren van haar leven met mijn vader waarin ik nog ontbrak om haar gade te slaan, behalve dat ze een keer, 'op een zondagmorgen na de kerkdienst' (aldus een niet onbelangrijke toevoeging aan haar verhaal, want geen uur in de week is belangrijker dan het uur na de zondagmorgendienst, in dat uur vallen in protestantse gezinnen de beslissingen), gedecideerd tegen mijn vader had gezegd: 'Pau, het moet maar afgelopen zijn tussen ons.' Dat klinkt mij niet in de oren als verliefdheid. 'En toen,' had mijn moeder aan die summiere mededelingen over die zwarte zondag er nog aan toegevoegd, 'is je vader zo vreselijk gaan huilen dat ik toch maar weer de hand over mijn hart heb gestreken. Dom, heel erg dom was dat, ook omdat mijn moeder altijd al tegen mij had gezegd: maak het toch uit met die Pau, die Pau deugt niet, die heeft alleen maar oog voor andere vrouwen.'

Vreemd toch dat het een mens, althans mij, zo hindert dat ik ontsproten ben aan een verbintenis tussen twee mensen die zo overduidelijk om andere redenen dan diepe liefde, waarschijnlijk puur 'van armoe', of met de instelling 'nou ja, vooruit dan maar', met elkaar gehuwd zijn. Maakt het wat uit of je het product bent van een overrompelende genegenheid van twee mensen of van twee mensen die elkaar, voor zover ik dat kan overzien, zelfs amper waren toegedaan? Maar het hindert mij ook dat ik geboren ben in het jaar 1944, stellig het zwartste jaar ooit in de geschiedenis van de mensheid, de gaskamers nog in vol bedrijf, met daarbij als barbaarse toevoeging van de Holocaust in dat jaar nog de massaslachting van de Hongaarse joden, en dat alles tegelijk met verpletterend oorlogsgeweld over de hele wereld heen. Overal op onze planeet was er toen meer en dieper en smartelijker lijden dan er ooit eerder op die schaal is geweest. En in zo'n inktzwart jaar kom je dan ter wereld.

Ik probeerde weer naar mijn zus te luisteren.

'Moe bracht mijn vader op de begraafplaats waar hij werkte elke dag koffie. Nooit verzuimde ze dat. Elke dag klokslag half tien ging ze naar hem toe.'

Hoe onschuldig klonk dat, daar in die bloedhete Gereformeerde Kerk van Maasland. Elke dag koffie, wat liefdevol, wat roerend.

'In 1973 kreeg pa op de begraafplaats een hartaanval. Hij werd naar het ziekenhuis gebracht en overleed daar. Hij maakte altijd wat graven vooruit klaar, voor het geval het druk zou worden, en daardoor werd hij begraven in een graf dat hij zelf had gegraven.

Nadat onze vader was gestorven, was onze moeder elf jaar alleen. Na elf jaar kwam ze in contact met Jaap. Oude liefde roest nooit, en zo kwam die achterneef uit het begin van mijn verhaal weer terug in het leven van mijn moeder. Hij was inmiddels weduwnaar, zij weduwe, en de liefde bloeide weer op. Onze moeder trouwde in 1985 met oom Jaap en ging in Zorgvlied, in Drenthe, bij hem wonen. Al vrij snel ging oom Jaap achteruit. Om dicht bij haar kinderen te zijn verhuisde onze moeder toen met oom Jaap naar Maasland. Na een paar jaar moest oom Jaap opgenomen worden in de DrieMaasHave. Elke dag fietste onze moeder daarheen om hem te bezoeken. Nadat oom Jaap in 1993 was overleden heeft ze haar laatste levensjaren met veel plezier aan de 's-Prinsensingel in Maasland gewoond.'

Laatste jaren? Nog bijna twintig jaar. Van de tweeënnegentig jaar van haar leven was ze maar veertig jaar getrouwd geweest.

Na de toespraak van mijn zus werd God voor de tweede keer op die dag lastiggevallen met een dankgebed en met voorbeden zoals er in de Orde van Dienst stond die wij uitgereikt hadden gekregen, en vervolgens zongen we nog twee coupletten uit de psalm die ze haar hele leven zowat iedere dag had gezongen, psalm 84, en sprak dominee Jonker de zegen uit. Die zegen uit Numeri 6, dat is ongetwijfeld het mooiste wat zo'n kerkdienst te bieden heeft, wat een onvergetelijke taal is het toch. 'De Heere zegene u en behoede u, de Heere doe zijn aangezicht over u lichten, en zij u genadig, de Heere verheffe zijn aangezicht over u en geve u vrede, amen.' Omwille van die zegen, die christenen overigens ontstolen hebben aan de joden, zou je willen dat het toch allemaal waar is wat je in je jeugd met alle beschikbare middelen werd ingepeperd en opgedrongen, want wat is er grootser en troostrijker dan een Almachtige die zijn aangezicht over je licht en verheft en je vrede geeft en behoedt? Helaas, het is niets dan illusie. Ach, zelfs dat niet eens.

Toen togen wij te voet, achter de onmetelijk langzaam rijdende zwarte lijkwagen aan, naar het Maaslandse kerkhof. Naast de lijkwagen lekten de in zwarte lange jassen geklede dragers langzaam weg, en opeens viel mij op dat een van die dragers niemand anders was dan mijn neef Theo, over wiens moeders dood mijn moeder mij een hartroerende brief had geschreven. Ach, die arme Theo, je kon zien dat het hem zwaar viel om in dat verzengende zonlicht over de Lange Taam te lopen. Want we schreden uiteraard, we waren immers in Maasland, over de Lange Taam. Het is een eigenaardige, vrij brede verkeersader die in het stille dorp lijkt aangebracht als een onverwoestbare, barse dwarsbalk van het hart van het dorp naar het riviertje de Gaag. Ben je in Maasland, dan kom je vroeg of laat op de Lange Taam terecht, en elke keer denk je dan weer: waar komt die prachtige straatnaam vandaan? Stellig loopt er iemand rond die het weet, maar die kenner heb ik helaas nog nooit ontmoet. Schrijdend over de Lange Taam tastte ik andermaal in het duister.

Lang is de Lange Taam niet, maar als je er loopt, nestelt de naam zich in je hoofd en lijkt het alsof je eeuwig voortschrijdt. Zo ook op die middag in dat verschroeiende zonlicht. Toch bereikten we, nadat we via de brug over de Gaag aan gene zijde van het dorp terecht waren gekomen, de begraafplaats. We schaarden ons om het graf, met moeders drie overgebleven broers en twee zussen vooraan, oom Siem, de oudste nu van de overgeblevenen, achtentachtig jaar inmiddels, ondersteund door een van zijn zonen. Hij leek nog brozer dan mijn moeder in haar laatste dagen.

Dominee Jonker kondigde aan dat hij de Apostolische Geloofsbelijdenis (AG) zou opzeggen, en daar kwam dat eigenaardige belijdenisgeschrift al, dat in de Heidelbergse catechismus vanaf zondag 9 tot zondag 22 woord voor woord wordt besproken, hetgeen ik bij dezen ook zal doen.

Ik geloof in God den Vader,

God wordt uitsluitend in het Nieuwe Testament aangeduid als Vader. In het Oude Testament is god altijd de God der vaderen, dus de God van je voorouders. Hoe zou die notie van God als Vader in de wereld gekomen zijn? Uiteraard is het een volgende stap naar de verdere vermenselijking van God. Merkwaardig dat niet beseft wordt dat God inkrimpt als je hem als Vader aanduidt.

Maar al te duidelijk is dat God ons niet geschapen heeft naar Zijn beeld en gelijkenis, maar dat wij God geschapen hebben naar ons beeld en onze gelijkenis.

den Almachtige,

In zondag 10 van de Heidelbergse catechismus wordt de uiterste consequentie getrokken van het woord Almachtige in de AG. In vraag en antwoord 27 wordt gezegd dat alle dingen niet bij geval geschieden maar ons van zijn vaderlijke hand toekomen.

Auschwitz, Sobibór, Dachau, Bergen-Belsen, Sachsenhausen, Buchenwald, Mauthausen, Natzweiler, Ravensbrück, Neuengamme, Majdanek, Chełmno, Treblinka, en Bełżec zijn ons dus van zijn vaderlijke hand toegekomen.

Schepper des hemels en der aarde.

Mooi, zo'n zinsnede waarin nog een oeroud wereldbeeld doorschemert. Je hebt de hemel, het uitspansel met de sterren, en je hebt de aarde. Dat de aarde in het ongelofelijke heelal waarin wij leven een stipje is – die notie ontbreekt hier. In psalm 147 staat: 'Hij kent het getal der sterren, hij noemt ze alle bij namen.' Laat je echter goed tot je doordringen hoe ons universum – mogelijk niet eens het enige universum – eruitziet, dan weet je ook dat als het heelal inderdaad geschapen is door een of ander soort Hoger Wezen, dat al die pakweg honderd tot vierhonderd miljard melkwegstelsels met pakweg per melkwegstelsel honderd miljard sterren, en met al die quasars en pulsars en zwarte gaten, kent en overziet, en bij naam kan noemen, voor ons, nietige stervelingen, zo'n onvatbaar, ongrijpbaar soort Albestierder is dat het zinloos is om je van zo'n Wezen een voorstelling te maken, laat staan Hem te aanbidden.

En in Jezus Christus,

Heeft Jezus echt bestaan? Alle reden om daaraan te twijfelen. Behalve over de vier evangeliën beschikken we over geen enkele historische bron waaruit zijn bestaan kan worden opgemaakt. Zeker, Flavius Josephus vermeldt hem aan het einde van de eerste eeuw, maar waarschijnlijk is het zinnetje over Jezus een latere toevoeging en niet van Flavius Josephus zelf afkomstig. De vier evangeliën zijn in de jaren zeventig tot honderd ontstaan, dus lang nadat de persoon op wie zij eventueel betrekking zouden kunnen hebben, dood was. Het zijn geen ooggetuigenverslagen. De drie synoptische evangeliën gaan terug op een Urquelle. Het evangelie van Marcus staat daar het dichtst bij. De evangeliën van Mattheus en Lucas bevatten in essentie dezelfde verhalen met wat toevoegingen. Schrappen we uit de evangeliën alle wonderverhalen, dan houd je minder dan de helft over. (De drie meest bijzondere wonderverhalen betreffen de opwekking uit de dood van de jongeling te Nain, van het dochtertje van Jairus en van Lazarus. Kuitert heeft daarover een onvergankelijke opmerking gemaakt: dat zal de Here God een mens toch niet aandoen, dat hij twee keer moet sterven.) Schrap je ook alle gelijkenissen die Jezus verteld zou hebben, maar die vaak al in oudere bronnen zijn terug te vinden, dan blijft er nog minder over. Het evangelie van Johannes is nog later ontstaan. Daarin een totaal andere Jezus dan bij Marcus c.s., een Jezus die zichzelf voortdurend op de borst slaat en grossiert in uitspraken als 'Ik ben de ware wijnstok'. (Als hij had gezegd: ik ben de ware sperzieboon, zou je gedacht hebben: wat een rare snijboon.) Erg betrouwbaar komt een en ander niet over. Bovendien sprak Jezus, zo hij bestaan heeft, Aramees, en de evangeliën zijn in onbeholpen Grieks geschreven, dus geen enkele uitspraak is letterlijk uit de mond van Jezus opgetekend (waarbij natuurlijk ook nog de vraag rijst hoe zijn volgelingen tientallen jaren lang uitspraken en zelfs hele gelijkenissen hebben kunnen onthouden. Ze moeten wel fenomenale geheugens hebben gehad.). Het zijn allemaal vertalingen. Oerteksten van de evangeliën zijn niet overgeleverd. Het zijn kopieën van kopieën van kopieën. Bij het kopiëren werden fouten gemaakt. Het zicht op een eventuele historische Jezus is derhalve totaal verduisterd.

zijn eniggeboren Zoon,

Net als bij het spreken over God als Vader, is bij het spreken over diens Zoon vooral sprake van inkrimping, vermenselijking. In de synoptische evangeliën noemt Jezus zichzelf Zoon des Mensen, dus hij was, zo hij ooit echt heeft rondgelopen, bescheidener dan zijn volgelingen.

onzen Here;

Het meest komische aspect van het Nederlandse protestantisme zijn de hooglopende discussies over de vraag of je Heer dan wel Heere moest zeggen en of He(e)re met één e, dan wel twee e's moest worden geschreven. Het is een discussie die in andere talen ondenkbaar is, dus alleen al daaruit had afgeleid kunnen worden dat het nooit een halszaak kan zijn, en toch herinner ik mij uit mijn jeugd verhitte koppen, woedende gelovigen, en menigmaal zelfs handgemeen vanwege Heer dan wel Heere dan wel Here.

die ontvangen is van den Heiligen Geest,

Als kind had ik daar al moeite mee. Ontvangen van de Heilige Geest, wat moest ik mij daarbij voorstellen? De Heidelbergse catechismus zegt dat Jezus door de werking des Heiligen Geestes de ware menselijke natuur aangenomen heeft. Dat impliceert dus dat hij al van eeuwigheid her God was en pas mens werd toen hij op aarde als kind geboren werd. Dus zijn mens-zijn is een soort nagekomen toegiftje bij datgene wat er altijd al was. Vaak heb ik mij als kind afgevraagd of hij de negen maanden dat hij in de baarmoeder verkeerde al bij zijn volle bewustzijn was. 't Kon volgens mij eigenlijk niet anders, want hij was immers God? Maar was je wel een echt mens als reeds bij de start alles zo volkomen anders was dan bij andere mensen?

geboren uit de maagd Maria;

In een boek van W. Brede Kristensen, ik denk dat het *Symbool en werkelijkheid* is geweest, las ik eind jaren vijftig dat er van vele mythologische helden en godenzonen verteld werd dat ze uit een maagd geboren waren. Was je als mens iets ongelofelijk bijzonders, dan was je moeder nog maagd toen je ter wereld kwam. Dus die maagdelijke geboorte van Jezus paste naadloos in een traditie van mythische, maagdelijke geboortes. Ik was tot in het diepst van mijn ziel geschokt. Als waar was wat Brede Kristensen vertelde – en hij betrok Jezus' maagdelijke geboorte glashard bij zijn uiteenzetting over deze mythe – wat dan te denken van het Bijbelverhaal? Was een oeroud, bestaand motief aan mythes ontleend en op Jezus geplakt om hem tot godenzoon te promoveren?

Curieus is dat zowel Mattheus als Lucas een geslachtsregister van Jezus geven waarin Mattheus eindigt en Lucas begint met Jozef, de man van Maria. Maar als Jezus uit de maagd Maria werd geboren zijn die twee geslachtsregisters, met Jozef daarin prominent aanwezig, totaal irrelevant, dit nog afgezien van het curieuze feit dat beide geslachtsregisters niet met elkaar overeenstemmen.

Een maagdelijke geboorte is overigens in theorie mogelijk. Een eicel kan, ook zonder door een zaadcel bevrucht te zijn, tot deling overgaan, bijvoorbeeld door een zeer plotselinge verandering van de zuurgraad in de baarmoeder, en daarbij zou dan ook nog een verdubbeling van het chromosomenpaar kunnen optreden, want een haploïde mens is niet wel denkbaar. Er zijn berichten over vrouwen die een kind kregen en bij hoog en bij laag volhielden dat ze geen gemeenschap hadden gehad, en misschien dat dat in een enkel geval ook waar is geweest. Maar als er een kind uit een maagd geboren wordt, is dat kind te allen tijde een meisje. Het Y-chromosoom wordt door de vader geleverd. Een per ongeluk zelfstandig delende eicel heeft slechts X-chromosomen, dus een maagd kan uitsluitend een boreling voortbrengen van het vrouwelijk geslacht.

die geleden heeft

Wat onbegrijpelijk dat de AG van de geboorte meteen overspringt op het einde. Over Jezus' leven geen woord. Blijkbaar is dat dus nauwelijks van enig belang.

Ooit hoorde ik een preek van dominee Kouwenhoven in de Pniëlkerk te Vlaardingen. Niemand in de wereldgeschiedenis, aldus deze bevlogen prediker, had ooit erger geleden dan Jezus. Verbijsterd was ik. Jezus zou aan het kruis meer geleden hebben dan enige andere sterveling ooit? Mij leek dat je, als je wist dat je drie dagen na je dood weer zou opstaan, nooit zo heel erg kon lijden, in ieder geval heel veel minder dan bijvoorbeeld mensen in de Duitse concentratiekampen. Mij leek ook dat je, als je je kinderen ziet lijden en doodgaan, zelf veel meer lijdt dan als je een poosje aan een kruis hangt. Mij leek zelfs dat je, als je God was (en Jezus was immers God), en dus almachtig was en nog heel veel meer, eigenlijk niet eens echt kon lijden. Dat was alleen voor mensen weggelegd die niks anders waren dan mensen.

onder Pontius Pilatus;

Als Pontius Pilatus ervoor heeft gezorgd dat Jezus ter dood werd gebracht en als diens dood, mits wij dat geloven, ervoor zorgt dat wij met God verzoend zijn, heeft hij dus onze verlossing bewerkstelligd. Want stel toch eens dat Pilatus per ongeluk Jezus had vrijgelaten in plaats van Barabbas! Heremijntijd, dan zouden we onverlost zijn gebleven.

gekruisigd,

Doemt het kruis op, dan is het moeilijk niet aan Karel van het Reve te denken. Die vroeg zich af: als Jezus aan de galg was gestorven, zouden de papen dan nu een galgje slaan in plaats van een kruisje?

gestorven

Als Jezus echt bestaan heeft is één ding zeker: hij is gestorven. Dus bevat die AG één waar woord.

en begraven,

Gekruisigde veroordeelden werden niet begraven, dus het is opmerkelijk dat Jezus wel begraven heet te zijn. Opmerkelijker nog is dat de AG het woord begraven gebruikt terwijl Mattheus zegt dat Jezus door Jozef in een nieuw graf gelegd werd dat hij in een steenrots uitgehouwen had. Jezus werd dus in ieder geval niet in de grond gestopt. Met andere woorden: het woord begraven in de AG is aantoonbaar onjuist.

nedergedaald ter helle;

Wat mij enorm verraste was dat dominee Jonker, die de uitvaart van mijn moeder leidde en zo onverschrokken de Apostolische Geloofsbelijdenis bij haar graf opzei, zich hier een kleine vrijheid veroorloofde. Hij zei: 'Nedergedaald in het dodenrijk.' Blijkbaar vindt hij nedergedaald ter helle te veel van het goede. En terecht, want nergens in de Bijbel is ook maar de geringste aanwijzing te vinden dat Jezus in de ongeveer vierendertig uur tussen zijn verscheiden op vrijdagavond en zijn eventuele opstanding zondagsmorgens in alle vroegte, in de hel zou zijn geweest. Maar het slaat ook nergens op om te zeggen dat hij was nedergedaald in het dodenrijk. Sterker nog, stel je voor dat Jezus vierendertig uur lang dood is geweest. De kerk belijdt de Drie-eenheid. Dus Jezus was in feite God zelf. Dus God zelf zou 34 uur lang dood zijn geweest. Wie heeft Hem dan weer tot leven gewekt, welke nog hogere macht? En hoe moet je je dat voorstellen, ons heelal vierendertig uur lang zonder de oppertoezichthouder? Ondenkbaar toch? Of toch Jezus vierendertig uur dood, doch zijn Vader niet? Maar dan is weer het concept van de Heilige Drie-eenheid een farce.

ten derden dage wederom opgestaan van den doden;

De Romeinen kruisigden hun slachtoffers naakt. Jezus werd dus naakt van het kruis afgenomen. Hij werd in een 'rein lijnwaad' gewikkeld. Kleren had hij dus niet aan. Stond hij dan naakt op en verscheen hij zo aan onder anderen Maria Magdalena? Ondenkbaar natuurlijk. Dus Jezus moet zich, nadat hij opstond, uiteraard aangekleed hebben. Maar waar haalde hij zijn kleren vandaan? Zo'n vraag, daar stortten de leden van de Mannenvereniging Schrift en Belijdenis zich op in het Zeemanshuis te Maassluis, waar altijd de vergaderingen gehouden werden.

Ze hadden zich beter kunnen bezighouden met de vraag waarom de vier evangeliën die de kruisiging alle vier nogal gelijkluidend in onbeholpen Grieks beschrijven (wel overigens met onderling toch weer opzienbarende verschillen) de opstanding zo verschillend verslaan dat er geen touw aan vast te knopen is.

opgevaren ten hemel,

Hoe je je dat moet voorstellen, is volstrekt onduidelijk. Ging hij omhoog, de wolken tegemoet? Als een soort drietrapsraket avant la lettre? Maar zelfs al blijf je met de snelheid van het licht omhooggaan, dan nog duurt het vier jaar eer je bij de dichtstbijzijnde ster uitkomt. Dus waar is de opstijgende Jezus heen gevaren? Dit is op afstand de meest dwaze opmerking in de AG. Toch werden door dominee Jonker de drie woorden uitgesproken alsof er iets doodnormaals aan de orde was.

zittende ter rechterhand Gods, des almachtigen Vaders;

Die overgang is eigenaardig abrupt, het ene moment vaart hij nog op, en het volgende moment zit hij al. En daar zit hij, tweeduizend jaar later, nu nog steeds. Hoe houd je dat vol, tweeduizend jaar zitten?

vanwaar Hij komen zal

Tja, die wederkomst! Da's het meest geestige onderdeel van het christendom. Dat heeft al zoveel vermaak (en tevens zoveel bittere ellende) opgeleverd. Iedere keer staan er weer totaal geschifte idioten op die zeker menen te weten wanneer Jezus wederkomt. En altijd weer vinden ze volgelingen die de voorspelling geloven, kortom zich laten verneuken. Terwijl toch één ding onomstotelijk vaststaat: HIJ KOMT NOOIT MEER TERUG.

om te oordelen de levenden en de doden.

Als alle mensen die ooit geleefd hebben stuk voor stuk geoordeeld moeten worden, zal er sprake zijn van een klus van ongekende afmetingen. Stel dat Jezus nu terug zou komen. Er leven thans ongeveer vijf miljard mensen. En de schatting is dat er ook evenveel mensen hebben geleefd tot nu toe. Dus in totaal tien miljard mensen. Die moeten allemaal geoordeeld worden. En allemaal door Jezus zelf, althans volgens de AG. Laten we uitgaan van een vrij snelle rechtsgang, per persoon slechts één dag. Zelfs dan ben je toch al gauw zevenentwintig miljoen jaar bezig. Goed, je hebt de hele eeuwigheid ter beschikking, maar zevenentwintig miljoen jaar is niettemin idioot lang. Dat stelt wel hele hoge eisen aan ieders uithoudingsvermogen. Zelfs als er per mens een uur wordt uitgetrokken voor diens rechtsgang, ben je nog een paar miljoen jaar bezig. Elk nadeel heeft zijn voordeel, aldus Cruijff, en het voordeel hier is dat je, als je op je rechtsgang wacht, een paar miljoen jaar respijt hebt voordat je naar de hel wordt verwezen.

Ik geloof in den Heiligen Geest.

Merkwaardig is dat die Heilige Geest nogmaals langskomt, want eerder al was beleden dat Jezus was ontvangen van de Heilige Geest, dus dat impliceert vanzelf ook geloof erin.

Over de Heilige Geest kreeg je te horen dat hij blies waarheen hij wilde. Daarover schreef Multatuli: 'Dat vind ik plezierig voor den Geest. Verbeeld je de onaangename positie van een Geest die maar mag blazen in één richting. Of van een Geest die niet vry is in zijn blazen. Of van 'n Geest die in 't geheel niet blazen mag.'

Ik geloof een heilige, algemene Christelijke Kerk,

Dat kun je wel geloven, maar de praktijk is anders. Kerkscheuringen zijn de norm, al eeuwenlang, en dankzij al die verrukkelijke scheuringen beschikken we over ongekende weelde: kerkgenootschappen van allerlei snit en slag die elkaar, althans tot voor kort, te vuur en te zwaard bestrijden. Nu de hele boel bezig is failliet te gaan, probeert men de diverse uitgeholde restkerken nog bij elkaar te harken. Ach, wat zorgt ook dat toch weer voor veel vermaak: dominees in Katwijk bijvoorbeeld van wie de autobanden lek waren gestoken omdat ze zich bij de PKN wilden aansluiten. En wat een feest om je in de geschiedenis van het Nederlandse protestantisme te verdiepen. Nog had men zich niet onder het roomse juk uit geworsteld, of men stond elkaar, tijdens het Twaalfjarig Bestand, naar het leven. *Bavianen en slijkgeuzen*, zoals de titel van het prachtige boek van A.Th. van Deursen luidt. Verrukkelijke lectuur, hoe men elkaar om Christus' wil de voet dwarszet, elkaars ruiten ingooit, elkaar op het schavot brengt. En zo is het onophoudelijk verdergegaan, met steeds sneller op elkaar volgende kerkscheuringen, de afscheiding, de doleantie, het hersteld verband, de vrijmaking, de opsplitsing van de vrijgemaakte kerk in binnen- en buitenverbanders. Twist en tweedracht, overal waar de Heere gediend wordt.

de gemeenschap der heiligen;

Daar begreep ik als kind aanvankelijk weinig van, maar gelukkig werd een en ander in de tweede vraag en het tweede antwoord van zondag 21 der Heidelbergse catechismus glashelder uitgelegd. Je was lidmaat van de Gereformeerde Kerk in Maassluis en daardoor had je deel aan alle schatten en gaven van die kerk, het prachtige Seiffart-orgel in de Immanuëlkerk bijvoorbeeld (mooier uiteraard dan het eeuwenoude Garrels-orgel in de hervormde kerk), en de geweldige dominees die bij ons stonden, dominee Dercksen voorop (maar mijn vader had tot zijn leedwezen wel moeten ervaren dat hij, werkzaam als straatmaker op de Koningin Wilhelminalaan waar de dominee woonde, aldaar niet door diens echtgenote van koffie werd voorzien, maar wel door diens buitenkerkelijke buurvrouw). Dat je lidmaat was van de Gereformeerde Kerk te Maassluis hield vooral in dat je je, volgens de Heidelbergse catechismus, 'schuldig moest weten je gaven ten nutte en ter zaligheid van de andere lidmaten gewilliglijk en met vreugde aan te wenden'. Concreet gezegd: de gereformeerde consument betrok zijn waren vanzelfsprekend blijmoedig van de gereformeerde huisgenoten des geloofs.

Hoewel dat altijd maar weer met nadruk vanaf de kansel dwingend opgelegd werd, bleek het in de praktijk toch weerbarstig. In

Maassluis had je bijvoorbeeld geen gereformeerde tandarts, noch ook een gereformeerde slijterij of een gereformeerde schillenboer of scharensliep. Je had wel een gereformeerde dokter, de geliefde dokter Graafland, maar toen hij ermee ophield, nam dokter Collet zijn praktijk over en die was niet alleen buitenkerkelijk (oei, oei), maar dreef ook nog de spot met de gereformeerden. 'Als ze ruzie krijgen over de vraag of de duivel wel of niet een kwastje aan zijn staart heeft, splitsen ze zich op in twee kerkgenootschappen,' aldus deze arts. Bij zo'n huisdokter, hoe goed ook, en hoe begaan ook met zijn patiënten, kon je dus niet meer terecht. Heer, waar dan heen?, om een bekend gezang te citeren.

Gelukkig hadden we wel een betrouwbare gereformeerde bakker, en diens brood was niet alleen niet duurder dan hervormd of paaps brood, maar ook duidelijk beter. Toch kwam er de klad in toen deze bakker (hij was nog vrijgezel), nota bene bij ons in de straat, het regeringswit afleverde bij een gezin van wie de vader met ongeneeslijke kanker in het ziekenhuis lag. Om haar op te beuren verdween onze bakker met zijn regeringswit enige tijd in het huis van de bedroefde echtgenote. Een flinke poos later kwam hij daar weer met hoogrode konen en vaak nog loszittende bretels uit tevoorschijn. Pas toen hij later de weduwe trouwde, had mijn moeder er weer vrede mee gereformeerd brood af te nemen.

Ook de gereformeerde kapper op de Zuidvliet voldeed niet. Daar kwam je altijd met een jezuslook vandaan. Na een knipbeurt leek je haar juist langer en daarom moest je al snel weer naar de Zuidvliet, wat andermaal een aanslag op de smalle beurs van mijn moeder betekende, want zo'n knipbeurt kostte toch vijfenvijftig cent. Dus besloot mijn moeder dat wij maar beter naar de kapper in de Lijnstraat konden gaan. Die was weliswaar van geen kerk of niks, maar kwam je ervandaan dan zag je alleen nog haar achter in de neusgaten.

Uiteraard sprak het vanzelf dat wij onze kruidenierswaren betrokken van oom Huib. Die was niet alleen van onze kerk, maar zelfs familie. En toch ging het juist wat oom Huib betrof zo grondig mis dat het ook nooit meer goed gekomen is. Op de markt te Maassluis opende Groenewegen, een vooruitstrevende ondernemer, de eerste zelfbedieningszaak. Een heel klein supermarktje avant la lettre. Geen enkele gereformeerde huisvrouw zou de zaak ooit betreden hebben, ware het niet dat vrijwel alle kruidenierswaren een à twee cent goedkoper bleken dan elders. Dus de toeloop was enorm, ook van gereformeerden, en ondanks het feit dat er vanaf de kansel nadrukkelijk gewaarschuwd werd tegen deze hervormde Groenewegen. Dankzij die toeloop daalden de prijzen nog verder. Oom Huib kwam huilend aan de deur, maar het mocht niet baten, het scheelde mijn moeder per week zowat een gulden, en daar mijn vader toentertijd krap vijfentwintig gulden per week verdiende, was dat bepaald geen bagatel. Dus de gulden won, de gemeenschap der heiligen ten spijt.

vergeving der zonden;

Geen abjecter begrip dan het begrip ‘zonde’. Wat daarmee werd aangericht tart elke beschrijving. En dan te bedenken hoe braaf al die kerkgangers doorgaans waren. En toch kregen ze iedere week weer te horen dat ze door en door slecht waren; destijds werd zelfs gezegd dat ze geneigd waren tot alle kwaad en onbekwaam tot enig goed. Elk normbesef vervliegt als je zoiets beweert. Het is goed om echte misdadigers, zoals de nazi’s en zoals rooms-katholieke geestelijken die kinderen perverteren, aan te duiden als schurken, maar als je alle mensen aanduidt als schurken heeft het geen zin om gruwelfiguren zoals Hitler en Stalin anders te bekijken dan je jezelf of om het even welk medemens dan ook bekijkt.

En voor mij kwam er als kind nog iets anders bij. In de lijdenstijd zongen we het gezang ‘Is dat, is dat mijn koning’. Het tweede couplet daarvan luidt:

Ja, ik kost Hem die slagen,
die smarten en die hoon;
ik doe dat kleed Hem dragen,
dat riet, die doornenkroon;
ik sloeg Hem al die wonden,
voor mij moest hij daar staan;
ik deed door al mijn zonden,
Hem al die jamm’ren aan.

Stuitend vond ik dat als jongen. Alsof het ooit mijn intentie kon zijn iemand, wie dan ook, een doornenkroon op te zetten en wonden te slaan. Of iemand jamm'ren aan te doen. En toch zou ik dat op mijn geweten hebben? En waarom dan? 'Door al mijn zonden'? Maar welke zonden deed ik dan? Hoezeer ik ook mijn best deed, ik kon geen enkele zonde bedenken die ik ooit deed of zou willen doen.

Het is toch bizar om een kind reeds met zo'n soort gewetensnood op te zadelen. Zoals het ook bizar is dat iemand anders voor jouw falen zou moeten boeten. Het eerste beginsel van de menselijke waardigheid is toch dat je zelf verantwoordelijk bent voor eventuele misdaden? En dat je, heb je berouw, zelf daarvoor boet? Wat een abjecte, door en door immorele, want elke eigen verantwoordelijkheid loochenende leer dat iemand, zonder daartoe ooit door jou verzocht te zijn, al 2000 jaar voor je geboren bent, voor al jouw ploertenstreken geboet zou hebben.

Op de kleuterschool zongen we:

't Boze dat ik heb gedaan,
zie het Heere, toch niet aan,
Schoon mijn zonden vele zijn,
maak om Jezus' wil mij rein.

Zelfs als peuter werd ik daar al vreselijk nijdig over. Want wat was het boze dan dat ik gedaan had? Vele zonden? Welke dan? Je deed enorm je best om zo braaf mogelijk te zijn en dan kreeg je desondanks onophoudelijk te horen dat je zondigde, zondigde en nog eens zondigde.

wederopstanding des vlezes;

Als zich dat ooit zal voordoen, zullen de logistieke problemen immens zijn. Stel dat Christus binnenkort terugkomt, en dat daarbij alle doden weer levend zullen worden, dan verdubbelt in één klap de wereldbevolking. De plaatsruimte zal dan een probleem zijn. Idem de voedselvoorziening (tenzij er niet meer gegeten hoeft te worden), de watervoorziening, enzovoort. Er zal een chaos ontstaan van ongekende omvang en afmeting.

en een eeuwig leven.

In de hbs-klas B4b van het Groen van Prinstererlyceum vroeg Joost Wouters tijdens de religieles aan dominee Roest wat wij zoal zouden doen tijdens dat eeuwige leven. Immense verveling leek hem hoogst waarschijnlijk, gelet op het feit dat er nooit aan iets een einde zou komen. Dominee Roest zei dat er één activiteit was die nooit verveelde en daarvan zou in de hemel op ongekende schaal sprake zijn. Vol verwachting keken wij allen op naar herder Roest. Welke bijzondere activiteit zou dat dan zijn? Vrijen zonder ooit moe te worden? Mij leek het antwoord al duidelijk: nee, vrijen niet, lezen natuurlijk, dat verveelde immers nooit, hoogstens dreigde het gevaar dat je op enig moment alle beschikbare boeken uit zou hebben. Dominee Roest hield ons nog even in spanning, liet wel doorschemeren dat wij heus niet moesten denken dat wij tot in alle eeuwigheid voor Gods troon in witte gewaden zouden staan juichen, want dat zou op den duur iedereen, en ook God zelf, tegen gaan staan, nee, wat wij daar met z'n allen tot in alle eeuwigheid zouden gaan doen was: vissen. 'Want hengelen,' aldus dominee Roest, 'verveelt nooit.' Volgens mij was er toen bij de helft van mijn klasgenoten meteen al sprake van definitieve geloofsafval.

Na het opzeggen van de Apostolische Geloofsbelijdenis werd mijn moeder langzaam neergelaten in haar graf. Uiteraard klonk toen nog het Onzevader op, hardop meegebeden door de meeste aanwezigen, maar niet door mij of mijn zus of mijn broer. Ik zou me liever laten afslachten dan ooit het Onzevader hardop mee te bidden. Wat een bar, onzinnig gebed!

Onze Vader die in de hemelen zijt,

Hemelen? Meervoud? Is er bij God sprake van bilocatie? En waar mogen die hemelen zich dan wel bevinden? In of buiten ons heelal? Indien erbuiten, hoe kan er dan nog contact zijn? Indien erbinnen, op welke afstand in lichtjaren gemeten? Heel dichtbij, honderd lichtjaar bijvoorbeeld? Maar dan duurt het, daar in ons heelal niets zich ooit sneller kan verplaatsen dan met de snelheid van het licht, toch altijd nog honderd jaar eer ons gebed God bereikt, dus welke zin heeft bidden dan nog? En waarom het woord vader gebruikt? Is God dan een man met een X- en een Y-chromosoom?

Uw naam worde geheiligd.

Kan iemand uitleggen hoe je een naam kunt heiligen?

Uw koninkrijk kome;

Koninkrijk? Zo'n ouderwetse, ondemocratische regeringsvorm? Waarom niet: uw republiek kome?

Uw wil geschiede, gelijk in de hemel, alzo ook op de aarde.

O, geen koninkrijk dus, maar een adembenemende, het hele universum bestrijkende dictatuur! Nou ja, niet het hele universum, want de hel wordt hier niet genoemd. Daar geschiedt Gods wil blijkbaar niet.

Geef ons heden ons dagelijks brood.

Stel: een kind zegt tegen zijn vader: 'Geef ons heden ons zakgeld', dan zou je toch licht geneigd zijn om op te merken: 'Moet dat zo dwingend, kan het niet wat beleefder?'

En brood, waarom juist brood? Veel zetmeel, dus dikmakend, weinig vitamines, dus niet erg zinvol met het oog op de gezondheid. Veel beter zou zijn: geef ons heden ons dagelijkse stronkje broccoli.

En nog beter zou zijn: wilt u zo vriendelijk zijn om de mogelijkheden te scheppen dat wij al werkend zelf in ons dagelijks onderhoud kunnen voorzien.

En vergeef ons onze schulden,

Eigenaardig is dat hier niet gerept wordt over onze zonden die worden vergeven dankzij die eigenaardige omweg van de kruisdood als paardenmiddel voor de verzoening van onze zonden; sterker nog, na ‘vergeef ons onze schulden’ volgt:

gelijk ook wij vergeven onze schuldenaren.

De gedachtegang is duidelijk, als wij onze schuldenaren vergeven (en daarvoor hoeven wij dan kennelijk toch echt niet onze zonen aan een kruis te laten vastspijkeren, nee, we worden verondersteld zomaar te kunnen vergeven), dan vergeeft God ons ook. En waarom ook niet? Als God almachtig is, dan kan Hij toch alles, dan kan hij toch ook rechtstreeks vergeven? Waarom zou aan dat vergeven dan plaatsvervangend lijden te pas moeten komen? Hoe is het toch in godsnaam mogelijk dat zulke ongelofelijke idioterie ooit in een menselijk brein is opgekomen en, sterker nog, daarna door miljoenen braaf is geloofd?

En leid ons niet in verzoeking,

Alsjeblieft, graag juist veel verzoeking, dat zorgt tenminste voor een beetje reuring.

maar verlos ons van den boze.

Wie moge dat wel zijn, die ‘den boze’? Graag iets meer duidelijkheid, want hoe zou je nu verlost kunnen of willen worden van iets dat in zulke hopeloos vage termen omschreven wordt?

Want van u is het koninkrijk,

Weer dat mallotige koninkrijk, dat bij nader inzien een dictatuur blijkt te zijn.

en de kracht,

Zou er enigszins gespecificeerd kunnen worden om welke kracht het hier gaat? Dommekracht misschien?

en de heerlijkheid

weer zo'n lummelige term waarbij je je niets kunt voorstellen,

tot in eeuwigheid, amen.

Tot in eeuwigheid! Stel je toch voor, eeuwigheid, dus grenzeloze, onophoudelijke, eeuwige verveling, vissen tot je erbij neervalt. Verschrikkelijk.

Na dat bizarre, hopeloze, zwaar overschatte, belabberde onzingebed liepen we, in kleine groepjes ditmaal, via de Lange Taam weer terug naar de Gereformeerde Kerk. In een zijzaaltje gelegenheid om te condoleren. Oom Siem sprong meteen op mijn nek en zei misprijzend: 'Ik had mooie lange voorspelen verwacht, maar je maakte je ervan af met een paar zuinige nootjes.'

'Ik speelde in overeenstemming met wat mijn moeder gewild zou hebben,' zei ik, en daarmee wist ik hem waarachtig de mond te snoeren. Tante Bep zei: 'Ze belde altijd op als ik jarig was, ze vergat me nooit, maar dit voorjaar heeft ze niet gebeld, en toen dacht ik: nu zal het wel snel afgelopen zijn.' Ik zei haar maar niet dat mijn moeder tante Bep al enige tijd geleden op haar zwarte lijst had gezet, net als trouwens haar broer Jaap en haar zus Aad, en haar daarom niet had gebeld. Het deed er nu toch niets meer toe, ze was dood, ze lag in het graf met haar verschrompelde, steenkoude dwerghanden.

Mijn zwager bracht ons terug naar Warmond. In de auto zag ik maar steeds die handen voor me, het was net alsof die handen het centrum vormden van het universum en alsof alles daaromheen wentelde. Op een doodnormale zonnige donderdagmiddag in het jaar 2012 vlogen we over de snelweg, maar ik had het gevoel alsof ik buiten alle tijd en orde terecht was gekomen, alsof ik zelf al onder de grond lag en mocht aanschouwen hoe al dat verkeer, onaangedaan door de dood van mijn moeder, en mettertijd eveneens door mijn eigen dood, onverbiddelijk doorraasde naar allerlei bestemmingen waarvan het niet de moeite waard was te weten welke dat waren. En ik dacht weer wat ik zo vaak denk als ik mij voorstel dat ik dood ben: voortleven hoeft niet en wil ik niet, in welke vorm dan ook; sterker: hoe uitstekend geregeld dat je terugkeert naar de uitmuntende toestand waarin je verkeerde toen je nog niet rondliep (al is het uiterst onbevredigend dat je nooit zult weten waar het in godsnaam goed voor was dat die volmaakte, onaantastbare, onverstoorbare staat van niet-zijn ooit voor zoiets tijdelijks en hachelijks als het bestaan werd onderbroken), maar af en toe een enkele minuut je graf uit om naar Bach te luisteren, dat zou mij desondanks bevallen. De *Matthäus-Passion* lijkt me veel gevraagd, het 'Air' uit de *Derde Suite* volstaat.

Werk van Maarten 't Hart bij De Arbeiderspers:

ROMANS

Stenen voor een ransuil
Ik had een wapenbroeder
Een vlucht regenwulpen
De aansprekers
De droomkoningin
De kroongetuige
De ortolaan
De jacobsladder
Het uur tussen hond en wolf
De steile helling
Onder de korenmaat
Het woeden der gehele wereld
De nakomer
De vlieger
De zonnewijzer
Lotte Weeda
Het psalmenoproer
Verlovingstijd

VERHALENBUNDELS

Het vrome volk
Mammoet op zondag
De zaterdagvliegers
De huismeester
De unster
Verzamelde verhalen
De vroege verhalen

NOVELLE

Laatste zomernacht

ESSAYS

De vrouw bestaat niet
De kritische afstand
De som van misverstanden
Ongewenste zeereis
Het eeuwige moment
Een dasspeld uit Toela
Een havik onder Delft
Du holde Kunst
De gevaren van joggen
Johann Sebastian Bach
De Schrift betwist
De groene overmacht
Mozart en de anderen
Het dovemansorendieet

AUTOBIOGRAFIE

Het roer kan nog zesmaal om
Een deerne in lokkend postuur
Dienstreizen van een thuisblijver

WETENSCHAPPELIJKE STUDIE

Ratten